有一种力量，叫文学；

有一种美好，叫回忆；

有一种感动，叫青春；

有一种生命，在鲁院！

鲁迅文学院「百草园」书系

一切都还好

吴文君 ◎ 著

YIQIE DOU HAIHAO

江西高校出版社
JIANGXI UNIVERSITIES AND COLLEGES PRESS

那些最终让人感觉到些许温暖的事。

那些曾让人呕心、身心破裂的事，

那些通常总是被掩盖着的事，

它们讲述我所身处的世界，

图书在版编目（CIP）数据

一切都还好 / 吴文君著. — 南昌：江西高校出版
社，2017.4

（鲁迅文学院"百草园"书系）

ISBN 978-7-5493-5184-8

Ⅰ.①一… Ⅱ.①吴… Ⅲ.①中篇小说－小说集
－中国－当代 ②短篇小说－小说集－中国－当代
Ⅳ.①I247.7

中国版本图书馆CIP数据核字（2017）第052299号

出 版 发 行	江西高校出版社
社 址	江西省南昌市洪都北大道 96 号
总编室电话	（0791）88504319
销 售 电 话	（0791）88505573
网 址	www.juacp.com
印 刷	北京一鑫印务有限责任公司
经 销	全国新华书店
开 本	700mm×1000mm　1/16
印 张	15.5
字 数	220 千字
版 次	2017 年 4 月第 1 版 2020 年 7 月第 2 次印刷
书 号	ISBN 978-7-5493-5184-8
定 价	41.00元

赣版权登字-07-2017-226

C目录
Contents

昙花一现

顾常林对女儿顾晓清的十个手指很早就有另外的安排，画画，读书，总有与常人不同的一条路可以走。顾晓清六岁不到就被顾常林送进学校。

放学铃声响了。顾晓清出了教室，像潮水里忽隐忽现的一粒小砂砾，两只手勒在书包带子上，东张西望。

她在想要不要去火车站。

同学梅香追上来，"顾晓清，顾晓清，你天天去车站接你妈，怎么从来不见你妈来？"

"没有啊……"

"大家都在说你妈不要你了！"

顾晓清张了张嘴，不过并没有说出能震住梅香不让她乱说的话。

"下午张老师叫你们去干什么？"梅香又问。

"折纸花……那纸真好，又薄，又白。"

梅香压低声音，"那是给死人的，昨天矿里又死人了。"

"什么给死人的，你瞎说！"

"真的，你爸回来没说矿里又死人了？"

顾晓清摇头，她实在讨厌梅香。

"昨夜那哭声真碜人啊！你家离矿区远，哭那么响都听不见。"

顾晓清不想说了，脚步快起来。

梅香还在说，"去我家，教我怎么折，我叫我妈给你鸭蛋吃，去不去?"

顾晓清摇摇头。

她折得很不像样,别人都折五六朵了,她一朵都没折好。后来,张老师过来收了,她只好硬着头皮把花交了上去。办公室里热热闹闹挤了好多人,一边说话,一边笑,哪有死人的样子。那些半透明的纸,她真想拿几张回家。

梅香很不服气地穿过桥洞走了。顾晓清回头看了看,几个男生在后面晃荡晃荡地走着。

"顾晓清!顾晓清!"一个男生尖声叫起来。叫声马上引来一群男生的合声,太阳把他们的额头照得又红又亮。

顾晓清跳到高一点的石头上,两手撑住向上一用力,爬上铁轨。

火车一天两趟,上午一趟,黄昏一趟。坐在教室里的顾晓清听到火车碾着铁轨轰隆隆的响声,连教室也跟着一块晃动起来。梅香说坐火车哪有喝羊奶好,她妈妈天天给她喝羊奶。当然坐火车好了!顾晓清反驳,火车能把人带到很远的地方,你不想去很远很远的地方吗?我想去很远很远的地方!

她想着坐火车的感觉,在铁轨上笔直地走了好一会儿。再走下去铁轨上只有她一个人了。太阳不那么刺眼了,铁轨也不那么精光锃亮了。天要黑了,铁道两边的树林多起来。她知道沿着那条踩得草茎发白的小土路往下走,有个林子,病死的出事故死的矿工就埋在那边。一次几个同学说好放了学一块去,手拉着手朝里走,一个女同学突然尖叫一声,吓得大家你扯我我扯你逃了出来。

现在顾晓清一个人望着那片林子,不相信又有人死了,又要被送进林子。爸爸没说,她也没听见哭声。她只看到大家快快乐乐扎出成堆的纸花。不过,要是"死"这件事梅香没说错,那"你妈不要你了"多半也不会错。她流着眼泪大起胆子走下坡。林子里静静的,有时落下一片叶子,"扑"的掉到地上,连那"扑"的一声听上去也是静静的。哪里有死人?骗人的吧。她这么想着,小心翼翼穿出林子,蓦地发现面前的空地上果然有许多坟,一座连着一座望不到边。坟上的土又干又黄,横七竖八躺着一只只被风吹雨打剥掉花的花圈,皱巴巴的纸花丢得到处都是。有的坟小得像只皮鞋盒子，密密麻麻挤在一起，仔细看上面还有字呢，她蹲下去，认出"天津，李一红"几个字。边上一个也很好认，是"辽阳，刘玉方"，再过去几步有一个写着"上海，××"，这个人也是上海来的吗？生于1941年，死于1969年。1969年她都还没生下来呢！她只觉得自己呆掉了，呆得像这林子里的一棵树一样一动不动。

一颗星星高高地挂在树梢上，闪闪烁烁的，有很多个角，每个角都按照自己的想法伸缩着。这是因为她眼睛里还有眼泪的缘故，看什么都带着一点重影。可是她不愿意这么想，她认为星星这样闪烁着一定是很愉快的。她进来的时候还没有这颗星星，现在星星一升上来，夜也在忽然间到来了。她怕了，一转身，朝来的方向跑去，斜背在身上的书包啪啪地打着她的屁股。

顾晓清一口气跑回家。上楼的时候她吸了吸鼻子，闻到刚蒸的馒头的香味。妈妈不来，家里没人蒸馒头。想到妈妈，她想到妈妈过年穿过的棉袄，绣着蟠桃和花枝，摸上去凉冰冰，滑溜溜的。现在她想到的妈妈也是凉冰冰滑溜溜的离她很远。天还亮着，楼道里已经漆黑了。她在走廊上看见陶丽丽。陶丽丽跑进跑出几趟了，她在等顾晓清。陶丽丽和顾晓清同岁，不过她还得在家玩一年才上学，陶老师，陶丽丽的爸爸不想让她提前上学。

楼里的人都说陶丽丽是陶老师抱来的。

陶丽丽也知道自己是抱来的不是他们亲生的。顾晓清说，抱来的怎么啦，你爸对你比我爸还好呢。

顾晓清和陶丽丽更好奇的是，为什么有的男人和女人在一起能生小孩，有的男人和女人却生不出小孩。比如陶老师和杜老师，他们一块上班下班，从来不吵架，却生不出自己的小孩。

顾晓清上学以前和陶丽丽玩男人女人的游戏。顾晓清个子高，扮男人。陶丽丽个子小，扮女人。顾晓清说我们扮矿工玩吧，我上班了，挥着铲子开始挖煤。陶丽丽说我洗衣服了，吭哧吭哧洗着衣服。顾晓清又说，我下班了，我去打水了。陶丽丽说，我做馒头了。陶丽丽的妈妈杜老师说面里搁点槐花再搁点糖进去馒头更好吃。门外就有一棵槐树，花开时，站在走廊上手往下一伸就能捋到一嘟噜又肥又白的槐花。最后，她们假扮吃好饭了，一起躺到顾晓清的小木板床上。躺下去做点什么呢？顾晓清不知道了。她搂住陶丽丽。陶丽丽让她搂着。顾晓清笑起来。接下去再做什么？陶丽丽说她也不知道了。不过陶丽丽说顾晓清不像男人。因为顾晓清脖子里没有东西突出来。你去看好了，男人那里都有突出来的。陶丽丽这么一说，顾晓清也觉得是这样，一下子泄了气。

后来她们就玩医生和病人的游戏了。再后来，顾晓清上学了，不乐于再玩这种低级的游戏。

看到坟的事，跟陶丽丽说了也不会明白的。顾晓清决定什么都不说，抱出家里的糖罐子。"我们吃糖吧。"她把一小勺糖聚在舌尖上，让它慢慢地化掉。

"我妈不许我吃糖，说吃糖牙会掉的。"

"放心吧，这点糖生不出蛀牙的，我喜欢吃糖，吃糖让我觉得甜。"顾晓清含着一口糖说。

上学前她觉得吃糖是世界上最好的一件事。现在她知道了比吃糖有意思的事，不过还是喜欢吃糖。吃糖并不妨碍她在作业本上写："我的理想。我的理想是当一个画家。"

顾晓清认为上学是有用的，否则她就不知道什么是理想了。

"陶丽丽，你叫陶老师早点让你上学吧。"顾晓清把作业本从书包里掏出来，叫陶丽丽坐到边上看书。她写了会作业，一回头，陶丽丽已经不在了。她那本《木偶奇遇记》倒翻着放在椅子上，跛了脚的猫和狐狸一左一右拉着匹诺曹，它们要骗匹诺曹去一个能种出金币来的地方。来找匹诺曹盯着他不放的只有它们这两个坏朋友。

天真的黑了，跟楼道的墙黑成了一片。顾常林胳膊下夹着一叠油饼回来了。他把油饼回到锅里热一热，和顾晓清吃了，问她，"何小力今天打你吗？"

何小力跟顾晓清同一个班，何小力坐在顾小清后面，他总是在顾晓清背上这儿碰一下，那儿碰一下，在她背上偷偷写字，有时写

"反动派"，有时写"国民党"，有时写"国民党反动派"，他不知从哪里听来的，说顾晓清的叔爷爷是国民党，还说她叔爷爷是国民党，爷爷肯定也是国民党；爷爷是国民党，那她全家都是国民党。顾晓清和他的仇就这么结下了。何小力不高，也不结实，他爸在保卫科，没人敢惹他。何小力每天都有耸人听闻的言论，谁升官了，谁倒霉了，谁跟谁在一块睡觉被人抓住了，他都知道。他也说顾晓清，说班主任张老师老是把顾晓清从课堂上叫出去，是顾晓清的爸爸偷了车间里的煤油送给张老师，他爸爸正在调查这件事，所以她爸爸可要当心倒霉。不过今天何小力没打她。今天何小力在忙着管另外一件事，有人把他的自动铅笔盒盖弄坏了，他要查出来谁干的。他查不出他爸爸也会查出来的，所以弄坏铅笔盒的这个人死定了。

"是你弄坏他的铅笔盒的？"

"不是我。"顾晓清说完咬住嘴唇。

顾常林撩起顾晓清的衣服看了看，昨天何小力踢出来的乌青还在，它没有奇迹样的消失，反而更大了一点，而且有点发紫。

"明天我们到他家里去，给他父母看看。"顾常林还得去矿里上夜班，把吃过的碗筷拿到水里涮了涮，急着走了。

顾常林会双脱手骑自行车，一只手拎打满水的热水瓶，一只手抓着装油饼馒头卤肉的大纸包。他只用两只脚控制自行车的方向，上半身得不停地东摇西晃着，这让他的样子看上去有些奇怪。

顾晓清觉得顾常林没有别的显眼的本事了。他天天匆忙地从矿里回到家里，再从家里出去，去矿里上班。他总在想事情，下雨也不打伞，由着雨水把他的头发浇成湿淋淋的一坨，大太阳的时候他也不知道躲。

爸爸走了，顾晓清又是一个人了。她从作业本上撕了几张纸，她要折朵花给妈妈。她还是不相信那么白那么美的花怎么可能给死人？她已经知道怎么折了，而且马上折好了一朵。为什么有人在边上看着她，她做什么都做不好呢？可是张老师大约不会同意她把纸花带到家里做的。

突然，"叮"的一声，窗玻璃被一粒东西弹了一下。

顾晓清把折好的花藏到书包里，锁上门往楼下跑，跑出楼道，又往外跑了几步，看见黑影静静地站在拐角那儿。

　　看见她，黑影问她，"带了吗？"

　　顾晓清拍拍口袋，"带了。"

　　她前些天才遇到黑影，黑影问顾晓清要不要学跳舞。

　　"比你们学校跳的舞好看多了。"那天黑影站在昏暗的地方，顾晓清觉得黑影有点像比她高几个年级的一个女生。她还觉得黑影在微笑，声音甜丝丝的。

　　顾晓清跟着黑影。

　　路上，黑影说，"我见过你在合唱队里唱歌。"

　　"我爸后来没让我去，老师说参加大合唱要准备一套演出服。"顾晓清说。

　　黑影看着她。

　　"演出服很贵。"顾晓清又说。

　　"我妈也没给我买，她说穿成一样站在一起是抹杀个性，每个人就要不一样才美。"黑影平静地说。

　　顾晓清的脑子嗡的一响，裂开一道缝，风吹进脑子，给她带来又清又凉的感觉，好像去了另外一个世界。

　　她怎么没这么想过？每个人就要不一样才美。

　　走到芦苇丛那儿，黑影伸手拉住她。那是一只又软又暖和的手。顾晓清忽然勇敢的说，"我叔爷爷是国民党。"黑影的手在她手上压了一压，好像在说我知道，又好像叫她不要说。她们挨得这么近，低头弯腰从芦苇的叶子里钻过去。顾晓清感觉到臂膀时不时碰着更软更暖和的一样东西。顾晓清觉得黑影像她妈妈一样，她叫黑影以后每次跳舞都叫上她。黑影答应了她。

　　黑影今天要顾晓清要带的东西是一只塑料纸剪的蝴蝶。

　　顾晓清把塑料蝴蝶别到辫子上。头发上别了蝴蝶，顾晓清的脸严肃起来，跟着黑影一道七拐八弯的拐到一个废弃的老仓库那儿。几十个比顾晓清大一点的人站在那里，头发上别着蝴蝶。

这是她们的记号。

黑影说她们在这儿跳舞跳了好多天了。她们跳的可不是学校教的那种。她们要跳出心里的光，学校要是知道了，不但不同意她们跳，还会把她们从这里赶走的。

"那怎么办?"顾晓清焦急地问。

"换个地方再跳呗。"黑影笑了。

真不知她们怎么找到这破仓库的，围墙外的芦苇丛把她们好好地隐蔽了起来。一个梳马尾辫的脑门光洁干净的女孩跳到土台上，拍了两下手，下面的人慢慢静下来。

"你们知道什么是光吗?"女孩问他们。

每次跳舞开始，女孩都这么问她们，回答她的照例是一阵嘻嘻嘻嘻的笑。

"只有光能照耀我们，我们需要太阳的光，也需要内心的光，我们跳舞，就是为了增添内心的光。"

下面响起的依然是一阵嘻嘻嘻嘻的笑，比刚才轻了一点。

"现在开始!"女孩说着，边唱边跳动起来。

> 我是月份中的九月，
> 时令中开花的春季。
> 我是植物中的麦子，
> 我是矿物中的金子，
> ……

她们和着女孩的歌声，女孩举起双手她们也举起双手，女孩扭腰她们也扭腰。女孩抬腿，抬得太高了，她们开始做不了了。女孩踮起脚尖转圈，更多的人转得东倒西歪，还有人跌到地上去，不过大家都很认真，没有谁笑。

顾晓清第一次跳还笑，再去就不笑了。今天黑影把她带到那儿就走开了，她努力把下巴抬得高高的，手也努力地伸得很长。她看着自己的手指尖，觉得不久她就会学会用脚尖转圈的。她还会用脚尖走路。她忽然觉得她不怕何小力了，就是何小力再踢她，她也不怕了。她跳得浑身汗浸浸的，站在离芦苇丛最近的地方。台上的女孩一作出解散的手势，她便飞快地钻入芦苇丛跑回家里，躺到她的小木板床上闭上眼睛，眼皮在黑暗中轻轻地跳动着。顾常林回来，只以为她睡得非常沉非常沉了。

下午第二节课下了课，班主任张老师夹着讲义捧着粉笔盒刚出教室，何小力凑过来，"中午叫你们去干什么？"

顾晓清坐着没动。跳舞的时候她已经不怕他了，这时还是怕。

"你耳朵聋了？"顾晓清的腰又被何小力踢了一脚。

眼泪在她眼眶里转着，在晶莹的眼泪底下却又有两团不同于眼泪的亮光，和眼泪一起在眼眶里闪啊闪。

不过，她没让眼泪掉出来，默默地把一朵纸花从桌肚里拿出来。

何小力把花捏在手里转了一圈，不屑地扔到地上。"晦气！又叫你们做花圈啊。"我爸说矿里又死人了。这么点时间冒了两回井，这个矿要完了！真的要完了！你爸爸没饭吃也得死，你们一家都得死。"

何小力回到座位上，他好像很热，拿一本书扇着，扇着扇着，笑起来。他发现前面的男同学背上有个虫蛀出来的小洞，用原珠笔在上面画了个箭头，离开小洞两三厘米的地方写上：女厕所。

看到的人都捂着嘴巴笑。

顾晓清站了起来，她走过去，平静地看着何小力，"你敢再说一遍？"

"再说什么？"

"你要是敢，就再说一遍。"

"嗬，你听着，这个矿就要完了！就要完了。你爸爸没饭吃也得死！也得死！也得死！"何小力拉长自己的耳朵，像猪一样摇晃着脑袋。

班主任张老师赶过来，顾晓清和何小力刚从地上爬起来，顾晓清的同桌平头被他们压在最底下，他想去帮顾晓清的，结果摔倒了。顾晓清的腰上落着一个清晰的鞋印，何小力的嘴巴上有一块血迹，是顾晓清推他，他摔到地上磕破的。平头浑身是灰，呼哧呼哧喘着气。三个人都被张老师留了下来，张老师还叫来了平头的叔叔。平头的叔叔一到就骂着平头把平头带回去了。平头走的时候回头看了顾晓清一眼。看着平头走远了，顾晓清很难受。平头的父母从来没来过学校，梅香说平头的爸爸在井下上班的时候炸掉了半个屁股，平头的妈妈不知道去哪里去了。

晚上顾常林回来得很早。

看见顾晓清，他说，"今天何小力又打你了？"

顾晓清的头低了下去。

顾常林轻轻地叹了口气，"快吃吧，吃完我们去何小力家。"

何小力家在另一片宿舍区。

顾晓清勾着头，拖着鞋后跟，一小步一小步地跟在顾常林身后。

何小力比他们住的直筒筒的宿舍楼漂亮多了。他们的玻璃窗也要比顾晓清家的大，窗框新刷了油漆，空气里还有股油漆味儿。

顾晓清没有走进去。她站在走廊上，看着顾常林敲开门，走进去了。顾常林穿着深蓝的工作服，是一个矮小的背影，这背影看上去只有何小力父亲的一半。门开着，不过她看不见里面。

顾晓清转过头来看着走廊上的一盆盆花。有时她也看看楼下，因为太高觉得眩目。有一阵，顾常林的声音非常响地从门里传出来，何小力的母亲尖着喉咙一直在说，你家女儿也打我家儿子……

顾常林在何小力家里呆了没几分钟，和何小力的爸爸一前一后出来了。何小力的爸爸走到门口，说，"不送了啊。"顾常林的嘴巴紧紧地闭着，眼皮往下耷拉，好像他闭着眼睛从何小力家出来的，一出来就往楼梯冲过去。

顾晓清跟上去，觉得这一趟他们是白来了。她又有些高兴，你也知道了，何小力不好惹。

一路上他们没有再说话。天黑下来了，把这对父女的身影笼罩在一团模糊里。

顾晓清在拐角那儿看见黑影。黑影的身影落在墙上。顾晓清朝黑影看了看，黑影也看见她了。她不想多看黑影，免得被顾常林看见，他这会积了一肚子火，一点就要炸的，顾晓清不想给黑影带来什么麻烦。上楼时她回头看了看，很着急黑影怎么还在那儿。

顾晓清犹豫了一会拎起垃圾桶，她倒了垃圾，又走到墙根边才发现那儿根本没有人，黑影早走了。她站过的地方比别的地方破旧，本身就有一团黑影。

让顾晓清百思不解的是之后她就没再见过黑影。她去芦苇丛那儿找过，只见空地上扔着生了锈的废零件，废扫把，废棉纱团，踏得乱七八糟的鞋印，扔在地上不要了的蝴蝶。一个跳舞的人也不见了。

顾晓清想找到黑影，她白天也把蝴蝶别在头上，她想这是个记号，跳过舞的人一看就知道。她没事找事地在高她几个年级的教室门口转来转去，等了好几天等到像黑影的那个女生出来，而且是朝她走过来的，她激动地心怦怦乱跳，可那女生擦着她的肩走过去了，不认识她一样。

只有梅香问过，这蝴蝶用什么东西做的，真好看呀，能不能给她了？

不久之后的一个晚上，在蒸馒头的香味里她浑身是汗的从铁路那儿跑回来，头上的蝴蝶不知在哪儿掉了，不在辫子上了。

为了找到黑影，顾晓清一连十几天天天去芦苇丛，每次钻芦苇丛之前她都想象里面又站满了跳舞的人，黑影当然也在其中，想象手电筒交错的光把晃动的腿印在仓库墙上，每次却只有失望。

最后一次去，她在地上画了一只很大的蝴蝶，想了想，又在蝴蝶的翅膀上面写上：顾晓清在找你。她看着这几个字有点想哭了，知道自己不会再去了。她也不再热心折纸花，一放学就回到家里。她对陶丽丽说，"你要是想忘记什么，只要拼命想拼命想，最后保证你就忘记了。"

她们说话的时候，楼下四毛的妈搬了个大木盆放到楼外空地上，又搬来一块淡绿色的磨刀石。原来四毛要磨铅笔刀。

"那么小一把刀用得着这么大的磨刀石吗？"她们觉得好笑。

可是吭吭的磨刀声把四周的小孩都引了过来。

陶丽丽说，"我的铅笔刀也钝了，我下去磨一磨。"

顾晓清没有下去，她趴在走廊上，看着陶丽丽跑到四毛边上，跟他说了几句什么，从四毛家拖了把椅子坐下也磨起刀来，还不时举起刀迎着太阳看。顾晓清撇下她们回房里看书，画画，可是楼下飘上来的说笑声让她不安定，她从铅笔刀里找了把生锈的也下楼了。

四毛家的椅子搬光了，没地方坐的坐到地上。都不知道怎样才算把刀磨好了，磨快了，都怕不如别人的锋利，宁愿挤在一起也不肯退出磨刀的队伍。顾晓清磨呀磨呀越来越用劲，手里的刀越来越亮，银光闪闪，亮得简直不像一把削铅笔的刀了。她还有一种感觉，再花点时间再用点劲，它会变成一样让人心惊胆战的东西。

不知什么时候，林立的一群孩子中出现了何小力的脸，那么多磨刀的小孩，他只问顾晓清，"你把刀磨那么快要杀猪吗？"

顾晓清没有说话。

"给我看看。"何小力不怀好意地笑着，见顾晓清不理会，干脆把手伸了过来。

他不过是想把刀从顾晓清手里夺走，反正他从顾晓清手里夺走过笔记本，夺走过铅笔、钢笔，夺走这她正在看的书，他从来不失手的。

现在大家都不磨刀了，傻呵呵看着顾晓清和何小力，还有两个人充当起何小力的助手，卖力地帮着他去夺顾晓清手里的刀。虽然顾晓清并没有想过把刀刺向一个人是怎么回事，刀比她的脑筋动得快多了，她只不过挥了一下，就像挥开缠着自己不放的苍蝇，何小力的胳膊像吊在树上的羊那样从上到下被划开了。刚划开的胳膊，只绽开一条极细的线，何小力笑着在嚷，"你敢杀我，你好大的胆子。"然而，他的胳膊就像熟了的果子，突然朝两边裂开。那长长的裂口最初也并没有鲜血流出来，只是雪白一片，令人想不明白人这雪白的东西究竟是何物。何小力低下头，努力捏着裂开的地方，好像想要把分成两片的胳膊捏起来，还把胳膊伸长了叫顾晓清看，也就一会，血从裂口处涌出来。

胆小的女孩发出尖叫，一个苍老干哑的女声也在其中，是四毛的妈妈。"快，快打电话，叫人来！快叫人来！"一声叠着一声。顾晓清知道自己闯了祸，想逃走，不知道往哪里逃，索性站住了，一动不动。

顾晓清过完八岁生日，顾常林开始教她怎么淘米，怎么烧饭。

"你不能老是什么也不会只知道乱跑。"顾常林赤着脚站在厨房中间的地板上，把两勺子米放到锅里，拧开水龙头。

厨房里的一切都是陈旧的。灶台上积着油腻。地板上，装油盐糖的瓶瓶罐罐上也积着油腻。

顾晓清站在边上，一幅很听话的样子，好像知道过去不管做什么都只是白费力气，只是昙花一现。

三十年后，已经是二〇一〇年了，顾晓清偶尔借宿苏州太湖边一所小禅寺，遇昙花夜开，一修行人写给她昙花一现的另外一个意思。

昙花一现："（佛）告诸比丘，汝等当观，如来时时出世，如优昙钵花时一现耳。"（见阿含经），本义指好东西难得一遇，难得一见。

修行人的话就是不一样，这时她虽已离婚多年依然一个人，依稀想起爸爸教她烧饭的下午，她站在爸爸边上，就像被爸爸从一个遥远的地方刚刚招回来。

"你看好了。"顾常林慢条斯理地说，手插进水里顺时针地淘着锅中的米，然后把锅子斜过去倒去多余的水。

避难所

门禁响了，史蒂夫在楼下说："我是史蒂夫。我来接小西出去。"

之前他说过他要移民美国了，夏天可以很方便地去他喜欢的巴尔基斯岛了，那是北极圈的一个临时城市，"以后你就叫我史蒂夫。"我当时说："好的，史蒂夫。"好像对这件事没有一点别扭。我们已经离婚了，他有惊恐症，时好时坏，我们离婚就是在他病得最重的时候，最近他好像好多了，不过还不能喝酒喝咖啡。

我把小西喊出来，又检查一遍他的衣服，给他戴上遮阳帽，背上装着水杯的小背包。

小西八岁半，读二年级，扁扁的脑门跟史蒂夫一模一样。我站在窗前，看他像只小黄鸭朝史蒂夫跑去。天太好了，这么蓝。现在只要一个好天气就能让我满足，而且我重新迷上了电视。他们刚汇合，我就走开了，想快点把汤炖上，就去找张碟片看一下午。可我站在水槽边，还没有把食材全部洗好，电话响了。

"小西叫你也去。"史蒂夫说。

我说不是说好了我不去吗？是上周就说好的，史蒂夫去美国前带小西再出去玩一次。

"你还是去吧，他都要哭了。"史蒂夫的声音窝着火。

"你把电话给小西，我跟他说。"我还是不想去。

"我往回开了，马上就到，你下来吧！"

我只好换了衣服走下楼。史蒂夫的车刚好从车道那头拐进来，小西坐在副驾驶座上扭过头看着我，露出一点笑。

"好啦，"史蒂夫说："现在妈妈来了，我们可以出发啦！"

在他眼睛里我是个很难弄的女人，又要钱，又不要钱太多，太少也不行，怎么才正好呢？"你影响我赚钱。"他这么说过，虽然只有两三次，那也够了。上了车我只是坐着，把一只小布狗拖到膝盖上。这是小西以前的爱物，读幼儿园后他老是半夜里吐，疼，不舒服，这辆车深夜里载着我们去过许多次医院。现在它载着我们开上一条空旷宽阔的新路，小西不时问我们到哪儿了？我跟他差不多，实在不知道怎么冒出来这么多西洋建筑。

车开近一座城堡，停了下来。路是圆形的卵石铺成的，我后悔穿了高跟的鞋子，只能很小心的一步步走着。

史蒂夫去泊车，我问小西刚才怎么啦，为什么哭？

小西说他没有哭，史蒂夫说这是他们最后一次一起出来了，他才让我也来的。

史蒂夫真是这么说的吗？我的胃就像饿极了似的痉挛了一下。可是清风一阵阵柔柔地拂到脸上，我的心也清清凉凉的。

史蒂夫穿着灰绿的旧茄克过来了。我有半年没见过他了，头发有点长，罩着半个耳朵。

我知道他耳朵背后有个疤，小时候顽皮弄出来的。直到现在他还是很爱玩，长不大似的停留在大学三年级的模样上。

"想喝点什么？"史蒂夫摸摸小西的脸，带我们走进一个长长的幽暗的拱廊。一眼能望到深处可爱的绿草地，人不多，这个地方金灿灿、静悄悄的，仿佛在十一月底的暖阳和微风里沉睡一样。

"还是菊花普洱？"史蒂夫把菜单推给我，我们互相望了一眼。"马上要和这个人诀别了"的伤感从我心里涌上来。不过，这伤感时间极短，他是骄傲得要命的，他要做乔布斯，做巴菲特，他们才是他的目标，无限接近的理想。无论如何我都不会说史蒂夫，还像以前那样爱我，不要去美国了，不要去巴尔基斯岛……不会说我总是在往下掉，就算他给我再多的钱也在往下掉，朝着深渊，一个我不知道的深渊。

点好单，我和史蒂夫都显得如释重负。像所有在一起生活过很多年的家庭无聊地等来服务员，欢快地把手伸向各自的茶和甜点。

史蒂夫又谈起巴尔基斯岛，现在他喜欢这个岛超过了美国，那个幻想城市，房子建在空中，到处遍布晶体状半晶体状的建筑，还有像蛋白质空间链那样排列组合的房子，夏天才有人居住。

可是从照片上看，和我们目前居住的地方似乎并没有很大的不同。

小西吸着果冻口齿不清地问他是去那儿度假吗？

"噢不。"他轻松地笑着摇着头，"我准备去避难。"看着小西茫然的脸，笑着进一步说，"我把那儿当成我的避难所。"

我替他解释，"喏，爸爸赚不到钱了，很烦恼的时候，就去那儿躲着，像冬眠的熊那样。你是不是这个意思？"

小西说他也要去，这之前他总是选择跟我在一起，害怕史蒂夫惊恐症发作的样子，这会他好像忘了。

史蒂夫说，"那就好好读书咯，以后到美国读大学就可以去咯。"

"一定要好好读书吗？"小西显得大失所望。

"是的，现在看上去是这样。"史蒂夫说。

我说现在谈这些太早了，小西现在才二年级。而且，我实在想说你又不能保证股指不崩盘保证你的惊恐症再也不发作，正因为这样，签离婚协议时小西才归了我。

他有点沮丧，"算了，我们想的永远不会一样。"

"所以别说了。"我说。发现小西脸色苍白地看着我们，又说，"只要你觉得时候合适，就过来接走他。"觉得自己做到了仁致义尽。我拿不出别的东西给史蒂夫了，我把我有的全给他了。

虽然——我又看看他——他几乎依然是结婚前那个模样。我们在一起的十年，在他身上什么也看不出来。脸永远这么瘦，腼腆，清秀，倔强，最近又在上火，嘴唇脱皮……他怎么在证券交易所跟他那些伙伴操盘我一点也不知道，那地方我呆十分钟都受不了，到处是波动的东西，不停地上上下下，虽说是他们在操控，可那东西时时想摆脱他们自己运动，让他们直着眼睛，满嘴我操我操我操，直到进入他们预算好的轨道，才一个个恢复人的样子。

"我带他去那边。"史蒂夫指指不远处的飞马转盘，牵着小西走了。

我端着茶换了个座位，看着高大的摩天轮下，几匹马飞上飞下。

从我小时候到现在，不过是把旋转的马变成飞上飞下的马。

以后怎么回想这一天呢？

看手机地图，我们已经小城最边上。从前是滩涂，只有荒草，枪毙人的地方，再外面是出海口，也就十年多一点。

嘉年华搬来了。

听说正打算仿制凯旋门。

出现一个卢浮宫也有可能。

我把额头贴近玻璃窗，其实什么都没看，连飞马转盘也忘了，感觉过了很久，桌椅灯具才一点一点像从深海里浮上来似的出现在眼前。史蒂夫拖着小西正从他们消失的地方往我这边走过来。

小西脸涨得通红，胳膊直得像根木头。

"一个男孩在上面嚎淘大哭，他也不肯上去了。那么多玩的东西，一样不要玩。"史蒂夫的脸也是红的，头转向小西，"爸爸以前怎么跟你说的？什么事都要自己试一试才知道。"

史蒂夫以前也这么说我。我不想说小西这一点可能像我，遗传了我的基因，说我去下洗手间，穿过室外走廊，找到厕所，蹲在里面抽了根烟。回到餐厅，小西已经穿好衣服，背上装着水杯的小背包。

史蒂夫在收拾桌上的手机、车钥匙。

我问他这就走吗？

"他要去动物园。"

"这里哪有动物园？"我觉得莫名其妙。

"公园不是有只猴子？"

他们要去看公园的猴子？

我读小学的时候，有一天大家都在说公园来了三只猴子。过了一段时间，我父母也带我去看了。路上我父亲一直在说猴子有什么好看的，所有学人样的动物都让他觉得可恶。我不敢说公园里人最多的地方不是猴舍吗？很长时间我和同学谈论动物谈论动物园的时候就谈论这三只猴子，谈论它们怎么在灰色的水泥笼子里发疯似的走来走去。

过了几年死了一只猴子，好像病死的。是不是病死的反正没多大关系，只要谈论动物谈论动物园我们就谈论那两只猴子。

大一的暑假里我去公园命中注定似的遇到了史蒂夫。他是我的高中同学，只是之前并没有怎么说过话，他问我去不去看猴子，他小时候最喜欢那只小猴子，虽然也恶作剧欺负它，把图钉包在面包里叫它吃。小猴子眨着眼睛，就像听得懂他在说什么，很突然地朝他呲了呲牙，吓他一跳，一转头又朝我做了个飞吻。好多人笑起来。我们在笑声里走开，走出很远，史蒂夫看着我说，别管他们。他的脸红红的。不知为什么，他那样说话，他的脸那样红红的，我的心怦地跳起来。我们说回学校了写信打电话，但其实很少写信打电话。毕业前最后一个寒假我们约好一起去看猴子。那是个下着薄雪的早上，还没走近就闻到一股尿臭味，地上积着污水，烂香蕉皮、烂桔子皮、烟蒂到处都是。一只猴子前几天刚刚死掉，小猴子的眼神呆呆的，把本来想逗逗它的我们弄得大吃一惊。

毕业后，他一定要去广东，我则进了一家单位做起了会计。那几年我们几乎没有联系，直到他从广东回来，我们联系上，去公园碰了个面。在猴舍前，我们说起小猴子做"飞吻"的样子，他说小猴子看穿了他的内心，他当时就是那么想的，说着停下来看着我，紧紧盯着我的眼睛，不知道想从我眼睛里看见什么。那是我最爱他的时候，也是他最爱我的时候。小西一岁多点我们带他去看过一次猴子，那天猴子坐在石头上，头上有两个疤，好像被人摁住用香烟烫的。后来它站起来朝山洞走去，露出蜡黄蜡黄的屁股，我没想到它难看到这种地步，脏到这种地步。那是它留给我的最后一个印象，之后我像父母当年拒绝我那样拒绝带小西再去看它，它从此像一个死人留在活人的心里，再无任何变化。

现在，他们又要去公园看这猴子？

天很好，山顶飘浮着透明的云，半山腰的猴舍像个灰色的方块，明亮的黄色是广福寺的院墙。

到了公园门口，我说我不上去了，今天穿了高跟的鞋子。

史蒂夫拉着小西走了。

上山的人挺多。我看着他们走远，又看面前走过的人。虽然看着看着我落寞起来，因为我总在想从人群里走出一个人，把我全部的身心都吸引过去，可总是失望。

几个穿黑色紧身外套的男女涌了过来。一辆车紧跟着开进来，卸下麦克风架、架子鼓、扩音器。

音乐响了起来。

是爵士乐吧。

声音大得让人从心里到身体每个地方都震动起来。

一个金发女人穿着拖地的白色的长裙，扭动着，拍打着臀部，发出颤栗的刺激人的歌声。

她身后有人在搬器材，调音。那么，她只是在试唱，在试效果。大概吧。可是大家都盯着她，拼命拿手机拍她，好像只有她代表这个时代和这个时代的未来。

忽然，我又看见小西了，就在几步外，跌跌撞撞朝我走过来，被史蒂夫抓在手里的胳膊伸得直直的，跟刚才一样，脸憋红了，眼睛里亮晶晶的含着眼泪。

史蒂夫一走到我面前就说，"明天那只猴子要安乐死了！"

"啊，谁说的？"我站起来。

"好多人在说，都是来跟猴子告别的，一个礼拜前报纸上登过，网上也有，你真应该上去看看。"

"怎么安乐死？"我问，还是难以置信。

"管理员说明天九点有人过来打针，具体怎么样，他也不知道，一直是他管这猴子，买来不到一岁，现在三十几年了，浑身是病。公园要改建，到月底他就不干了。"

史蒂夫摇着头，说小西也要买东西给猴子吃，现在公园又没小卖部，到哪儿买？他刚才一直劝他呢。

我看了看脚上的鞋子，对史蒂夫说："我们回去吧，我来劝他。"

小西上了车就哭了起来。车子开到小区楼下，我把他拉下车，他还在哭。

史蒂夫在驾驶室里看着我们，"别的没什么，晚上要到老徐家吃饭。"他看上去有点为难。踌躇着又说："我给老徐打个电话，就说不去了？"

老徐家，老徐夫妻，他们原来也是我的朋友。把我们都叫去还是叫其中一个，他们也很为难吧？

我说没关系，叫他还是去吧，把哭着的小西半拖着抱上楼。走到拐角上，我朝窗外望了望，看见史蒂夫的车正慢慢地开出去。在一株大无花果树的掩映下，车道上已经有了暮色。

早上，我在鞋柜里翻出一双很久不穿的平跟鞋。

送小西去了学校，我把车开到公园停车场，远远看见昨天铺的红地毯还在。我想起那几个男女，那个女歌手，一切都在眼前，提醒我不是幻影。

史蒂夫会迎面朝我走过来吗？他放不下这猴子，所以也过来了？

拂开不时被风吹乱的头发，我平静了一点。淡紫色淡黄色的小花在路边开着，一切都很安宁。

很安宁。

再没有史蒂夫相伴的安宁。

猴舍的灰房子在树丛后面露了出来，和我最后来那次差不多，带锈迹的铁栅、假山，在早晨的阳光下阴沉沉的。

还不到八点，不会有人这么早给一只猴子实施安乐死吧？可我也不知道怎么把猴子叫出来。

一个穿格子外套的人留着很少见的圆形大鬓角，走到离我十来步远的地方抽起烟来。

他也是来送别猴子的？可他的脸这么冷漠。等他点第二支烟，四周依然静静的，上来的人都是走另一边的小径，去山顶打太极拳，我于是过去问他知不知道今天猴子要安乐死。

"死了。昨晚就死了。"他说，很干脆。

"啊！不是说今天吗？"

"打针的人今天没空，真快，不到半分钟。"

"啊！你看见的？"

"我看见的。"他眯起眼睛一笑，"老钱是我朋友。我们经常一起喝酒的。噢，老钱是这里的管理员，管猴子，也管厕所。"

油光从他的额角泛出来，黄亮黄亮。我不想再问什么，还是忍不住又问了他一句，"那猴子呢？"

"他们拿走了。"眼睛在我脸上扫来扫去。

"老钱呢？"

"老钱不来了。"

"为什么？他不是管理员吗？"

"他退休了。"

他点起第三根烟，长长地吸了一口，"我是这里的管理员了。"

哦，我点点头，把他的话又重复了一遍，"你是这里的管理员了。"

"哎，好多人看着它长大的。昨天你没来？昨天人真是多。"

"今天等会也有人来吧？"

"今天？今天难说了。死都死了，看什么。"他说，扔了烟头，很好奇地看了我一眼。

他还是在猜测我一早来这儿的意图吧。对这个人，我实在生不出好感，朝他点点头，下山了。

太阳在极远的树枝的缝隙里闪着光，带着一点点朦胧的昏黄的光晕，像一支小小的不大亮的电灯，孤独暗淡。我走到山的北坡了，这里的温度比南坡低几度，我只想快点穿过这块阴冷的地方，背后有人大声叫着什么。回头一看，格子外套朝我飞奔过来。

"你是何丽英吗？"

"何丽英?"我说我不是,莫名其妙看看他手里的塑料袋,里面是一块硬邦邦的东西。

"你真不是何丽英?"

"不是。"

"怪了,有个何丽英说七点之前要来,现在都八点了。我看你也不像,她五十多了,你才三十几吧?"

我没有回答。

"算了,反正她不来了,这个你要吗?"

"什么?"我又看了一眼那坨硬邦邦的东西。

"猴脑。昨晚冻在冰箱里的。"

我一阵恶心,瞪着他,好像他在侮辱我,逼我吃了不该吃的东西。

他对我的反应毫不在乎:"哎,你不是何丽英算了!不骗你,昨天真有人说好有个女的叫何丽英,今天一早过来拿这猴脑回去煎药喝。"

"你再等等吧。"我冷冷的说,一分钟也不想再呆下去。

他换了商量的声音说,"你真不要?可以做药的,收你八十块,便宜得跟白送一样。"

之后,他又问了我两声要不要?要不要?像准备偷情的人,也像准备花钱买高潮的人,带着肉麻的蠢动。我的脑子里飞快掠过那个女歌手,本质上这两个人好像一样。

我又站了一会,拿出一百块钱给他,叫他不用找了。

他大喜过望,把塑料袋往我手里一递,说回去马上冻起来,立刻走了。

该拿它怎么办呢?

我好像又陷入不离婚过不下去离婚也过不下去的为难里。

寒气从袋子里渗出来。我的手变得冰凉冰凉,脚也冰凉冰凉。我还怀疑袋子里的根本不是猴脑,如果史蒂夫在,他就会这么说,"只有你这种人才会相信。"

山脚下有一块耸立的岩石,被雷劈过似的绝壁下有一道半尺长的裂缝，大概特别的潮湿，草很茂密。我从这里走过很多次，之前从来没有注意过。我有点疑惑，想试一试是不是行，但其实它没有声音地就把塑料袋连同里面硬梆梆的东西吸纳了进去。我于是把草整理了一下，弄得就像没有人碰过，离开了那里。

史蒂夫上飞机前打电话过来，我犹豫了一下，我真是想说的，那只猴子，猴脑，最后还是没有说。

我不知道他什么时候下的飞机，也许一踏上美国他就情不自禁想摆脱自己的过去，一切从头开始，赚上很多很多的钱，夏天去巴尔基斯岛，在他的避难所里，他的惊恐症会慢慢地彻底地愈合。

直到今天，我仍然没有他的消息——虽然很可能下一分钟他的电话就来了——我相信会是这样，有些时候包括睡着以后我会想起那座山那块岩石，我还想到那只猴子在很多年里的确是不少人也是我的幸福的象征，这种时候，就像它会在某个我必须走过的很危险的让我苦恼的地方坚实地托住我，不再让我往下掉。

一切都还好

苍 耳

我没想到我会在公园里碰到安丽萍。

我跑完一圈了，正在想是不是再跑一圈。开始我没有认出她来，愣了一愣，才发现是她。

我们大约半年没见过了。

我想起她在一家面包房上班。一家连锁面包房，她是那儿的店长。店里还有两个人也是女的。她们不在一起上班，一般情况一个人就够应付了。

我对安丽萍说那是因为她们的面包卖得太贵了。"说真的，"我说，"你想有多少人会买那么贵的面包？我们又不是吃面包长大的，不吃面包就过不下去了。"

但是，那家的面包真的非常好吃。

这是王颂说的。

我们认识后他每次到我这儿都会拎一小袋面包来。我不知道他干嘛那么偏爱那种裹着厚厚的黄油和辣肉松的面包。他长得挺墩实的，是个生产沙发布和窗帘布的商人。我过去没想过有一天会和一个商人搅到一起。这应该怪我父亲，是他让我从小讨厌商人，他说商人奸滑得很而且没有诚信，"以后你就相信了，他们只知道赚钱。"我们家的人都不会赚钱，跟会赚钱的人也从来没扯上过什么关系，在我和我弟弟看来，那些人就像长着大脑袋和四只脚的怪兽。我父亲去世三四年后我母亲又结婚了，嫁的还是中学里的老师。我不大喜欢那个背稍微有点驼的数学老师，所以难得去一次他们那儿。我下了班就直接回到家里，把家里收拾得干干净净的，王颂来过一次就不肯再带我出去吃饭了。我们一起下厨炒菜，听着电视里的音乐吃饭。他不喝酒，也不让我喝，说他不喜欢女人喝得醉醺醺的很放肆。他称赞我的手指漂亮，尤其是点钱的时候。"你不应该点钱的，你应该弹钢琴。"我不知道他说的是不是真的。有一次我们逛马路经过一家琴行看见一架雪白的三角钢琴，他推门进去，我还以为他要买下来送给我呢，其实他是想给他女儿买，问了售货员几个问题。我们出来后，他问我，"你不打算以后买架钢琴吗?"我说，"我要钢琴干什么呢? 我家里这么小，也放不下。"说真的，我不是很明白他，因为有时他到我这儿好像就是为了在我床上跷着脚看几个小时电视。不过我喜欢他靠在床头一边瞄着电视打电话，一边挨个捏我的手指头，让我觉得他非常在乎那几个手指头。我专门为他理出一只抽屉放他的袜子短裤，有时候我在商场里帮他买换洗衣服会真以为有那么一个丈夫。很快我就习惯早上起来和他面对面的喝热牛奶吃黄油辣肉松面包了。我特意买了带金边的玫瑰花碟子放这些面包，趁他在浴室里刷牙，端端正正地把两碟面包两杯牛奶和一束洋金花放在餐桌上。

有一次他来得匆忙没顾上买面包，我不得不深夜出门，走了好多路，在他说的那家面包房找到他要的面包。

就是那次，付钱的时候我和安丽萍互相认了出来。

是我先说的，"你真的蛮像我以前认识的一个人。"

她惊讶地看了我一会，笑起来，"你是胡琴。"

以前我们是邻居。她跟着外婆住，看上去有点害羞，有时候胆子却又很大。那时我们都很怕一个比我们大七八岁的叫阿三的人，他不读书，也不上班，整天在弄堂里荡来荡去，最喜欢躲在暗处突然跳出来吓你一吓，然后一边开心地笑着一边趁机按到你胸口那儿问你怕不怕心跳得快不快，被按住的要是骂他，他就笑得更开心了。阿三这种讨厌的行径大人好像都不知道。至少她外婆就不知道，过年出门把她托给阿三的父母照管，站在门口说了好多好话。还好她外婆第二天赶回来了，她在阿三家只住了一晚。我们都听过阿三吹嘘那天夜里他们怎么睡一个被窝，说别人只有两个尖尖的小乳包，她的已经有小碗那么大了。大家都想知道这是真的还是假的，派我去看。我进去的时候她坐在藤椅里看书，头发刚刚洗过还是湿的，黑得发亮。她虽然捧着书，可是神思并不在书上，也没发现我，不过后来她终于朝我这边望过来了，看着我，似乎在问我的来意。但她好像从我的扭捏和胆怯中明白了什么，高傲地低下头，不再理睬我。为了不让自己丢脸，从她家里跑出来，我是这么说的，我说，"阿三的话你们说好相信吗?"有一段时间大家看她的眼光就像看一个外星人。我们觉得她已经"脏"了，我们表面上骂阿三，看见她沮丧的落单的样子，心里却觉得莫名其妙地高兴。她读完高中就上班了。那时我已经转学，趁学校放假帮父母去老房子搬东西。因为扩建商场弄堂里的住户基本搬光了，她和外婆搬到父母那儿去了。她上班的事我听父母说的，他们说她在印染厂当漂染员，我一直不大相信。

后来的事是她告诉我的。她说得很简单。

"我母亲不知道找了什么人，把我调了出来。她还找人介绍了一个男的给我，开始我想自己找，那个人住的地方和我家隔开一个弄堂，经常在路上碰到，太熟了，可后来我们就结婚了。"

她看着我，不大好意思地笑了笑，"可能你没听说过，我头一个孩子脑子不大好。你听说过吗? 产钳会夹坏脑子?"

我说没听说过，以前的邻居除了她别的没碰到过，也没听人说产钳会夹坏脑子，我没生过小孩，这种事情知道的不多。我磕磕吧吧地说着，我想她摊上这种事情实在挺倒霉的，可我不知道怎么安慰她。

她摇了摇头，"我们什么医院都去过了，当然了，后来也就死心了。我又生了个女儿。"她说。我感觉她在强撑着，而且总算强撑了过来，脸上又有了我刚进去时的笑容，"我女儿倒还争气。考试班级里年年拿第一。后年就要考大学了。她说要考哈佛呢。这个小鬼。我说，什么哈佛，考到北京就很不错啦。"

她那天穿着一身白底玫瑰红滚边的店员服，头上戴了顶同样颜色的帽子。我真不相信她快四十了。

我其实挺想跟她讲点什么事的，结果只跟她说了说我上班的那家银行。

"其实只是一个分理处，前不久才升格成了支行。"我告诉安丽萍，怕她找不到，详细说了在什么路上，左边是一家洗衣店，右边则是一家药店。

"怎么说也是银行。"她说，"你看，这里都没地方坐。在银行上班很好吧？"

我想起一刀刀堆得暗无天日的讨厌的票据和钱，还有每个月规定的拉二十五万存款进来的任务，我想说有什么好呢，看她羡慕地笑着没说出口。那几个月因为王颂，我并不愁存款的事，他在我手里存了两百万，我甚至有一点没好意思表露出来的得意。

她非要送我一块看上去硬绑绑的法式软丝面包，说那块面包是她们店里最好吃的。后来，王颂不再来我这儿，我就没再到她那儿买过面包。

我说这么多，其实是想说：看见她，我立刻想起了王颂，他转走的两百万，我退给他的饰品，还有那些被我们消化得一干二净的面包。

出于职业习惯或者我自己也说不清楚的原因，我小心地保留着两次人流的病历卡，所有买面包的电脑小票——真不敢相信我们会在九个月里吃掉那么多的面包，安丽萍只知道我一次次推门进去，挑选，然后带走一小袋面包，却从来不知道那个和我一起从被窝里钻出来得意洋洋吃面包的人。

不知道为什么，看见她，我突然羞愧极了。我真不想这个时候看见她，可她已经走过来了。

"怎么你在这里跑步？"她说，不大相信似的看着我。

我注意到她脸色不大好，手里拿着一根黄丝带，笑了笑说，"难得出来跑跑，怎么，你也做这种操了？"

有个剧团退休的女演员最近天天在这儿免费教做丝带操。这种黄丝带也是免费的。我也有一根，不过我练了两次就不肯练了，因为那个女演员老是指着我说我不够放松，让我很沮丧。而且我始终进入不了她让我们进入的境界：照她的说法，只要我放松下来，慢慢地会感觉脚底有个洞，感觉身体里不干净不健康的东西统统顺着那个洞流出去了。这么，等我们做完操，会觉得自己非常非常干净。

脚底怎么会有洞呢？不过，最可笑的还是那种场面：那么多女人穿着各色各样的衣服举着黄丝带听着号令傻呵呵地做动作。

"真的，我现在睡得好多了。"安丽萍说，"你为什么不试一试呢？什么时候你也试一试吧。"

"最近实在忙得要死。"我脱口说。

"年底了，银行是很忙的。难怪，"她冲着我莞尔一笑，"你这么久不来买面包了。"

我笑笑，没有说话。灯光雪亮的面包房、装在闪闪发光的透明包装袋里的面包，被我收起来的描金边的碟子从我脑子里一闪而过。

"有空了过来买面包吧。"她说。

"最近可能不行呢。"我说，"过了年我可能要去外地培训一阵子。"

就算培训回来了，我想我大概也不会再去买那个牌子的面包了。这半年里，我又恢复了早上起来泡饭过乳腐榨菜的习惯，这是我从小吃到大的东西，也从来没觉得吃厌过。有时早上起得迟了，烧泡饭来不及，或者为了换换口味，下楼买点安徽人做的烧饼油条，韩国味的馒头，东北味的煎饼。有时我一边急急忙忙走着一边撮起嘴咬着烫嘴的点心，不由自主会想起王颂，猜想他把面包拎到怎么样的一个女人那里。

我跑完第二圈，安丽萍还站在那儿。她在盘丝带，已经盘好了一大半，头发披下来，挡住两边的脸。

我不知道该怎么办。我不想再跑第三圈了。

"你还跑吗？"她笑咪咪地看着我说。

"不跑了。"我摇摇头。

"一会干什么？"

我想着，看张碟？看本书？洗点衣服？"你呢？"我问。

"今天本来说好要出一趟门的。"她说，丝带突然散开了，她只好重新把它卷起来。

"去哪呀？"

"你吃早饭了吗？"她总算收好了丝带，团成一个小球放到口袋里。"我们去吃点什么吧？"

尽管我并不想吃什么，还是张望着，看能不能找到吃东西的地方，我倒是一直想着什么时候回请她一次。

很快我们到了位于公园西北角的一幢仿古建筑前。这家茶楼供应自助式早餐，一大早已经有很多人。

靠窗的桌子全满了。我们转了一圈，找到两个靠墙的相对来说还算僻静的座位。安丽萍和我各挑了两盘点心，又各要了一碗皮蛋粥。

粥有点糊，味道实在不怎么样。最受不了的还是四周的嗡嗡声，几乎没有一个人在静悄悄地吃自己的早饭。我看看坐得最近的几个人，他们的脸全都红光满面的，有一种对旁的一切都不以为然的奇怪的自信。

我说，"还没我自己做得好吃。"感觉到跑步带来的热量已经从我身体里退走了。

"其实，今天本来说好了要出一趟门的。"

我看着她，等她说下去。

"本来想去看看我丈夫的弟弟，听说突然得了一种奇怪的脚气病，吃药吃得头发差不多掉光了。肝也出了问题。你知道那些治脚气的药对肝的损伤特别大。我已经好几年没碰到过他了。我女儿读书的学校还是他帮忙联系的呢。我想，我一定要去看看他，丈夫和我说好今天一起去。"

我瞄了眼边上的胖子，他正在吃一块煎得油光发亮的肉排。"怎么又不去了呢？"我说，夹起一块烤麸，咬了一口嚼着。

"我们很早就醒了。天还没亮，路灯也没灭。其实昨天我们就开始做准备。去年夏天我酿了不少葡萄酒。你知道每天喝点葡萄酒有助睡眠，还可以美容，这比店里卖的可好多了，每天睡觉前我都要喝二两。我想送点给他们。我真的好几年没有碰到过他了，顺便看看他前年新买的房子。他们搬了家我还没去过呢。"

她拿了块泡凤爪，问我，"你喜欢泡凤爪吗？"

我告诉她我挺喜欢的，而且最好是泡得特别辣的。

"这个就够辣了。"她吸了口气，好像眼泪也要辣出来了，一边啃，一边继续告诉我，"我们决定坐最早一趟车过去。我丈夫说要坐三个多小时的汽车呢，他们一定要留我们吃午饭，所以最好早点去。我说非要吃午饭吗？谁烧呢？你弟媳妇吗？她不是要上班吗？又赶不回来。我丈夫看着天花板，说总有人烧的，如果他们来我们家，我也会留他们吃饭的。后来谈到最后一次碰到他们一家三口的情形。这真是很多年以前的事了。我们在一起吃年夜饭，那时我们的女儿还不到三岁。现在她都十六了。我是想说时间过得真快。头一次到他们家我自己也刚刚二十呢。"

她到底想告诉我什么呢？只好应付着说，"时间过起来真是很快的。你看，再过几天就是大年夜了。"

"你怎么过？"

"去我妈妈那儿吧！"我拨着碟子里的鱿鱼丝，眼前晃过我妈和那个数学老师最近胖起来的脸。

"是啊，又要过年了。那时我刚刚二十。明明什么都不懂却以为什么都懂了。"

她说到这儿，很短促地笑了笑。

"后来是这样，我突然想起来的，问我丈夫还记不记得我们把他们家的沙发弄出一个洞来的事。"她想了一下，接着说，"这事已经过去十七年了。我有时真不敢相信……我们中午到的。他弟弟在家里等我们，长得挺像我丈夫，不过个子比我丈夫高。他弟弟的妻子在医院上班，是药剂师。晚上他们烧了一桌子菜，吃完就坐在沙发上看着电视聊天，他们刚买了那台电视机，又特意给我准备了不少瓜子花生。看了一会，他弟弟问我父母做什么，在哪里上班，家里有几个兄弟姐妹，我排行第几，一边听我说，一边点头。一会，他又和我丈夫聊了起来，净是些他们老家以前的事，还有他们的亲戚，听得我直打呵欠。我拿眼睛示意我丈夫我想睡觉了，可他好像没看见，只管和他弟弟没完没了地说着。到了十一点，我简直要睡着了，他们终于起来了，帮我们收拾睡觉的床铺。其实就是把我们坐的沙发搬到书房里去，说这样夜里他们上厕所不会影响我们。"

"真是够呛啊。"她吐掉嘴里的鸡骨头，吸了口气，"他俩费了好大的劲才把沙发搬进去。沙发是折叠式的，翻过来正好是一张双人床。他们抱来几床褥子，把床铺得厚厚的。等他们出去了，我望着那张床，我说，难道他们让我们睡一块？你别这么大惊小怪的，我丈夫解释说，没别的床了，反正我们呆一个晚上就走。那天晚上我和我丈夫就睡在那张沙发床上。他好像兴致很足，不停地说着他们以前的事，家里怎么穷，他弟弟怎么把钱和吃的省下些来给他。我还以为我一躺下去就会睡着的，结果根本不是。我不知道自己怎么会在那里的。早上吃早饭的时候我还在家里，我跟我母亲说要和同学出去旅游，晚上住在同学家里不回来了。我母亲叫我路上当心，其实我却坐了好几个小时的汽车，睡在一间陌生的房间里，一张沙发床上，胡思乱想地根本睡不着。我挺担心第二天的。我们很早就要去医院，他弟弟的妻子帮我们联系好妇产科医生，我们正是为了那件事才不得不找他们的。"

"你看我，说了这么多。"她抱歉地冲着我笑了笑。"要不我们说点别的吧。"她看着我，"你真的一点变化都没有。你看你的皮肤还是这么好。"

我连忙说我最近老得多了，我一上班简直没有一点空，昨天还出了个岔子，把存定期的一万块钱和存单一起给了那个储户。老天。幸亏他当场还给我了。不然最起码查到半夜才能回家。

说到这里，我摇了几下头。

"谁也免不了不出岔子。"她用一个手掌托着下巴，眼睛看着窗外面。

我看了看两边，问她是不是过去拿点吃的。

我们经过几张桌子，每张桌子上都堆着一大堆空碗。我指着那些堆成山的空碗叫安丽萍看，我真惊讶他们能吃掉那么多东西。

我们又端了一些东西回来。

我开始还以为她不想说下去了，沙发上的洞我大概也猜得出怎么弄出来的。不过在别人家里是够尴尬的。吃了一会，安丽萍又开始说

一切都还好

了，"你一定奇怪我为什么跟你说这些。"

我吃着冷掉的生煎包子说这也没什么。

"我从来没有跟别人说过。"她沉默了一下，开始说，"那个时候我们挺年轻的，平时又没什么在一起的机会。但我们那天并没有。我们就是睡不着多说了会话。可是没过多久，就听见床"咯啦"响了一下。怎么回事？我问。我丈夫说他也不知道。面面相觑了一会，我们从被窝里钻出来，我裹着被子，光着脚站在地上，我丈夫什么也没穿，弯着腰跪在沙发边上索索地发着抖。他真的是非常瘦，牙齿积着厚厚一层烟斑。老天，我以前竟然没发现过。我看着他，想知道他能用什么办法把那个洞补得一点都看不出来。事实上他按着钻出来的弹簧和海绵想把它们按回去可怎么也按不回去。他终于冷得受不了了，草草地把洞用被褥掩上。我们又缩回到被窝里去，埋怨那真是一张蹩脚的沙发。知道他们的沙发这么不结实，我们宁肯睡地铺。我问他怎么办。那个洞足足有一个男人的拳头那么大。后半夜，我们一直在商量要不要把沙发破了的事说出来。是说好还是不说好，也许他们根本记不起来沙发上是不是有洞。后来我们说定了就当不知道沙发破了，再说我们根本没干什么，才合上眼睛睡着了一会。"

"第二天早上，我丈夫还是说了。那时我在厕所里，突然听见我丈夫在说那张沙发的事。我想，我还是不在场好，免得尴尬。洗好脸在里面又呆了一会。他怎么说的听得不太清楚，就听见他弟弟哈哈地笑了好几声。回来的车上，我丈夫说他弟弟说那沙发是二手的，难怪不结实。可那实在没法解释，说我们什么都没干沙发就破了吗？今天早上，我突然想起来我还没问过我丈夫他那天怎么说的。他催我起来，说早就不记得了，都过去那么久了。看时间，我们确实该起来了。我坐起来穿衣服，突然，我听见自己在说，我不去了，你一个人去吧。你怎么了？不是说好的嘛。我丈夫的头从被窝里伸出来，他想不通为什么我突然变卦了。我说也没怎么，就是当着他弟弟的面没法不去想沙发上的洞。那又有什么呢？你这个人就是想得多。我丈夫说。我没再说什么。我没有想到自己又会想起那些以为早就忘记的事。"

"所以结果你没去?"我问她。

"我梳头的时候他就站在边上看着我。我送他到门口,看着他穿好鞋子。怎么样?去不去?他一边说一边开了门。我其实想说那我还是去吧。可是说出来的还是不去。我看着他走的。门在我面前关上了。我愣了一会,冲到窗台那儿,看见他提着我们酿的那壶葡萄酒正穿过花坛。我想这个时候叫住他还来得及,我又冲回房间,拿起电话,我想就叫他在楼下等我好了。可我只是看着手里的电话。后来我把电话放了回去。我不知道做点什么好。我说过我昨天就开始准备了,要洗的要收拾的都洗好收拾好了。后来,我就拿着丝带出来了。我想,说不定做做操我会好一点。"

她说到这里头低了下去,手捂住面孔,从手指缝里漏出来笑声,"刚才那个退休的女演员说脚底的洞我就在想沙发上的那个洞……"

我一愣,也笑起来。我们旁若无人的大笑着,也不管别人怎么看我们。后来,她总算不笑了,松开手,"过了一年我们就结婚了……一直到现在。我其实是想说,有些事就是这样,你当时并不知道,你总有一个时候会觉得自己不能面对它。"

她问我一会打算做什么去。我说回家去。"你呢?"我说。她说要去商场,看看有没有适合她丈夫穿的羊毛衫。这个时候去买很合算的。因为现在哪个商场都在打折。

"你也去逛逛。说不定能买到什么。"

她抢着付了账,我们就在门口分手了。

"再见。"她朝我摆摆手。

"再见。"我也朝她摆摆手。

我走了一会停下来辨认了一下方向,想抄条近点的路回家。那条路我以前没有走过,好像不常有人走,积着枯黄的树叶,四周的花草也大半枯萎了。我想着安丽萍的那些话,把它们连起来就是她的半生呀。正想着,不防踢到一棵东西上,它紧挨着一排冬青,挂着干瘪了的果实。

我摘下一颗,拿在手里。也许它并不叫苍耳,只不过在我姐姐的小孩的书上看到过。去电脑上查一下一定是能查到的。可我只这么想，一次也没有去查过。

　　王颂把它扔到我头发上的时候我十九岁。他比我大两岁。那么，那个时候他也才二十一岁。那时我们在同一所会计学校。他的学习不怎么样。我听说他以后会像他父亲那样也去做生意。我以为什么也不会跟他发生的。就像安丽萍说的，我明明什么都不懂，却以为自己什么都懂了。

尼古拉的跨时代

　　纯粹是一时好玩，T大的室友现在都叫他尼古拉，据说尼古拉严格遵守教规，不抽烟不喝酒，每天坚持散步，像一架有规律的时钟。

　　尼古拉不是暴君吗？他历史书读得不多，对尼古拉一世二世没什么了解。不过自己是不太正常，大学都要毕业了还没有正经交过一个女朋友，大家忙着看手机只有自己无所事事，在T大的确像怪物一样稀有。

　　上午，父母走后，他又坐了一会，套上羽绒服出门了。

　　住对面那幢楼的M老师说读T大的人将来都有钱，母亲就笑。

　　M老师退休前也在T大，在T大教社会学，现在算得上母亲唯一的朋友。

　　楼上那户人家有邪门的事就是M老师说的。不然怎么说呢？一家六口，一个出车祸撞伤腰，一个洗澡腿摔成骨折，一个发蔷薇疹发得浑身都是，都进了医院，他们生的第二个孩子两岁不到天天在门口玩扫帚，母亲说M老师说的，这样能帮他们去掉点坏运气。

　　走过那儿，他下意识地朝上面望了一眼。这当然看不出什么来，倒映在视网膜上的只有成方阵排列的毫无感情色彩的窗户。

　　谁又知道邪门的事不会扇着黑色的翅膀飞到他们住的地方？

　　穿过离家里最近的十字路口，他习惯性地上了桥。下了桥，又是一个十字路口。一长排车停在左转弯车道上等绿灯。不久他也会成为他们的吧？父亲答应毕业了给他买辆车，这是父亲办得到的，别的就难说了，他只是市政公司管下水道的小工程师，一个小城市不会有太大的下水道工程的。

母亲下了班在家孜孜圪圪钩一种出口的绒线小玩具，都是些手指大却手脚五官俱全的娃娃。他简直有点害怕她。她那么咬着牙坐在那里一丝不苟的钩着到底想从那里得到什么？

就为了打发时间？

又没有钱。

真的，还是没有钱。

越是临近毕业，就越是茫然，连寒假的课业"社会实践调查报告"都还不知道做什么。

绿灯亮了。车缓缓地启动，一辆接着一辆滑过去。它们都像是从高的地方掉下来，又朝着高的地方拼命开上去。

昨天走到这里，他向左走了。今天向右吧。反正不会有什么好运气，向左向右都一样。

远远的，一个清洁工驼着背在扫地。

小城里的清洁工都抽掉血似的又老又干，看不清男女。

面前这个人的手实在已经不能叫手了，而且这双手无论如何没有办法把树叶扫到畚箕里去，它们被风带着跑着，不管他怎么扫都只能看着它们在风中恶作剧一样四散着飘远。

扫帚扫过坚硬的路面发出刺耳的声音，像母亲在说"你怎么什么都不肯干！"放假回来，母亲问他最后一个学期了有什么打算，他说没有，不知道，母亲很伤心的这么说了一句。

枯叶轻飘飘的绕着他的脚转着，看着它们你叠我涌的铺满一条街，实在让人绝望。前些天一个室友喝多了还在宿舍里说，"妈的，T 大毕业弄不好也会去扫地。"

"还有扫帚吗？"他看到清扫车上有一把备用的扫帚。

清洁工抬起沉甸甸的头。

反正他有一张好孩子的脸。

好孩子。好孩子。他心里飘过一个阴影。九岁的时候，尽管大人竭力隐瞒，他还是隐约听说母亲想和父亲离婚，然后跟父亲的弟弟——他的亲叔叔结婚却没有成功，母亲大概就是因为这个自杀，却被父亲救了过来。直到现在住在北京的叔叔一家从来不和他们来往。每想到这件事，他总会想到一个下午突然出现在门口垫子上的一双鞋，他本来从来没注意过父亲的鞋，可这双鞋比父亲穿的实在大了很多，亮了很多。现在他想起这双鞋还是很不舒服，就像这双鞋不动声色打了他一耳光。

救过来的母亲躺在医院的床上，外婆那边的亲戚围着她劝了很久，她才转过焦黄的脸，无力的睁着眼睛看着他被推到床前，不认识他似的不说一句话。

他就像考砸了最喜欢的数学，难过的低下头。

没人怪母亲宁肯死也要抛弃他，都是一个声音叮嘱他要做个好孩子，不要让母亲再伤心了，好像是他让母亲死的。

好孩子。好孩子。

他就这么做着好孩子长大了。

听话，稳重，可靠。这是外面。

里面呢？懦弱，不自信。十二岁以后跟母亲说的那些坏孩子一样整天想象逃课，抽烟，找女孩，吸毒，看黄色电影，和母亲乱伦，跳进浑水里，变成另一种人，收不住脚的一心朝那边滑，在电脑里留下蛛丝马迹，被母亲发现，一场歇斯底里的大喊大叫，他心软了，切断了母亲说的"罪恶"，一门心思做一棵只往上长的正派的树。这些不被外人知道的心思永远只有包起来很紧很紧的包起来。他始终不太敢看母亲的眼睛，好像彼此这点不堪入目的东西仍在各自眼睛里。

可这实在只是一把普通的现实中的扫帚，不会有奇迹，不可能有奇迹。不过，他还是可以尽量把它使得像根魔法棒，哈利·波特的魔法棒。在童话中扫帚不一直是巫婆和术士的工具吗？

清洁工咧着嘴，他从来没碰到过这种事。他的高兴是真心实意的，他的牙齿都没了，张开的只是一个被烟和咸菜弄黑的洞，他不仅用这个洞传达感激，还搓着手，不停地说慢点，慢点！

风很帮忙，没有把扫进畚箕的树叶再吹散开来。

在一个小区的三角地带，他又从一个老女清洁工手里拿过扫帚。老女人又惊又喜，不相信现在还有这样的小伙子。

"现在的小伙子都懒得很，早上不肯起来晚上又不肯睡觉，从来不折被子，吃饭不用碗。"

他想不出吃饭不用碗的意思，"喏，"老女人说，"用纸做的了，我是不要用的，我要用瓷的。中国人出产瓷器的，外国人都要用，中国人倒不要用。现在很奇怪的。"

另外一个老女人骑了三轮车过来，卸下水桶，开始擦拭垃圾桶，眼睛看着他们。

"这小伙子好。"前面的老女人说。

啊？老女人认真地打量着他。

"地上叶子太多了，我帮你们扫掉一点。"他说，感觉鼓起的气快要瘪下去了。他都不知道怎么鼓起来的，现在要瘪下去了。

老女人说，"我原来也扫地，在那边高压电下休息，一辆汽车把我的腿撞坏了，他们看我不好扫地了，叫我做这个，我扫了八年的。"老女人说到这里，羡慕地看着他们。她大概以为他也会接过她手里的抹布的，谁知他没有这意思。

他不知道他把扫帚挥舞得像根魔法棒时被人拍了，发到微信上。

一个神经病。马上有人跟贴。

这是跳钢管舞吗？又有人跟贴。

行为艺术？

后现代。

魔法时代。

跨时代。

Cross time

Newera

他很少上微信，过了一段时间才知道因为他而起的议论。当时离开三角地带，他就回家了。

早上，他漱了口，洗了脸，吃好早餐，父母已经一前一后走了多时了。

依然是大风天，风呜呜呜呜在窗外转着圈子咆哮。

刮下的落叶比昨天还多。

还是那地方，一辆清扫车停在路中间，一个老女人木然地坐在地上，扎着头巾的头垂在两腿之间，扫帚歪着挂在墙上。

满地都是叶子。

他走过去，她也没有抬头。

他刷拉刷拉扫走落叶时她抬起一点下巴，很不相信地看着他。她的头发还是黑的，从头巾里钻出来几缕，随着风飘来飘去。

他以为她这么看着他，是要感谢他。可是她的眼睛里什么神气也没有。她也没有活人的热气，像个死了的人，只会动动眼珠。他怀疑她刚才真睡着了不是偷懒。她真的睡着了，做起了梦，他也是她做梦做出来的，她歪着脸和嘴不太相信的看着他，而后她的头又垂下去，一直垂到两腿之间。之后，直到他走开，她也没有再抬起头。

她怎么了呢？走出十几米远，他不放心地回过头看了看，只见她蹒跚着走到清扫车边，跨上去，慢慢骑走了。

这天比较好玩的是一个大叔，他也坐在地上，不过他在抽烟，发现有人注意他，爽朗地说，"小伙子，那些有钱人还不都是吃国家的，是不是？咱们偷点懒不算什么。"

他被逗笑了，说，"我来扫两下？"

"哎哟哟，"大叔叫起来，"你可别逗我，看你读书人的样子哪会扫地呀。"

他说没事的，大叔就笑，说，"我知道了，你在搞社会实践，是不是？我女儿也干这个。她还帮人家发传单，现在工作难找呀，她学心理学，她要练到看人家的脸知道人家心里想什么。什么都要多做才会。我女儿在下沙的，杭州过去，你在哪里读？"

他说了，觉得挺开心。他喜欢这个大叔。家里没有大叔这样的人。虽然母亲认为他们只要看点电视剧，听点天气预报，说点大家都在说的话，很容易得到别人的好感，变成受欢迎的人，她还是宁肯坐在阳台上钩玩具。还说外公就是这样，外公的父亲也这样，可是除了不会说假话别的他们都没有传给她，到他这一辈就更没有了。他说他也不会说假话，看人家脸知道人家想什么更不会。至于扫地算不算社会调查——他是觉得不算——写几个清洁工交上去？要被老师骂的吧。

这天风小了，地上还是有许多树叶。一个捡烟蒂的老头说树叶有什么，过年那几天才是清洁工最苦的日子，放过鞭炮，再碰到下雨，碎屑粘到地上扫不干净，最后还是骂到他们头上。

大冬天的，这个瘦小的老头只穿了一件薄棉衣，手上戴着一只塑料手套，脸上皱纹太多的缘故也是衰老愁苦的，可是他笑着，笑得很舒心，好像说的都是愉快的事。

一个买菜路过的阿姨问他知不知道这老头是谁，"这可是退下来的老干部，"阿姨说，"人家叫他史上最牛环保老人，3 年捡了 4 万多个烟蒂呐。"

"哎哎，我是想别的塑料废纸都有人捡，烟蒂卖不了钱，没人捡。"老头说，晃晃手里的塑料袋，里面积着十来个烟蒂。

有人往他们这边看过来，认识老头的跟他打着招呼，听上去还有人跟老头上街捡过烟蒂。

"没什么不好意思，"老头说，"这又不是坏事。"

"你真的捡了 4 万多个烟蒂呀？"

"是啊，捡一个我在心里数个数，回家记下。"老头呵的笑了。

告别的时候，老头说，"别说现在工作不好找就说时代不好，你们这些小孩不知道怎么就爱说时代不好，没有不好的时代的，古书里说日日是好日，要我说现在可是跨时代的好时候。Cross time。Will have the cross time。"

"Cross time？什么意思？跨时代吗？将具有跨时代的？"他羞赧，英语学得太烂了。

就是这天，老头走后他甩开手挥舞着扫帚，满脸流汗，一心要把路上的落叶都扫光，两只手机从不同的角度对准了他。

他们在微信上见过他的照片，想不到在这个路口撞上了。

晚上，扫地的照片传到微社区，市长也看到了。

市长白白净净，像个秀才，到任不到八年已经拆掉全城三分之二旧房，白天工作，晚上也要工作，就是他提出来的，从此行政大楼每晚灯火通明，山脚下的古庙一入夜就亮起霓虹。

这天晚上会议结束前，市长顺便提起这件事，"这样的人，我们的党报也报道一下。"

有人小声说就怕是个神经病。

这句话让市长非常不高兴，"为什么不查一下？去查一下嘛？这很难吗？"

第二天，报社的女记者很神奇地在路上截到他：

"能不能跟我们谈一谈你的家庭情况啊？"

"谈什么呢？"

"家里有人下岗吗？"

"没有。"

"有兄弟姐妹吗？"

"没有。"

"工作了？"

他实在不想再说"没有"，摇了摇头。

在这一连串问题之后，包括"你叫什么？""我叫尼古拉""这不会是你的真名吧？"以及"我当然不可能告诉你我的真名"之后，记者把谈话引向正题，"能谈谈你是怎么想到扫地的？"

她长着很小的脸，戴一幅黑框眼镜，更显得那脸像个放冷的包子，上面有几个抓破的深深的痘痕。即使理科班的女生也比她漂亮，可他还是觉得她身上有种奇异的神秘感吸引着他——他还是第一次跟一个记者这么近的距离。不过这个不漂亮的女记者对他并没有多大兴趣，很快收起录音笔和采访本走了。

这段"事迹"当天晚上就刊登了。

报纸是母亲带回来的，她实在不相信这是他。

报纸上的自己像个囚犯，一幅低头认罪的样子。这哪是我呀！他叫起来，觉得很冤枉，别人登在报纸上都很神气，怎么自己上了报就成了这样？

母亲挺高兴，虽然他出门只是扫掉一点树叶。

"我以前就不明白环卫局为什么尽招这么老的人干这种活，还一天几次查他们，就怕他们偷懒，吃东西，吃一粒豆子都要扣他们的钱。"

至于扫帚是不是真能驱邪，母亲说这是 M 老师就那户人家的情况说的，不过 M 老师之前确实预言准了好几件事。

"今天在楼下她碰到我叫住我跟我说，那户人家供先人又不好好供，十几年了一直把先人供在角落里，还让太阳每天照着……现在的人都不相信，你们不让他安生他又怎么能让你们安生？那个小孩是来帮他们的，到春天他们的厄运就过去了。"母亲说起 M 老师像说传奇故事。

这个富裕的老太太也确实像个传奇故事，从她边上走过的人会情不自禁停下来看她，因为 M 老师，他修掉了留了一个学期的胡子。

"她有一种让你不得不相信的本事。"母亲说。

他也觉得是这样。

电视台的记者直接把电话打到他手机上，很快，带着一个扛摄像机的帅哥到他家楼下来采访了。晚上，父母六点半就守在了电视机前。他觉得这样太傻了，不过母亲坚持要看，他也挺好奇，想看看屏幕上的自己怎么样，有没有比报纸上好一点。九点的晚间新闻里，他们看到了下午的采访。

一同被采访的还有一个外语系的男研究生，他在菜场开了家肉店；一个学中文的女生和男朋友在微信上接单卖卤面，一天能卖一百多碗；一个学音乐的男生考进殡仪馆，谈了给出车祸轧成两截的尸体化妆的感受。他在最后，记者说现在仿效他的人不少，快要掀起"帮清洁工扫地"的热潮了，请他谈谈怎么看待这种现象。每个人不到十分钟。

　　他的脸在反光板的衬托下显得很精神，不太流利地把这些人年纪这么大还来挣这个钱的问题抛给电视机前的观众，至于毕业后开一家现代化清扫公司他表示没有想过，不过不是不可以考虑。

　　片子放完，母亲上前关了电视。他看着母亲的脸有些惴惴不安，他能感觉到母亲心里这会并不平静，但是她只是说，"我弄水果去。"就去厨房了。

　　等她端着水果过来，他说，"电视台瞎掰的，我都不知道还有那三个人。"

　　母亲说，"没什么，说得挺好，现在你知道了，你有很多东西不知道。"

　　"反正这绝不会是我将来的工作——"

　　第二天他没有出门，他还有一点说不清的懊恼，觉得是报社和电视台中断了他的"社会调查实践"。班级的QQ群里有人介绍做"社会调查实践"的经验：去网上搜点资料，再去社区敲个章，社区的章很容易弄到。他想这的确是个简便易行的办法。

　　年刚过，学校就开学了。上火车前母亲忽然想起来说早上碰到M老师，M老师说有邪门的事的那户人家听了她的话，把照片用布包好收起来了，那个小孩已经不玩扫帚了。

　　他实在难以相信，不过也可能是真的吧，真有这样一种因果关系。之前他以为他去扫地跟那小孩毫无关系，也未必真的毫无关系。他进了站，就丢开了这件事。捡烟蒂的老头，M老师，父亲，母亲，男人的皮鞋，抽紧了口的秘密，那一点乱伦的做恶的念头，都不存在了。眼前只有两条铁轨，只有他自己的下一步。

　　他后来并没有去社区弄那个章，交的还是扫地的报告，经过几天的沉思默想，说他认识到为什么扫地的都是看起来已经丧失劳动能力的老年人，这是因为扫地是人不用学习就能行使的最基本的技能，是一个人进入老年被社会彻底抛弃前能参与的最后一个社会性工作。他们大多没有别的经济来源，即使本人并不缺衣少食，却强烈地希望给子女一些经济补贴，后一种是大部分清洁工出来工作的动力。最后，他很诚恳地说，他是在拿起扫帚的时候才感到自己像个学步的小孩学着走向社会，而不是高考，不是带着自鸣得意以优等生的身份走进 T 大，不是三年半的大学生活。

报告交上去很久也没有回应，这天，邻近的 F 大发生了一起大一新生失踪案，由此又牵扯出几年前发生的一件投毒案。F 大的学生有时会来 T 大打个球，T 大的学生也会偶尔去 F 大蹭场话剧看，所以 T 大对 F 大发生这样的事反应格外大。负责社会实践调查的 H 老师就是在大家都在议论纷纷时看到他穿过图书馆和操场之间的通道，叫住他，说这篇报告不行，太简单了，没法给他分。

"真的通不过吗？"

"这肯定是通不过的。"H 老师一幅爱莫能助，不准备再多说的样子。

他想了想，把报社、电视台传给他的报道翻出来，包括刚传到微社区的一组照片。

照片上齐集了一百个人，统一穿着印有志愿者字样的红色马甲，排着队，正准备前往各个街道小区寻找"需要帮助的清洁工"。照片下的题字写着：传递爱心，传递正能量。

H 老师愣了一下，拿着他的手机看了好一会，说，"我知道了，你先回去吧。"虽然没有明确说给他多少分，他知道多半也是通过了。

回到宿舍，他推开门，室友都在。

"尼古拉万岁！"他说。

在他们转过头看看开了的门，又看看他，还没有把头转回去对着各自的手机继续刨着 F 大那桩失踪案之前，他又说了一句"尼古拉万岁！"

暗　器

记着早上出门时母亲关照："中午早点回来，帮我把桌子摆起来，我一个人拖不动。"林林一上午心不在焉。

她去年才来这里。母亲先是嫌不是正式的，又嫌钱少，又嫌她过去读书不用心。然而，好歹这里给了她一张桌子。

桌面很新，可角上有道很深的口子，不知什么划的。桌子跟人的脸一样，有了疤，就破了相。她想换一张，又觉得自己刚来，挑三拣四不那么好。

她还是很珍惜这张桌子的。来了没多久就年底了，发台历的人也给了她一本。后来，陆陆续续又添了订书机、笔筒、印台、号码机、水生植物。一张办公桌应该有的慢慢都有了。最后添上的是一只米色文件柜，屏障一样，在她不想说话时把她挡起来。

后天就是大年夜了，大家都在讨论年怎么过。过年原来有那么多过法，她真是不知道，被人问到过年的计划，头从文件柜后面探出来，窘迫地笑笑，"我母亲住院了，今年哪里也不会去吧。"问的人诧异这样一个回答，把话扯到别的上头，又笑开了。

林林回过头，朝着墙壁坐好。叫她说什么呢？她的手在键盘上很重地揿着，揿出卡嗒卡嗒的响声。——过年了，母亲却生病了。就算不生病，她们也不会去哪里。年初一照例去奶奶家……以前年初二会到舅舅家看看外婆，现在外婆没有了，这一趟也省掉了……她有点羡慕她们这么大肆谈论出行的计划，可她根本没有出去的钱。别多想了，就在家里看电视好了。她卡嗒卡嗒打着字，这边笑声刚静一静，走廊那头主管的办公室又轰的传出一片笑声。

那些人好像是银行的，她过去几趟了，就是举不起手去敲门。他们多半来给主管拜年的，她闯进去不太合时宜……有时笑声听着像是没有了，她决定敲门了，笑声又欢快地飞出来。

坐在公交车上，她望着窗外一直在想自己这种不敢或者说不愿跟人开口的脾气怎么养成的。母亲过去最爱跟人讲她小时候乖，在立囤里一只娃娃玩半天。那个立囤，其实就是一只竹笼子。也许，是她先知先觉地发现哭闹根本没有用。母亲是厂里的三八红旗手，生产标兵，最骄傲的一件事就是市长——也是女的——亲自给她颁的奖。从女市长手里接过奖状的感觉，她是永远也不知道的，至少值得一个女人为了有精力工作把孩子关在立囤里。

她却和母亲正好相反，什么事她都不积极。

天阴着，马路灰沉沉的，虽然灯笼还没挂出来，她依旧感觉到过年的气氛。这种气氛是从人身上传出来的吧，再在空气里传着。她远远望见自己家那幢房子，从前是灰色的，现在变成砖红色了，奋力朝车门口挤去，想着早上出门前差点说，"我中午走不开，不回来了。"

可是，她无力对主管说的话同样也无力对母亲说。

门口放着母亲的蚌壳棉鞋，穿得太久，鞋帮已经歪了。她默默地望着，仿佛这是母亲胃痛发作时歪斜的脸，为自己没有早点回来涌上一丝歉疚。

母亲并不是样样事情都勇往直上，她只会缫丝，二十几年来只在缫丝这一件事上用足了心思，哪怕受够别的女工的口水，背后说她跟厂长副厂长睡觉，她也还是只管提起全身的劲缫她的丝。她的墙一样坚固的意志是在丝厂哗的倒闭、父亲从家里搬出去之后一下子崩塌的。最初听到母亲黯败着脸诉说那个叫汪雪兰的女人，林林还有几分莫名其妙的高兴。这个静寂的家里终于搅进来一个女人。母亲终于疼了。她为母亲的疼高兴，直到见了后来被她叫作兰姨的那个女人，她的高兴才彻底烟消云散。

她开了门，房里弥漫着浓烈的油烟气，客厅豁然空着，桌子已经拖到窗台边，空着，什么都还没摆上去。

母亲从厨房间探出头，皱着眉头说，"怎么这时才来？我喊了楼下扫地的，给了几块钱，叫他搬好了。"看她不动，顿脚喊道，"快点把烛台酒盅拿出来呀，我还有两只菜，马上炒好了。"

她有些羞愧，洗了手，爬到柜子顶上翻出一只纸箱，小心捧下来。

烛台是黄铜的，沉甸甸的。她的心也沉甸甸的。昨天母亲就说要回家，"过年了，你外公外婆总要请一请。"她没有说话，看着母亲跳下床，找医生去了，自己只是望着床上的浅紫色床单发呆。别的床上都是印着红十字的白床单，只有母亲嫌医院的床单不干净，睡过那么多病人，枕头也是家里带去的。医生见她也是没办法，跟她说，"身体是你自己的，你自己负责。"

她把新买的一对蜡烛插到烛台上，没有忘记在烛台上垫上红纸。很小她就跟在外婆边上，跟屁虫一样看外婆张罗香烛酒菜，耐心地教她，"林林，酒杯要这样摆，记牢啊，分两排，喏，这样，一排十二只……烛钎上要垫张红纸，这样蜡烛油不会滴到桌子上……"

她听的时候以为糊涂，过了头才知道每一句都这样深的刻在脑子里，竟是一句都没有忘。

外公死后，外婆更相信地底下的那个世界了，跟她说，"你外公托梦给我，说桃树种好了，年年开桃花，等着我去。"她被外婆的话弄得背上寒浸浸的。外公这一等真是漫长啊，孤静地看了三十年桃花。这三十年里，外婆每到阴历二十七八必定拎着装着蜡烛锡箔的元宝篮赶过来。母亲拗不过外婆，就像她拗不过母亲吧。一样的。她只有听外婆唠叨，"林林，要谢谢土地公公，土地公公保佑林林太太平平。林林给太公太太磕头，太公太太保佑林林读书读得出。"小时候每到这种日子，她最不愿意同学来找她，怕她们好奇地看来看去，说她，"林林，你们家这么迷信啊。"

她静静地站在一边，望着这桌没有人的酒席。母亲把菜端过来，往两只酒杯筛上酒，点了香，到门口去了。

林林不想看母亲噏动着嘴喊"爸爸妈妈太公太太你们一道来"可笑的样子，去沙发上拿了个垫子，端端正正地摆到桌前的地上。

一支蜡烛冒着黑烟。

有一年，外婆突然大惊小怪叫刚到家的爸爸快点出去。

"什么事啦?"父亲摸不着头脑。

"你爸妈信耶稣，有冲撞的。你看，这支蜡烛冒出来这么大的烟。"外婆说，脸色也变了。

"妈叫你走，你快走吧。"母亲也催他走。

父亲很不高兴，还是换上鞋走了。

林林拿起剪刀剪掉了一截灯芯。黑烟没有了，火苗静静地燃着。

父亲当年走出去的心情，母亲理解几分呢?外婆，是更不知道了。在床上撑过了半年，走了，自认一辈子没有对不起祖宗过，走得很安然。——已是父亲搬出去的第七年，跟兰姨摆了喜酒，结了婚，父亲没有说为什么不叫她回来吃喜酒，她在酒席上出现，父亲会有一点尴尬吧。外婆最后的几个月在她床上过的，母亲在电话里问她接外婆过来好不好，她想着外婆萎缩将死的身体觉得不舒服，可她讲不出不要外婆睡她的床。

父亲搬走后，母亲有过一段不孤枕独衾的日子。她假期里回来见过那男人，说是在建材商市场卖抽水马桶，个子挺高，脸也周周正正，付钱的时候却有一种说不出的猥琐。她冷眼看着他像男主人一样为这个家莫名其妙的开销付钱，瘦长的手指在皮夹子里翻着。当着她的面，母亲不好意思显得太兴奋，背着她偷偷抛一个眼风。她只作不知，清楚地看到钱脱手时，从他眉头上闪过的微小的心痛。

她断定他们不会长久，对母亲的解释——他们早就认识，年轻时候就倾慕她，知道她现在一个人，有时过来看看她——不置可否。倒是母亲越说越激动，"我也是人呀，我也要有人来看看的呀。"她放假在家那段日子多少打乱了他们有规律的会面，然而他为母亲支付了几次医药费就不见了。外婆成了母亲的救星，母亲把一腔没有着落的心思放在了外婆身上。

反正她还有一个学期毕业。还是春天里，她夜里一向习惯关掉手机的，那一夜，她看着屏幕熄了，愣了会，摸索着开开。冥冥中，她好像感应到外婆要走了。电话果然一早来了，天刚蒙蒙亮，她被手机的震动震醒，听到母亲在那边说，"林林，你外婆刚刚已经走了。"母亲只说了这一句就呜咽起来，像根导火线从遥远的家里逶逶迤迤地烧过来，她也跟着呜咽起来。

香灰一寸一寸软落下来。

香是用来引路的，把去往另一个世界的人引到他们过去熟悉的地方来。没有香，他们会迷路吗？会找不着生前住过的地方？

她想着他们鱼贯着进来，依次落座，外婆会不会笑着看她？欣慰没有白教她？

她和外婆一直很疏远。这是因为外婆没有带过她，她刚会站就被母亲扔到了立囤里。站不住了，她会软趴趴地坐下来，沾着自己拉出来的屎尿。

母亲委屈地辩解过，"那时我上班忙呀，你外婆要烧饭。"

印象里，外婆烧了一辈子的饭。烧到烧不动了，在火中化成一堆灰，放到那只油光发亮的瓦瓮里还是烫的。母亲叫她和妹妹弟弟一起带着骨灰到山上去。

她迷茫地问，"你们呢？"

"我们去镇上的安息堂。山上现在规定不可以再葬进去。这样，别人只当你外婆放在安息堂了。"

她瞪着眼睛看着母亲。这样的事也偷偷摸摸吗？

她和小姨的女儿菲菲舅舅的儿子小涛看着大人们捧着空骨灰盒哭哭啼啼走了，三个人走小路上了山。

开着细黄小花的荆条横堵里伸出来，拦在路上。骨灰一直是小涛捧着，他比她小一岁，已经在社会上混了，他的镇定让她心里很安定。可是，她和他的世界那么远，他们只是在新年头上，一个喊一声"林林"，一个喊一声"小涛。"舅妈对她母亲只有恨，恨他们买房子，开饭店赔本欠了一屁股债，卖假烟罚款，母亲只拿出那么点钱。

她立在外公的坟前，看着掘墓工掘开不到一米，把瓦瓮放了进去。朝菲菲和小涛望望，他们两人也不声响，垂着手肃然不动。

这样就好了？不挖深一点了？她充满疑问。

菲菲后来很大人气地怪怨小姨和母亲想出这种办法，只让他们三个孩子去做安葬这样一件大事。

可是当时没有一个人说。

她不是也没有说。

她回了学校。那一阵她很脆弱，常常在黄昏宿舍没人的时候伏在床沿上大哭，想那只瓦瓮，想一个人死了以这种方式化入土中。

母亲第二次筛了酒，问她，"磕头了吗？"

"还没有。"她起身走到垫子跟前跪下去，恭恭敬敬磕了三下。

"林林，"母亲的声音突然那么轻，温和的，温柔的。

"嗯？"她的声音也轻了，也温和了，温柔了。

"你问问你爸爸，他还欠我的四千块能不能先拿一点回来？再过几天我要出院了，你好好跟他说说。我真的没有钱……付给医院都不够，不是要逼他。"

"嗯。"她只有答应。

母亲关照她等下再筛一次酒，端着脸盆去阳台了。

烟气很快洇了进来。

林林透过阳台门上嵌着的玻璃，看见一蓬蓬烟盘旋着，从熏得发黑的破面盆里飞起来，飞远。

这只描金的红牡丹花面盆是母亲结婚时的陪嫁，现在成了化纸钱的器物。

祖宗们酒喝了，饭吃了，钱拿了，就好走了。

母亲蹲在阳台角落里，偶尔耸起一点稀白的头顶。她嫌染头发麻烦，买了只假发套，又常常忘记戴，引得邻居惊叹，"宁宁，头发怎么白成这样了？大生不像话，你也犯不着气成这样。"母亲听了常常爽脆一笑，"不关大生的事。我像我妈……我妈四十几岁头发就全白了……"

大生，是林林的父亲。林大生。

母亲还是又染发了。隔一段时间，从头顶先白出来。是一朵花苍白的芯子。母亲自己并不觉得。父亲搬走前跟她抱怨，"你妈这个人呀，是最没有诗情画意的。你看她搓肉圆子，滴溜滚圆不掺一点淀粉的大肉圆子。实心货。"

那时，她和母亲都没有听懂父亲话里的意思，她叫母亲肉圆子搓小一点，母亲搓出来还是很大。父亲挟起一个放在碗里叹了口气，林林只当不看见，拼命往嘴里扒饭。对母亲，父亲早没有喜欢了。

阳台门"吱呀"一声开了，母亲端着面盆进来，嘴里吁着气，一只手扑哧扑哧拍着衣服上的灰星，抱怨，"你要有男朋友就好了，我们也好放几串鞭炮。"抱怨虽抱怨，面上又是安详的，她总算完成这件大事了，在自己差点也要归入这些人当中时，她一点不乱地完成了。

林林和母亲一起把桌子拖好。母亲叫她吃饭，她回答食堂做包子，路上已经吃了。

她怕稍一犹疑，母亲会盛上饭，夹上两大块肉，硬叫她吃下去。

请过的菜，她始终觉得难以下咽，是她心理作用，还是这菜被香烛熏烤得确实没有了味道。

出了弄堂，她又回身看了看，母亲的后背空荡荡的，屁股也空荡荡的。不是一下瘦了十几斤，母亲也不会疑心自己生了癌，恨不得她立刻把男朋友带回来，好把她的手郑重地交到那个男人的手心里，让他一心一意地代她照顾好她。

愈是这样，林林找男朋友的事越是成了一件遥远的事。她真怕男朋友来了，见到母亲这个样子。

谁担得了谁的一世？

在建材市场卖抽水马桶的男人，贴了母亲几年的生活费，药费，摸一次钱心痛一次，他再也受不了母亲没完没了的病了。

讨钱一直是她的任务，她不去讨，就得母亲去讨——先是讨生活费，再是讨离婚时父亲欠的那笔分手费。

钱是父亲提出来给母亲的，算是一次性补偿。他自己提出来，又拿不出钱，付了一半，另一半成了欠账。

这两年母亲住一趟医院，她往父亲那儿要一趟钱。她和父亲都练出了一幅无赖相，从前父亲只要在电话里露出点不好办的话音，她说声，"那好吧，爸爸，我们再想想别的办法。"就挂了电话。现在，她不拿回一点钱就不走，蜡烛一样戳在父亲的办公室里，赖到父亲叹气，开抽屉，数钱，无奈道，"喏，拿去。我只有这一点，你也看见了，回去见到你妈不要瞎讲。"

林林拿到钱，每次都讲"谢谢爸爸，爸爸我回去了。"嘴巴却情不自禁一撇，这薄薄的几张钱放到皮夹里去了也还是瘪的，明明是一整块肉，硬被父亲切成了肉丝，塞到嘴里嚼都不嚼就没了。

有一次她问菲菲，"你说他真的没有钱，还是钱被那女人捏了去了？"

菲菲说，"我看是真的没有。稍微有点钱也不会住到这么一个地方的吧？"

菲菲和她，还有小姨——菲菲的妈妈，一道到父亲的厂里去过。

那天也是太气人了。

她放假在家里闷了几天，上午去会同学了，回来母亲告诉她她刚走，把玻璃窗砸碎了，还站在楼下骂了两个钟头。小姨过来，劝母亲一会了。

她？就是被家里的亲戚骂作"X"那个女人？

她愣了愣，怀疑母亲先说了不对头的话，又觉得她这样怀疑是在偏袒那个女人。

母亲坐在沙发上，像是被沙发的黑皮面吸走了，只突露出一个小小的头，——她又忘了戴假发套，睡裤底下露出两只黄蜡蜡的脚杆，平静地说，"大概就为了我到你爸爸那儿去了。"

自从父亲搬出去，母亲还没有去找过父亲，她一直有着奇怪的自尊心。她到底耐不住了？要去找他了？

"我跟他说，'你在外面也住了这些日子了，我跟林林都等着你回家。'"

"他怎么说的?"

"他叫我回家。"

"你就回来了?"

"我摔碎了他吃茶的杯子。"

母亲平静的脸上看不出表情。

林林呆了一呆，问，"然后她就寻上门来了?"说到"她"，头不由往右偏了偏。仿佛那个女人此刻就在她们身后藏着。

林林从母亲和小姨的神色里看出自己应该找一找父亲。至少名正言顺骂那女人一顿，骂得她抬不起头做人。

一股浩荡不平的气冲得她站起来，红头涨耳道，"我去找她! 我现在就去找她!"

小姨担心她一个人去吃亏，硬把菲菲也喊了过来。看着她们下了楼，追出来道，"算了，我跟你们一起去，看看什么女人把他迷成这样!"

父亲的电珠厂那一阵刚刚开业。在兰姨的唆使下，他从单位辞了职，专做汽车电珠生意。她带头闯进去时，他坐在会客的沙发上，老板桌后面坐着一个女人，白生生的一张瘦长脸。

就是"她"。"X"。

不知为什么，她之前一直把她想成古画上的仕女，纤弱，文静，漂亮，那样才配得上她父亲。

就是这张她觉得难看的脸有着神奇的粘性，把她父亲粘住了。他的眼睛努力地转了几下，才把眼睛转到了进来的三个人身上，从这三个人挑衅的眼神里发现了不对头的东西。

"林林!"他吃惊道，"你怎么来了?"又看菲菲，"菲菲，带林林回去。"他没有看小姨，虽然他平常总开玩笑叫她小妹。他有了"X"，不是小姨的姐夫了。

"X"站起来，笑着走到她面前，"你是林林? 你看到了，你爸爸在这里很好。回去吧，告诉你妈下趟不要随便到别人这里来摔杯子。这么差的素质怎么留得住丈夫。

小姨冷笑道，"你有素质？你有素质勾引别人的丈夫，还敢跑到别人家里砸玻璃窗？"

"你有证据吗？""X"忽地抬起尖尖的下巴颏，逼近一步道，"什么叫勾引？说话要有证据，你看见了？你看见我让林大生操我了？"

小姨的脸刷地红了，"这里还有孩子呢，你讲话别太下流了。"

"哈！""X"笑得更加响了，"林林，你看见我让你爸爸操我了？你看见了？"

林林的脸羞愤地红了，突然明白母亲也好，她也好，全不是这女人的对手，一个操字就够让她们败下来。她们全部的自尊胜不过一个操字。硬着头皮说，"这是我家的事，不用你管，我来找我爸爸回去。"

"X"收起笑，"林林，你爸爸不会回家的。不相信你问问你爸爸，他肯不肯回家？"掉过头问林大生，"大生，你女儿叫你回家呢，你自己告诉她，你回不回去？"

她真想像小时候那样冲上去拉他，把他拉回家。父亲抬了抬手，好像想要摩一摩她的头顶，却又颓然地垂了下去，"林林，回去吧。"他离开椅子，站在房间当中，衣领只扭了最上面一个，下面的豁开着，露出圆胖的肚皮。

"爸爸！"林林叫道，眼泪从眼睛里淌了出来。

她不知道怎么从那儿走出来的，菲菲和小姨一个在她左边一个在她右边，她好像是被她们挟着出来的，浑身酸痛，好像刚从粪坑里爬出来，又像被人强奸过，浑身都是白花花的污迹。

三个人闷声不响走到一个岔路口，小姨说，"林林，我们回家了，你也回家吧。别想了，他不是你爸爸了。"拉着菲菲气哄哄走了。

几年过去了，她始终记得兰姨那一声喝，"林大生！你女儿叫你回去，你听见了，还不出去！出去啊！"始终记得父亲听了兰姨的那一声喝后，慢慢地矮下去矮下去，蹲在地上不动了。

父亲干得并不好，别人做老板，从自行车换到摩托车，从摩托车换到小汽车，从桑塔纳换到宝马奔驰，他来来去去还是一部电瓶车。见客户，约吃饭，吱溜吱溜满街窜着。

　　倒是兰姨取代了母亲，不久就讨得阿爷奶奶的欢心。在阿爷奶奶这里，她是乖巧的儿媳妇，是帮父亲赚钱的女强人。好几次，奶奶当着她的面说母亲，"宁宁人是好，就是不会做人。"

　　有奶奶在，兰姨每次见她都客气地招呼她，"林林来了啊？有时间多来看看爸爸。"每趟都解释，"你爸也很困难，不然欠你妈妈的钱早给了。"

　　林林听了笑笑，不想说，"他困难，你的手表哪来的？你的戒指谁花钱买的？"她想到母亲光秃秃的一双手，很为母亲不值。但是，母亲自己也不怨恨的事，又要她恨什么？

　　她和他不过是钱的关系。就是这个关系也就要结束了。按照协议，她工作了，从今年起他不再给她生活费。欠母亲的一万五，零敲碎打的，也只剩四千块了。

　　也就是说，她和父亲之间还存在着四千块钱的关系。

　　走进点心店，林林找了一个靠窗口的位置，把包放在对面座位上，替父亲占着。小时候跟着父亲出来吃点心，总是她占座，荡着两条腿等父亲买筹码回来。父亲人排在队伍里，眼睛时不时在她身上转一转，眼睛眯一眯，那是在叫她不要急，乖乖等着。

　　她眼前朦胧了。

　　空气里弥漫着馄饨生煎里的肉味。肉味已经漆进了桌椅，也漆进了墙壁里。隔着窗上的水汽，灯光朦朦胧胧地汇成五颜六色发亮的光斑。她看着，并不着急父亲还不来。她今天心情有些奇特，这奇特是同事洋洋带给她的，下午他突然飞快地把一只滚烫的烤玉米递给她，没有说什么就走了。她回过神，看到的只是一只肥撅撅的屁股，一晃，从门里消失了。——洋洋别的地方都还好看，就是一只屁股难看，好像被人从腰间拎起来一点，不那么挺拔了。

　　这只玉米现在还放在包里。

她望望给父亲占着座位的包，面前浮起两只大而圆的眼睛，在镜片背后一眨一眨。她想着这两只眼睛，老是躲闪的仿佛在揣摩什么似的，觉得正是这两只眼睛，洋洋不那么诚恳的，藏着世故和油滑的。

门推开了，进来的正是父亲，她忙伸手朝他招了招。

父亲趔趄着走过来，扳着台面坐下去，朝两边看了看，问她，"你吃什么？"

"小馄饨吧。"

父亲瞅着旁边一个正在抹桌子的服务员，"来碗小馄饨。"

"你不吃？"

"我还有事。"

"爸爸？"

"嗯？"

"你的脚怎么了？"

"摔了一跤。"

"是不是酒又喝多了？"

"没喝。骑车，夜里看不清。"

林林想着电话里父亲身边嘈杂的说话声，年底了，父亲很不容易吧，每个来要钱的人都要应付。他想不来的，但是她一定要当着他的面说，他才答应。从前光洁开阔的额头上挤着好几道皱纹，每一道都是深的。她是墙头上的草，许久了。在母亲这边，同情母亲，到了父亲这边，又同情起父亲来了，脱口道，"爸爸，你比上次又老了一点。"

父亲掬起一点嘴角，似笑非笑地道，"你都这么大了，都要谈男朋友了，爸爸当然老了。说吧，什么事。"

父亲的神态让她的目光缩回到桌子上，自顾自，头也不抬地说，"妈妈上礼拜又住院了，瘦了十几斤……皮包骨头一样……"她飞快地看了眼父亲，他只在抽他的烟，下巴微微抬着。母亲的病并不能让他心软，也许还是讨厌的。她决定快点说完，说完就走。

可是等了好一会，他仍一言不发地抽着烟。

"你知道，虽然有医保，百分之二十要自负的。"她想着逼一逼父亲，语气却已经软了，"她每个月不到七百块钱，吃药都不够。"

父亲把眼睛转向她，定定看着她。

"我买了件大衣……你知道我的大衣还是读大一时买的……我也没有钱了……工资本来就低……"她吞吞吐吐说着，突然发现父亲搁在桌上的手上有一块乌青。

父亲抽完烟，撤灭了，说，"林林，你告诉你妈，钱我想想办法看，不一定有。你叫她自己也想想办法，不要老指望我。"

她傻着眼看着父亲走到门口，推开门，走了出去。门弹了回来，她的心里一片空荡，一个惊讶地声音在叫着，怎么是这样！怎么是这样！他又走了！她就不应该听他的跑到这家点心店里来。她应该一直戳在他办公室里，戳到他没有办法开抽屉拿钱为止。

他竟连她上班怎么样，吃一碗小馄饨够不够也没有问。也没有为这碗馄饨付钱。她还有别的委屈——一件大衣穿五年的委屈。这委屈这么深，不能开口跟母亲讲，不能开口跟要好的同学和同事讲，跟谁也不能讲。

——可是，她随即想到她不也没问他有没有去医院看一看，说起来伤筋动骨一百天呵。他那么潦倒，快过年了，他身上哪有一点过年的样子。

他在发愁，他整天都在发愁，为了钱。

这不是他自找的吗？要是他那时没听那女人的话辞职，还呆在原来的单位，也不会弄成这幅样子。

是他自己要这样，她不用同情他。

馄饨送上来了，她呼噜呼噜把馄饨吞到肚子里，在碗边放了一块五毛钱，抹抹嘴，推门走了出去。

手松得太快，门砰的弹了回去，后面传出来一个女人的叫声。是门弹到人了？她突然觉得这个人就是兰姨，做作地叫着。让她叫去。她不想管，头都不想回。

康华医院的每一间病房都在夜色里放着光明。

林林站在台阶上望着冷冷清清的大厅，大理石地面泛着白闪闪的光。她转了两次车，就是为了到这里，现在却不想上去了——她不单没有拿到钱，还多了另外的损失。

这两年见父亲一次，她就受一次损失。她损失的是她最宝贵的自尊心。这是埋在她身体里的暗器，用来防护自己的，却屡屡在父亲那儿受着损。

她是不想上去了，不想装出笑脸骗母亲。风吹着她的眼睛，吹得凉索索的。风拍着大衣的衣领，这样大的衣领，买的时候也不知怎么就看上了这件——活像两只猪耳朵，在风里掀动。父亲用那样的眼光看着她——不是责怪她没钱还买大衣，而是她居然买了这样一件大衣。

管门的老头站在门房里朝她望着，大概她在门口站了一会了又不进去，有些生疑。

她拨了母亲的手机，眼睛望着十层楼，说，"我去过了……说等两天再说。"

"哦。"母亲声音很平静。

"……我不上来了。"她又朝门房望了望，老头坐下去了，头低着，一个小姑娘，能做啥坏事呢？是她自己在做怪。她的自尊心。

"你早点回去吧，天气冷。"母亲关照。

"嗯。"她说了不上去，心里又后悔，每天夜里她都陪母亲坐一会的。可母亲住的六人一间的病房人进进出出一刻也不安生，实在讨厌。还有病房里的空气，人身上的热气，药水味，闷得她喘不过气。可是她不上去母亲多少有些失望吧，她的心又开始在深不见底的水里恍惚地漂着。

"对了，林林，你去菲菲家，把那碗鱼给她们送过去。"

她不说话。

"肉你挟几块出来，留着明天吃，剩下的也送过去，菲菲喜欢吃我烧的肉。"

"都给他们吧，我不要吃肉。"她终于找到话说了。

这次是母亲不说话了。

"那我走了？"

"嗯，路上当心，早点回家。"母亲挂了电话。

母亲不在，一开灯，迎接她的总是一道惨白的光。波浪形的天花板中间的吊灯坏了五只灯泡，只用一只灯泡也够亮了，母亲换了节能灯管，很异样的长出一截。这房间其实不适合弄得太繁复，墙上贴的墙纸又是一朵朵花，房间显得异样得小。

父亲搬出去的前一年，突然兴致高涨地把家里新装修了一遍。房间的塑料地毯也掀掉了，铺上暗红的柚木地板。

母亲冷眼看着父亲一个人兴兴头头忙着，说他不知道又在翻什么花样，这花样想来是父亲对留在这个家里作的最后一次努力，最终却也没有留住他。林林吸吸鼻子，吸掉一点清水鼻涕。

请过外婆的菜依旧一动不动地搁在桌子上。林林望着被青菜、煎豆腐众星拱月一样围着的鱼，看上去仍浓油赤酱，皮却有些干缩了。

菲菲家缺这样一条鱼吃？林林不高兴归不高兴，仍旧找了饭盒，装好了，拎着出了门。

菲菲家离她家不远，这些年她却很少上门。自从她和菲菲、小姨找过父亲以后，总挥不去丢脸的一幕，尤其菲菲走之前冲着蹲在地上的父亲丢下的那句话——"林大生，你不是人。"

有这样一个大姨，菲菲也很烦吧，母亲生病，她跟小姨少不了要来探望，少不了带点东西带点钱。母亲受了他们的情，只好隔一阵烧点菜送过去。

母亲从来不想这在她是多么别扭的事。菲菲的爸爸在市政公司上班，逢年过节一箱箱东西搬进家，什么没有，要吃这样一条鱼。

小姨从她手里接过鱼倒没说什么，也没多看，收进厨房了。一会把空盒子拿出来，还有一兜橙子——强调这个是脐橙，美国的，叫她走时带回去。

看个头光泽也知道这不是一般的橙子，小姨的口气也不是炫耀——是叫她留着自己吃，别又让母亲拿去做人情。可是小姨的好意也会触动她内心发射暗器的开关，心里的尖遽然突起来，被这个尖顶着，她坐不了一会就想逃出去。虽然缺钱的时候她第一个想到的总是小姨，要是小姨肯借，她就不用找父亲了，她经常这样想。她真的不想再去问父亲要钱了。可是真到了这里，借钱的话成了肥皂泡，她看着它们一只一只没有声音地碎了。

小姨叫她坐，先问母亲是不是还好，接着问上次介绍给她的男朋友有没有约过。

她老老实实说，"约过两次，就不约了。"

"你也要主动点，现在哪还像过去，非要男孩子主动。"小姨说，拿过一张报纸叫她看，"喏，这里，你看。"她扫了题目一眼，写的是八零后的女孩主动出击求婚。"这个时代就是这样了。"小姨对这个话题好像有很多感慨，表示她并不赞成，但是人只能顺应时代，否则就被时代抛弃了。她放下报纸，没接着小姨的话说下去，知道她一接着说下去，小姨就没完没了了。小姨在单位做行政，最擅长做思想工作，总说，"林林，你要想想你们家的情况，你妈妈身体这样，你爸爸又指望不上，你自己工作这么一般，不嫁个家境好点的将来怎么办呢？"弄得她一见那男孩先就想起那三套房子，连他什么样子都没有记住。

"林林，你上来。"菲菲在楼上喊她。她说声"我上去了。"逃一样上了楼。

菲菲在房间里玩电脑，背朝着她笑着说，"我妈又在说那三套房子了？"

林林往菲菲粉红的双人沙发上一躺，"还不是那三套房子。"

"你就嫁给他吧，你一天不嫁，你妈和我妈想着那三套房子就一天不放心。"菲菲大笑。

她拍了菲菲笑得乱耸的背脊一下。

"我早就跟她们说过了，三套房子是好，可也得喜欢，不喜欢房子再多也没有用。林林，说真的，你喜欢什么样的男人？"

难得今天菲菲有谈兴，她把腿缩上来，盘着坐着，想着，"我么？有点男人气……不要太难看……"她忽儿想起洋洋，越过洋洋的脸尽力想象着她现在还看不清的一张脸，那张脸就在那儿，离她很近，又让她觉得难以描述。那是张老成的脸，眼睛里有很深的东西，那些东西洋洋没有，那个父母有三套房子的男孩也没有。

"喂，林林，你喜欢男人年纪大点好还是小点好？我反正很受不了比我大的男人。"

她惊奇地望着菲菲的背脊说，"我跟你正好相反，我最受不了比我小的男人。"

菲菲沉默了一会，突然笑起来，"按照弗洛伊德的理论，你有恋父情结，弄不好会照你爸爸的样子找男人。"

这倒她从来没想过。她的心思不在这儿，她并不想很快找男人。但其实，这是她拿来搪塞别人的，她在学校里交过一个男朋友，她真想他把她带到很远的地方去，永远也不回来了。

可那是不可能的，父亲已经不要母亲，她不能再不要母亲。她只是跟他约会了几次，还去学校后面的树林转了几圈，乌鸦在枝头上叫着，他们在一只坟前找到一块空地，互相望了望，如果他躺下去她也会躺下去吧，她那时的念头那么疯狂。

她坐正一点，"我刚刚见过爸爸。……他摔了一跤，脚也摔坏了……他其实也很可怜的，要不是兰姨他根本不会弄成这幅样子……"她的鼻子不禁有些发酸，此时菲菲这间昏暗的房间好像能引发她不愿让人知道的一些情绪。

"他自己难道没有责任？"菲菲的声音冷下来。每次都这样，一提到父亲，菲菲的声音就冷了。

"林林，我一直没跟你说过。"菲菲走过来，坐在她边上，手轻轻地碰了碰她的肩膀。这说明她有秘密的话告诉她。

"什么事？"她惊异地望着菲菲。

"有一次我去你家，你爸爸一个人在……"

她看着菲菲。

"他在房间里看电视，我听见电视机开着……他说，是菲菲呀，来，进来看电视……我进去一看，你爸爸躺在床上，电视机开着，在放那种片子……"菲菲的声音低下来，手指转了两下。

她先还迷茫，不知道她在说什么，看着她的手指，却突然顿悟了，面孔一下子涨得通红。

"真的，林林，我不骗你，我说我不看，说了就走了……"

"这种片子很多人都看的吧。"她软弱地申辩。

"你仔细想一想，别觉得不高兴，你爸就是迷上那玩意之后变的……我告诉你，男人女人最要紧的是那件事好不好。"

是这样吗？

有段时间他把自己关在房间里看完片子就往楼下小饭店跑，她知道那家小饭店的老板娘，下巴肉嘟嘟的，胸部也肉嘟嘟的，笑起来乱颤。

再后来，他就认识兰姨了。

小姨夫回来了，怎么说他们过年想去武义玩，订了带温泉的度假村，问她去不去，她怎么告诉他们她不去了，母亲还在住院，怎么跟他们说要走了，拎起那兜橙子——美国的橙子开门出来，在她脑子里变得混混沌沌的。直到听见"呼"的一声响，她才发觉已经站在小姨家的楼梯上了。

她想着小姨的话："你就跟菲菲住一间，夜里我们出去泡露天小温泉，很小的池子，头上就是月亮。""你想一想这种感觉。""一起去吧，反正车里还能坐一个人。"又一次感觉到在小姨嘴里自己就像一件不碍事的行李。

菲菲说过的话紧接在这之后跳了出来。她知道菲菲没有说谎，父亲看的片子就放在床头抽屉里，一叠香港武打片底下。她拿出来放过，又面红耳赤地塞了回去。她的眼前又一次浮现出男人女人纠缠在一起的画面。

她从巨人般立着的香樟树腊梅树中间穿出去，月色里影影晃晃的树叶子让她影影晃晃地想着：男人女人最要紧的是那件事好不好——父亲在兰姨身上找到了母亲没有的东西吗？

只是出去了这么一段时间，家里的灯没有那么惨白了，还有些柔和，旧扑扑的柔和。她低着头推开自己房间的门，看着床上铺的粉红床罩。外婆留在上面的痕迹永远在她记忆里：痰罐子，茶杯，药瓶，报纸。这些东西直到她回学校，母亲仍未收拾掉。六月，她毕业了，打电话告诉母亲回家的日期，母亲才收拾掉，铺上现在这条床罩。这是小姨说的，小姨说，"林林，我真不知道怎么说你妈好，她就把你外婆用过的东西原封不动搁在你床上，还把照片挂在墙上。"

外婆的遗像挂在客厅墙上，正对着门，进来的人先看见外婆的脸。

外婆的脸并不阴森，她笑得很和煦，面前永远放着一只水果，母亲隔两三天换一只，撤下的她自己吃。

她坐了一会，把窗打开，把灯拧灭了。月光很亮，这真是一个苍白的黑夜。——不管怎么样，她现在宁静了，一曲熟悉的乐曲从遥远的地方传来。

这个世界上只有林大生知道林林曾经想当一个大提琴手，在她根本还不懂的年纪。

那个下午，五岁的她突然被橱窗里挂着的琴迷住了，非要走进去，迷住她的也许并不是橱窗里的那把琴，她是被拉大提琴的女人迷住了——她轻轻地摇摆着上身，就像鱼摆着身体在水里游着，越游越远，停下来好一会才看见他们，伸手拍了拍她的脸，赞道，"好漂亮的孩子呵。"林林被人赞了，放大胆子摸了摸琴。

听她说，"爸爸，我也要拉大提琴。"林大生笑了起来。林大生从来没有拥过琴这种东西，除了小学升初中前混在大合唱的队伍里唱过一次《歌唱祖国》，他也就是洗澡时刮胡子时吹几下口哨，哼几段忘了歌词的流行歌，他没有音乐上的嗜好，也没想过自己的女儿会有这种嗜好。

林大生说，"好，不过，林林，你晓得吗？你还没有那把大提琴一样高呢。"

他挑了支口琴，呜呜地吹了两下，说，"林林，我们吹这个好不好？"然而林林不肯要，他只得把口琴放了回去。那天林大生是在尴尬中把林林从商场里拉出来的。

"小孩子嘛，过一阵劲头就过去了。"林大生对营业员说。

又过了一年，林林过六岁生日时，林大生才下决心把她看了无数次的琴抱回了家。

大家都把这当成一个望女成凤的父亲的豪举。

"这钱都够买台电视机了！"母亲怪林大生太惯着林林了。小孩子哪能这样，买个玩具提琴玩玩就行了。为了这把琴，家里拖延了几年才看到电视。

时间过下去，就像母亲当初预料的，林林并没有拉出来什么名堂。她拎着琴，一个礼拜去提琴老师家一次前后加起来还不到一年。林林后来才听母亲说起，那把琴买了没多久，父亲的建筑公司死了两个人，从脚手架摔下来死的，这件事闹得很大，父亲简直焦头烂额，口水仗打了半年多，家里的玻璃窗无缘无故被人砸了两次，家属的激愤才平息了，拿着骨灰和赔到的钱走了。父亲调到公司下属的另一家厂。那家厂在郊区，父亲早出晚归了一段日子，改成一个礼拜回家一次。母亲对这个判定很不服气，到处找人说情，想把父亲调回来，她还去找过给她颁过奖的女市长。女市长早调到别的地方去了，她的努力最后毫无结果，学琴的事自然搁下不提了。那段日子的记忆被她雕琢成一段电影片断，她曾经那样过——拉着父亲的手，穿得很整齐地朝提琴老师家走过去，身上笼罩着光芒——艺术的超越平凡人的还有虚荣心的光芒。这种日子只维持了一年，被母亲形容成"劈柴"的琴声从家里静止了。琴先是竖在床后的夹道里，后来嫌碍事，搁到大衣橱上去。最后，和舍不得扔的脚盆面盆破阳伞一起搁到了阁楼上。

林林再次看到那个拉大提琴的女人，已经读初中了，别人送了小姨夫几张音乐会的票子，她跟菲菲和小姨一起去听的，用小姨夫的话来说，就当开一次洋荤。这趟洋荤，心里最受震动的是她——眼睛自始至终盯着那个女大提琴手，这个大提琴手不一定就是她以前见过的那个，只不过过去的十五年，把两个拉大提琴的女人合成了一个人。

听完音乐会，林林在电脑上找到一支大提琴曲《杰奎琳的眼泪》，才知道五岁的突发其想和杰奎琳那么相似——杰奎琳三岁就想当大提琴手，四岁过生日拥有了自己的大提琴，十六岁成名。同别的爱什么死在什么上的艺术家一样，杰奎琳只活到四十二岁就死了。

也许一开始就是错的。她并不爱大提琴，她爱的是成为并不是自己的大提琴手。这是两条看似一样，却并不相同的路。

那天夜里，林林把"爱什么死在什么上"用钢笔写在了每天做作业的桌子上。

林大生第一次打了她，四个雪白的指头印子留在她脸上，她竟不知道疼，也没有哭，捂着脸呆呆地望着他，他拍着桌子，叫她马上把这行字擦掉。她很委屈，还是照办了。那时她还不知道这句话是老舍说的。

如果林大生知道这句话是老舍说的还会打她吗？她没有再爱上什么，她又会死在什么上？

又是一天过去了。年前的日子变得出奇的慢，林林把迷蒙的目光从纸上移向身畔的窗子，看着汽车在远远的马路上开过，什么都在过去，年也会过去的，鞭炮声像是催逼，催逼着她从一年的这头跨到另一头去。

她听见洋洋进来的。

她对别人的关系一向很麻木，虽然很早知道主管前脚走，一个科室的小吕后脚就串门去了，却直到最近才发现小吕去的是洋洋那儿。

那么洋洋过来不一定就是来找她，更可能找小吕。

不知道洋洋说了句什么，小吕笑起来。

小吕笑起来声音里有一种和她宽大的身体不大相称的尖细。林林一动不动坐着，只要两只手摸在电脑键盘上，她心里就是踏实的。仿佛她也是一只电脑，一只机器。一只机器没有那么多乱七八糟的想法和烦恼的。然而她还是觉得自己落败了，败在她没有的尖细的声音里。她改变了回过头去跟他打个招呼的想法，朝着墙噼噼叭叭打着字，听他站在窗边跟小吕说他哪里也不想去，就在家里看电视，心里一动，难道他和她一样，也不愿意过年出去？

她听着他朝她走过来，又不真的过来，隔着两步，敲着铁皮柜说，"喂，别忙啦，你们主管又不在，还歇一会。"

她不愿意洋洋真当她因为主管不在偷懒，笑道，"现在不多做掉点，假期上来了，要把我打死了。"

她以为洋洋看一会就走了，不知道他为什么还不走，站在后面看着她打字，还叫小吕过来，"小吕，你看林林打字真快啊!"

小吕说，"快有什么用? 我又不是打字员。"

她的脸僵住了，两只手摸在键盘上，像两只螃蟹，索索索索地爬着，永远爬不远，永远只在原地。她第一次觉得自己的手势很可笑，但是屏幕上的字一行行打出来了，她打好一页，熟练地把纸从打印机里取出来，和原件一起放到边上。想说的谦虚的话从喉咙里消失了，就像一个人脚一跨，从桥上跳到河里消失了。她的谦虚用自杀的方式走了。她于是什么也没有说，额头变得有些冷，有些僵硬。但是小吕的笑声在这个下午依旧有着刺激性，虽然小吕什么也没发觉到，她们锁了门，一起走到电梯里，小吕的肩膀亲热地挨着她的肩膀。

电梯在一楼停下来。

"明年见! 林林。"

"明年见! 小吕。"

林林的围巾裹得很紧，遮去了她的半个脸。这半个脸有了围巾的防护，也给了在风里吹着的那半个脸温暖。

下午，母亲从医院回来了，钻在厨房里忙了许久，年夜饭依旧是请过外婆的那一桌子菜。少了鱼和肉，也实在不像年夜饭，鱼的位置母亲补上了一只砂锅。

砂锅里的汤还在沸腾着，窜出白汽。汤里是母亲住院前买好的鱼丸、蘑菇、冬笋，还有刚搓出来的肉圆子，还是很大很傻的——现在没人说了。

母亲拿了汤勺过来，也坐下了。今天晚上她不去医院了，明天一早再去，身上依旧穿着围裙。

"林林，真对不起你，没什么给你吃。奶奶家菜多，明天你去奶奶家多吃点。"

"奶奶家的菜烧来烧去就是那几只，都背得出来，喏，蛋饺、白斩鸡、油豆腐嵌肉、脚爪炖黄豆……"她说着笑了。

母亲抿了口酒。今天过年，她也倒了点米酒。

两个人的年夜饭，寂静是寂静，父亲不在这些年，林林早习惯了。两个人都想吃慢一点，把这顿年夜饭拖得长一点，还是很快吃完了，六点半都没到。

"我来。"她从母亲手里抢下抹布，洗过碗，收拾干净灶台，切了盘水果，又拆了包西瓜子。

母亲吃着苹果，问她上次那个男孩子怎么样了。她说，"他不约我，叫我怎么办。"母亲说，"你也要找找人家，别老是等着人家找。你说实话，你倒底有没有心思？"她不接话，母亲仍啰啰索索说着，"我就知道你没心思，你结婚不结婚关我什么事，我也管不了，反正我快死了，随你去！"她怪母亲过年的日子说什么死啊活呀的，母亲居然生气回房间，砰的关上门，不理她了。

她决定过一会再去看母亲——她想生气，就先生一会气。电视里正在放魔术，魔术师正在往一只鸡蛋里变金戒指，她想看清楚魔术师是怎么做手脚的——魔术师总是用很夸张的手法吸引住观众的眼睛，让观众忽略真正关键性的动作，可她再瞪大眼睛，还是不知道金戒指什么时候钻到鸡蛋里去的。她要有这种本事就把父亲从兰姨那里变过来，她想着自己也笑了，他的心不在这里了，变过来有什么用？又看了一个节目，想起母亲，推开门，房间里黑漆漆的，母亲竟像已睡着多时了。

"妈？妈？"她叫了两声。

她原来还想说句让她高兴的话，这时倒呆了一呆，望着床头柜上的白塑料药瓶在夜里白得触目。

母亲夜里睡不着觉，靠吃药才能睡半夜，已经好几年了。她还在想父亲吗？或者想那个卖抽水马桶的男人。

她轻手轻脚地出去，关上门。电视里一群人正在跳舞，她立在门边望去只觉得屏幕上闪闪发光。这四壁却是暗淡的，是一只八支光节能灯管的亮度，她一个人穿着旧棉袄，裹着薄毛毯，抱着热水袋缩在沙发上，她在等十二点钟，不知道有多少人家守着这个时间放炮仗，连房子也震动起来，窗外灰茫茫的一片烟雾。她看着自己长了一岁。

年三十过了，林林的年才开始。年初一晚上她要到奶奶那边去。林家人多，年初一晚上都集中在奶奶那里，大厨则是几个儿子女儿轮着当。

林林虽说归母亲，奶奶发过话，不管怎么说，她总归是林家的孙女，林大生这一支也只有她，兰姨和前面的丈夫有儿子，不会再给林大生生一个孩子出来。

林林吃了中午饭就在烦，几点去好呢？去早了，也就是坐在那里看电视，只能跟着表弟看篮球赛，去晚了又好像去了就为了吃饭，很没良心，阿爷奶奶给她的压岁钱最多——可怜她年年来年年一件格子大衣，可是钱给了她，下次来依旧是这件大衣，于是怪她是把钱贴到母亲那里去了，怪她笨，钱也管不住，又怪她母亲，日子过成这样，连女儿的压岁钱也要克扣。她说话又要帮着母亲又要帮着自己，很累。

父亲打来电话时她还在医院里，她想在医院坐到差不多了再去，正玩手机游戏，手机突然响了，是父亲的号码。看来钱有了，她瞟了母亲一眼，母亲的头不觉昂了起来，看着她。

挂掉电话，林林朝母亲扮了个鬼脸，"叫我现在去。"

大年初一，林大生的电珠厂冷冷清清的，花坛上的菊花已经枯成黑色，依旧挂在枝头上。

林林上了楼，看见兰姨也在，心里先冷了。父亲给她钱一向背着兰姨的，这是父亲的习惯，不是有意瞒着兰姨，否则，父亲欠母亲多少钱兰姨怎么知道？

屋子里飘着酒气，看上去他们刚吃过饭回来，还喝了酒，这酒把父亲前两天的晦气一扫而光，换了一幅红光满面的气色。看见她，指着边上的两个人叫她叫人，"一个是周叔叔，一个是周叔叔的外甥永熹。"

林林便朝年纪略大那个人招呼道"周叔叔好。"正要说"你也好。"突然掠到一张光洁的脸，鼻根很长，眼睛不大，眉毛浓浓的，坦坦然然看着她。

大概经常有人当他电影明星，她那一愣，也在他意料之中，微笑说，"我名字不太好写，永远的永，熹是喜欢的喜下面四个点。"

她略一点头，便转过去问，"爸爸，叫我来什么事？"

"你陪永熹出去转转，我们有点事情要谈。"

兰姨笑吟吟地说，"林林，永熹第一次来，你找几个有意思的地方陪他看看，你们年纪相差不多，有你当向导就最好了。"说着怜爱不尽似的看着永熹说，"对不对？永熹？"不等他说话，也根本没想让他说话，眼光跳过父亲，瞟回到她身上，叮嘱说，"周叔叔是你爸爸的客户，老朋友了，你们早去早回，你也早点去奶奶家。"

林林最讨厌兰姨拿腔作势的样子，扭头看了永熹一眼，真想他不接受这个建议，但是永熹很高兴地站了起来，跟在她身后，她只得带他下了楼。

她想这肯定是兰姨的主意，看兰姨巴结他们的样子。她想着，走了好一段，才没好气地说，"你想看什么？"

"随便啊，我没来过，听舅舅说这儿的花灯很有名气。"

"你舅舅没告诉你这儿看花灯要等元宵节？"林林还在介意自己刚才那一点失态，一直冷声冷气的。

"没听他说起过，正好放假，就跟他过来了。"

"你还在读书？"

"嗯，在读研究生，再过半年就毕业了……"

"哦。"这倒是林林没想到的，"你读什么专业？"

"电气。"

"你父母倒愿意你在外面过年？"

"我母亲，和我父亲……好多年前就离婚了……我一直跟着舅舅……"

林林惊讶地看了他一眼，没有再说话。她不想说，"我父母也离婚了。"好像这样她就跟他有共同的话题了似的。她才不要跟他们这边的人多来往呢。想是这样想，为了弥补对他的冷落，这冷落也太明显了，她不是那种没礼貌的人，走一段路，指着旁边介绍道，"这是这边最大的电影院。"再走一段路，又指着前面介绍道，"那儿是商业区。"自己听着也干巴巴的，她在这里住了那么多年，竟不知道这里有什么特别的，可以讲给一个没来过的外地人听。只忽冷忽热着，如炉上小火炖着的汤，时而冒点热气，时而气息全无了——火实在太小了，已经灭了。

前面就是寒山了。平常这里就清净，年节上，人更少了，她踌躇地问，"上去吗？好像没什么意思。"

他站在下面，仰着脸看着她，他长得真像明星，这种长相，喜欢他的女人会很多吧。她偏不像那些女人那样。也不征求他意见了，转过身往山顶走去。

寒山不高，山顶的水潭据说秦始皇去东海求仙经过用潭水磨过剑，磨剑石现在还在，她想指给他看，在哪却忘了，绕着山腰转了两圈才找到。一看之下自己也很惊讶，她上次跟着同学一块来的，四五月之间，天有点热了，山上一片翠绿，磨剑石依着一个水池，碧绿通透的，倒也有几分仙气。现在却是冬天，整座山瘦枯枯的，水潭里的水积着枯枝败叶黑黝黝的像潭墨汁，她把这水通东海大旱之年也不干枯的传说说了一遍，不好意思地说，"夏天很不错的，真不知道现在是这样子。"

"很好啊，很清净。"永熹说，还说听舅舅谈了半日生意经早不耐烦了。

她听不出他是出于真心还是奉迎，也不想知道。她是因为讨厌人多才来这里，现在又后悔没把他带到人多的地方。这山上除了上山时遇到一对男女，还没看见过别的游客，两个人这么走着，实在像谈恋爱的男女，有意走在前面，跟他分开一点。

南坡上有块很开阔的草皮，被太阳灼得金灿灿的。她虽想着早点下山，想到下了山，也不过是在奶奶家无聊地凑在人堆里看电视，还不如在这了。永熹不知道她想什么，还当她走累了，叫她歇会再走。

她犹豫一下，走到和他隔开一两米的地方坐下。走了那长多路，一坐下，累的感觉还是上来了。也是因为累了，这么放松着，晒着太阳，很舒服。读书的时候，她烦闷了，无聊了，就去学校后面的山上晒太阳。太阳既然能消除自然界的细菌毒素，也能消除人心里的细菌毒素。太阳能让她忘记掉一些东西，度过情绪低落的时期。父母谁也拿不出多余的时间给她，她很早习惯了一个人，跟人结伴反而不自在。可是这时也觉得，一个人坐着，风景再好，总是有些落寞的。她虽说上班了，很高兴跟人聊聊学校里的事，她还有找工作的经历，倒还是她说得更多，一说便说了一个小时，看时间不早了，才慢慢下了山。

山脚下有一棵很大的银杏树，是棵雌树，据说原来还有一棵雄的，已经死了许多年了。树面钉的铁皮牌子上写着唐代，1300 年。虽也脱光了叶子，两个人摸着粗壮树干还是惊喜了一番。

永熹伸手抱了抱，竟要抱四抱。叫她也去抱抱看，"你抱，大概要五抱。"

她跳下去，也去抱了抱树，转到永熹看不见她的地方，脸在树干上贴了贴，眼睛直望上去，笔直的，树干上生着阴阴的青苔，在冬天的气候里干巴巴的，但是很绿。这树的老让她忽儿很想哭一哭，仿佛老是一样让人亲近的东西。

到了小街上，永熹买了两瓶冰红茶，递一瓶给她，她说不渴，可是那一递，有着强迫她的力量似的，她接过来，喝了一口，笑了，"冬天喝冰红茶！"

"冷的东西，冬天吃才有味道啊。"他说。

"你冬天会去吃冰淇淋吗？"

"当然了，冰淇淋就是要冬天吃才有感觉。"他说。

她不由侧过去看他一眼。他也侧过头来，接住了她的目光。和她表面的自在，实则的局促不一样，他是表面局促，而且这局促多半出于礼貌，无论是他的表情，还是他勾在口袋上的手指，都表明他其实很自在，对一切都无所谓——就是他那一霎那的坦荡，她无端受了震动，难道自己一直活在拘泥不化的世界里？

到了大路上，永熹说他自己再逛逛，她爽快地朝他挥挥手，先走了。

路上，她心里仍有些奇异。仿佛浑浑地做了个梦，又像浑浑地看了场电影。

远远看见布店，她的心遽然缩紧了，缩小了，身上，腿上，仿佛被薄膜样的东西粘缚住了，绊手绊脚。

布店的门上贴着歇业的红纸。布店阿爷开的，阿爷死后，奶奶撑着开了下去，又撑过了五年。

她绕到后门口，对这儿的抵触，是因为兰姨吧，是因为兰姨堂而皇之代替了母亲，才开始的吧。

她抵触，又有什么用呢？林家老老少少都接受了这个事实。

店堂里除了门口照进去的一道光，依稀看得见一点柜台的轮廓。

她顺站这道光朝里走进去，看见奶奶坐在柜台后面，小姑姑依着柜台站着，像有意撇开众人躲在这里说话。

她尴尬地叫了声"奶奶。"没话找话地问，"爸爸来了吗？"

小姑姑突然说，"你不说你爸爸还好，一说我就一肚子气。"

她讶然看着小姑姑板着的脸，不知道小姑姑要说什么。

"真是没见过，怕那女人怕成那样……简直屁也不敢放。"

她仍立在暗影里，脸不觉红了。小姑姑骂的是爸爸。他不是在跟周叔叔谈事情吗？倒已经跟兰姨一块来过了，三婶赞兰姨的大衣好看，兰姨说她本来想买另外一件，父亲嫌贵，不肯给她买。当着家里人的面，父亲觉得有些失面子，就说这件衣服镶了紫羔毛，也要五千，他们今年又没攒到多少钱。兰姨反唇相讥是他不会挣钱，上次那笔生意要是听了她的做成了今年哪里会亏掉这么多，还要她跳着脚的到处找人借钱，脸突然就翻了，当着奶奶的面狠狠地骂父亲活死人，屁用也没有。奶奶看不过，说哪有做老婆的这么骂自家男人，男人头上有真气，这么骂，是要把男人的心气骂没有了的。兰姨干脆连奶奶也骂进去了，说奶奶迷信，真是有什么样的娘就有什么样的儿子。一摔门走了，父亲追她去了。到这时还不回来。

林林听小姑姑说着，只有一个念头是清晰的——这女人装不下去了，或者不必要装了，这是迟早的，"X"就是这么个女人。可是，你不也怪过母亲不会做人？她望着奶奶生满老年斑的脸，被几只大黑发夹夹着的头发白得触目惊心。奶奶一直是聪明的，一碗水端平，不在钱上亏待了自己的哪一个孩子，不让谁便宜了，也不让谁吃亏，她听不得别人说她偏袒，活到七十岁还没有被人这么指着鼻子骂过。过年。林家。吵成这样。

她不知如何安慰奶奶，也不知如何替父亲辩护，空空地立着，走了不好，不走也不好。

奶奶摸出一个红包，递给她，"一会不要说，我给过你了。"

她忙伸手推，"我已经上班了，不能再拿压岁钱了。"

"拿着，奶奶知道你最苦，你爸爸不像话，你要争气。我和你小姑姑再坐会，你先上去。"

"奶奶，过年，你也不要气了。"她收了钱，呐呐无言地上了楼。

圆台面摆起来了，大红的台布也铺好了，摆上冷菜烟酒，里面的人，脸都冲着电视机。

每年都一样。这些菜。这些人。

门口还有一只椅子空着。

刚坐下去，前面的一张脸扭过来，一个清脆的声音也跟响了起来，"哟，林林来了。"是三婶。她叫过三婶、二叔、二婶、小叔、小婶，一个个都回过头来，她顺势叫过了，依着三婶坐下。

三婶小声问她妈妈的病有没有好一点，又问她上班怎么样，抬手在她头发上捋了一下。

她以前并不觉得三婶好，她也根本不习惯跟谁诉苦，哪怕现在三婶的手几乎软化了她罩在心上的盔甲，依旧不想多说什么，只朝着三婶微微一笑。三婶也朝她微微一笑，笑得有些古怪。借着三婶的笑，她看见堆在自己身上的龌龊，是母亲的不堪和父亲的不堪加到了一起的龌龊。她勉强端坐着，眼睛在二婶和小叔之间的空隙里捉到一块电视屏幕，旁边是皱成一团的电视机罩子。这罩子是母亲给奶奶买的，上面绣着一节藕，从这节藕上生出来的茎杆上开着一朵荷花。她的目光定在那片尖尖的花瓣上，厨房间里传出来炖火腿的香味——吃完饭就可以走了。

有人上来了，听声音是父亲和兰姨。两个人笑着，父亲手里拎着瓶酒，说转了好些地方才买到这个牌子的。

没有人戳穿他们。一个小时前撕破脸皮的争执被一瓶酒体面的掩盖住了。一切都是体面的。大年初一。林家的团圆饭。奶奶拿了一叠红包上来了，好像她刚才根本没有生过气，她只是去准备这些红包去了，一个个发到孙儿孙女外孙外孙女手里。林林也有一个。她看了小姑姑一眼，小姑姑正和姑夫说话，根本没朝她看过来。

她低头把红包放到口袋里，手碰到前面一个红包，年年都这样，可今年这多出来的红包格外让她脸红。

"你带永熹去哪里了？"兰姨突然声音很响地问她。

她一愣，她和永熹在寒山的半日原来并不只是属于他们两个人，她不说，他也会跟他舅舅说，他舅舅也还是会告诉父亲和兰姨。

"寒山。"她轻声道，心里的尖冷不丁硬起来，放下手里的半只蟹，抽了张纸，揩着手上的油。她揩了很久也没有揩清爽，手依旧难堪的油着，淡黄的蟹油有一股浓烈的腥味。

兰姨绘声绘色说着，"这男孩啊，一张脸长得像韩国的电影明星……脾气好，读书又好，老周只有一个女儿，厂里将来有一半是他的。老林，林林要是嫁给他也算嫁着了。林林，你说对不对？"

交错的眼光里，林林站了起来，"我去洗手。"她有意把手上沾着油的那一面摊开了朝着大家，一头冲进厕所，锁上门，把嘈杂的笑声和说话声全都锁在了外面。

年初二，林林到了医院，忍不住把父亲和兰姨年初一吵架的事说给母亲听，为兰姨终于暴露出泼妇的一面高兴，认为林家的人终于开始看穿她讨厌她了。

母亲的脸上却并没有高兴的神色。

要不要说永熹呢？知道他是兰姨给她做的介绍，母亲不知会怎样讨厌呢。

"妈，"她望着母亲疲倦的脸，问道，"我的大提琴还在阁楼上吗？"

"怎么想起这个来了？"

"随便问问。"

"你想拉？"

"也不是。只是想起来了。"

"等我回来帮你拿吧，都叠到底下去了，把上面的搬开才拿得出来。"

小姑姑来看母亲，坐了一会就走了。她送了小姑姑回到病房，母亲盯着她，"你爸爸给你介绍男朋友了？"

"小姑姑说的？"她生气道，"你听她们嚼舌头吧。"一拨身站起来走到窗子那儿，头挨到窗框上。

对面大楼上的钟指在十二点半上。她凝视着指针，就像一条细线，把这一日匀称的一分为二，过去的一半和未过的一半都清清晰晰地在表盘子上，只有她的人生是模糊的，前一半和后一半都不由她。

站了也不过几分钟，想着这是医院，母亲在生病，她又回过身去了，依旧坐到椅子上。母亲的嘴唇微微哆嗦着，也不知道气她，还是气林家的人，或者根本是气她自己，黯然道，"你听他们的话也没错，终究是跟着他们好，将来你总要跟着他们的。"

她诧异地望着母亲，"你在说什么啊？什么跟着他们？"

"我是说我死了——他们总归是你的爸爸妈妈。"

母亲那一刻的落寞让她硬起来的心又软下了，"那边，我真不想去了，钱拿回来，我也不会去了。你放心。"

母亲的脸偏到一边，"林林，不是因为他们介绍，我就不喜欢，你也不小了，结婚是大事情，他老家在那么远的地方，你难道跟他到外地去结婚吗？要是不去，他到这儿来，他的工作怎么办？现在找个事这么难，再说，生了小孩怎么办？他父母都不在这里，我是管不动了，我不牵累你就算好了……"

"好了好了，影子都没有的事，真是瞎操心。"她叫道，怪母亲想到哪里去了。她想着那个温煦的下午，想到他走前的那一瞥。难道她会爱上他吗？那是不可能的。

年初六下午，林林到医院里，母亲告诉她，上午医院里来了个专家，说她一个疗程已经到了，激素药多用不好，不如出院了。隔壁床上的老头生的是胃癌，昨夜疼得叫了一夜，闹得她睡不好觉，不如出院算了，只是医药费是一定要交了，叫她给父亲打个电话，不行也回个话。

父亲的回话还是没有定数，说要过了初十再看。

母亲失望地说，"只好先找菊妹借了，我这就跟她说。"

菊妹是个山东女人，租了楼下的店面房卖炒货，卖了好几年了，母亲一个人无聊，常到菊妹店里去。林林不大喜欢菊妹粗声大气的，但也无话可说，看着母亲拿她的手机拨了菊妹的电话，心里说不出来的怅然。

菊妹却没有食言，钱拿来连借条也不肯写，说什么时候有了再还给她就是了。母亲担心的还是父亲到时又拿不出钱来，她跟菊妹说好过了初十一定还，"万一还不了她，菊妹还当我骗人。"

"她既然肯借给你，不会这么想的。"她安慰母亲。

母亲想了想，说，"这倒也是。"

她知道母亲嘴上这样说，心里还是会结个疙瘩。初八上了班，趁办公室里只有她和小吕，问小吕能不能借给她两千块钱。小吕当场就把皮夹子拿了出来。她难为情地红着脸，再三说要借也过两天再借。小吕这才把皮夹子放回去，问她，"林林，你觉得洋洋这个人怎么样？"

"洋洋？不错呀？"她模棱两可道，不知道小吕在想什么。

"想不想我跟你做介绍？"

"给我做介绍？可我觉得他喜欢的是你呀？"

"他喜欢我？"

"真的，我就是这么感觉的。"

"你别开玩笑了，我有男朋友，洋洋家里条件很好的，我来给你们做个媒怎么样？"

她不知道怎么推脱，先说自己还不想找，想到不想找也像个推脱，不足以让人相信，又强调说都是一个单位的太熟了。

"这倒是，两个人一起，说好也好，照顾得到，说不好也不好，总归不自由。天天都在一起，也没新鲜话好讲。你再想想吧。"

她坐回到铁皮柜后面，竟是不能平静了。洋洋的脸刚刚浮上来，又换成了永熹的脸。中午吃饭时，洋洋捧着盘子过来，在她边上坐下，她正一口一口机械地往嘴里塞着饭，电话响了，是父亲，这一次他倒没有拖，叫她晚上就到他那儿去，钱有了。

晚上下了班，她在食堂吃了点，就去父亲厂里。

兰姨不在，父亲一个人坐着，正在抽烟，抽屉开着，桌上放好了一个信封。黄的牛皮纸信封，也看不出厚薄。

"林林，这里是四千块，你拿回去给你妈妈吧。"

她望着信封，盼了那么久，只恨父亲掐着这钱不肯给，真盼到了，心里竟一阵无边无际的空阔，空阔到如一片汪洋大海，没有一只船，也没有一片树叶子，是真正的空阔，隔在她和父亲之间。

摩挲着信封，"对不起，爸爸，什么忙都帮不上你，只会跟你要钱。"

"跟爸爸还讲客气。爸爸是没有钱，要是有，怎么会舍不得给你？爸爸只有你一个女儿呀，再说这次你也帮了我的忙呀，这钱是周叔叔给的应付款。你觉得永熹怎么样？"

"这是兰姨的意思吗？"想到兰姨吃饭时说的话，心里的尖又顶了出来，声音随即冷了。

父亲摇头，像是在怪她不该多心，说，"是她的意思，也是我的意思。"

"妈妈不会同意的。"

"妈妈是妈妈的意见，你自己怎么想？他下半年就毕业了，想在这里找工作。我看跟你很般配。"

她拿着信封，似乎父亲的话把她又粘缚住了，连心里刚顶出来的尖也失去了作用，要花点力气才挣脱得开，把信封放到包里，仍说，"妈妈不会同意的。"

她下了楼，又打开包看了看，确信那只信封在里面，又往楼上看。这里，她以后真不用来了吗？兰姨，永熹，所有这些人。父亲办公室的灯亮着，那么长一排窗，只亮了这一只灯。

　　她走了很远，回到家，把钱交给母亲，独自呆在房间里，眼前仍是这只灯，在天蓝色的窗帘背后定定地亮着，竟如亮在万世皆空的地方，独独地看着她。她不由坐到凳子上，哭了起来。怕母亲听见，并没有哭出声音来。母亲在门外催她洗澡，水烧好了，才擦擦眼泪，推开窗子，想让风吹一会。

　　风扑到她火烫的脸上，她凝望着黑暗中一扇扇亮着灯的窗子，仍不懂这一只灯，何以勾出她心里这样大的伤心。

不只是一个黑夜

一

丈夫一年总有三分之二时间不在家。梅卓当年的反对不过是女人的短见，丈夫还是贷款开了城里第一家私人影院。没几年，影院成了影城，丈夫也成了老板。为了不让自己事事蒙在鼓里，梅卓咬牙学会跑银行，跟人应酬，投其所好地送人礼品。

以前她不是这样一个人。以前她是有点诗意的，喜欢看个小说读读诗歌。丈夫除了偶尔讥笑一下，并不干涉她。反正她有足够的钱，不怕约不到朋友吃饭喝茶。只是晚上待在家里，女儿睡觉了，保姆也回家了，她坐在书房里，翻翻过去读过的小说诗歌，仍觉得心里有一块空白，不知道怎么填补。

临近岁末这两天，梅卓心里的不痛快也达到了顶点。

她是吃了午饭坐下的，准备把这一年的账目再捋一遍。下午电话不多，合上最后一本凭证才发觉快下班了。财务室的两个小姑娘早不见了，她对她们一向睁眼闭眼，只作糊涂，她们也都是领情的，拥护她超过拥护丈夫。可这天她的目光顺着桌面掠过去看着窗外低悬的太阳，心里非常灰暗。

她只不过需要有个人陪一会。

还能怎么样？命运不可能更好了。

这就是好友们所说的中年危机？她已经进入了，无药可救。

她茫然望着太阳，让斜照的阳光停留在脸上、鼻子上、嘴巴上、下巴上。她还微微抬了抬头，想让太阳抚照的面积更大一点，也可能是她想让自己更动人一点（对着太阳动人一点）她没有情人。结婚以来，情人、丈夫一直是丈夫一个人充当着。丈夫不爱抚她，她就成了没有人爱抚的人了。

她怎么也不算丑吧？

她存心要让自己眼花似的继续注视着太阳。她只不过需要有个人陪一会，提议去哪儿走一走，让心里生出点新鲜的东西。

要是一个暗恋的人都没有，她的日子是过不下去的。她不免又想起那个男人，想起他的脸。

他还算丈夫的朋友呢。他们一起去的那几次宴会，每次他露一露面就走了，怎么走的都不知道，只见椅子空了，桌上留着他喝过的茶杯、酒杯，他擦过的叠得整整齐齐的餐巾，依然光洁的盘子。她不知道他吃了什么。她不好意思让别人发现她在看他。她不好意思。他不喜欢呆在那儿他就走了，真洒脱呀！她不喜欢呆在那儿却像有铁链拴着她，让她觉得痛苦。

脸上的阳光不知什么时候已经移走了，从她脸上忽地跳到地上。

她低下头，怜悯地看着这一小块梯形的阳光。它只是太阳残留在地上的万千万千阳光中的一块。

空调的热风吹着她，她却脸上一冷。心里刚开启的铁盒又关上了。

她的脸显出落寞——还有老态吧。不是说恋爱中的女人才富有光泽吗？

当年的她把一张被爱情催生出光泽的脸朝着丈夫，眼泪婆娑地坦白了这段恋情。什么时候开始的呢？丈夫问她。

就是你喝醉，他送你回来那次。真是那次吗？总要有个开始，她自忖。和烂成一滩泥的丈夫比起来，他清醒得可爱，一个从酒场上清醒地回来的人，帮着吐得一塌糊涂的丈夫脱鞋换衣服，倒热水擦脸擦手。

她说完事情起末，后来怎么约会，当然都是吃饭喝茶，去过一次海边，真的只有一次，可他整天在她心里。

丈夫只说了句这没什么。她吵了半天，说她要离婚，不能人在这里，心里想着另一个人。他才又说了一句没用的，以后你知道这种人没用的。

她不相信。一个昏沉的夜晚，和女友们在歌厅唱到十点钟，她把他叫来，任着性子说，我要去海塘，你带我去海塘边。

他说太晚了。她说不晚，一点都不晚。他还是坚持太晚了。最后她胜利了，坐到他的车上。

车开了，她闭着眼睛说，我知道你要说我任性，我只想为自己活一次只活一次也好。车窗上撒拉撒拉洒下小雨滴的声音。你看我多会挑日子，这样的小雨天。她说，觉得心满意足。然而车开进了一个弯道，一个大弯道，紧接着一个小弯道。她太熟悉这里了，熟到闭着眼睛也知道这是哪里。她睁开眼睛，看见家里的屋顶和烟囱，就像沉到了水里。

她不能沉到水里。她没有水肺，她沉到汪洋里只有死。

丈夫说得没错，这男人如大祸临头只知道说，我们是朋友，怎么能这样？我们是朋友，怎么能这样？

她甚至没听懂他说的是和丈夫是朋友，还是和她是朋友。

她合上手里的账本，再次把回忆的铁盒子用力关上，一丝的回忆也别想从里面钻出来……

真泄气呐。她泄气极了。她简直泄气到极点，一动不动歪在椅子上，听着走廊上来来去去的脚步声。其中一个脚步声朝着她过来了。越来越近。

不知为什么那张脸还是从关上的铁盒冲出来，温和的看着她，没用的看着她。

探进来的也几乎就是这张脸。他有一半头发遮盖在额头上。

她几乎是面无人色地看着门口。

"我是苏雷啊，"他尴尬地笑了笑，说，"刚刚采访了几个你们的员工，说你在这儿，打搅你了吧？"

"是你。"他们见过，可那一面没让她产生过什么联想。她扫了一眼他的头发，又扫了一眼他身上带白绒毛领的黑棉衣，两条紧实的包在牛仔裤里的腿，她想略去他的鞋不看的，还是看过去在浅褐色的柔软的牛皮上停留了一秒。

等到她叫他进来，在她对面坐下，笑着问他，"为什么采访我们的员工啊？"就觉得他和记忆里的那个人也就两三分像。一点点的酷似。

二

这天晚上，梅卓在影城边的一家印尼餐厅跟小糖说了这件事，从她无聊地看着太阳说到苏雷走进来。

"帅哥吗？"小糖鼓起嘴笑了笑。这表示小糖根本瞧不起这帅哥，连带着瞧不起梅卓，打电话叫她出来吃饭，原来为了说这帅哥。

"你吃过帅哥的苦吗？哪个帅哥怎么着过你？"她对小糖的挖苦不满，"这真是帅哥，绝对帅。"很有食欲的把一勺炒饭塞到嘴里。

她不戒备跟小糖说什么，她们既是表姐妹又是同学好友。

"你别这么看着我，他不会看上我的，人家是记者，80后，比我还小五岁呢。而且，我跟你说过，上次那事过去之后我再也不会爱上谁了。"她说，放下勺子。

小糖看着她。

一瞬间，小糖眼底有阴云飘过。倒三角形的阴云，像个不祥的袋子垂在眼皮下。

梅卓黯然。小糖是怕自己又歇斯底里么？她不能想起那个人把她送回家，不能想起他给丈夫打电话一直等到丈夫回来。他不能这么出卖她。她对他除了爱没有别的，那时为了爱他叫她去死也可以的。

她端起水杯喝了一口，不出声地把水杯归到原位。

这担心是多余的，她很平静，她这么平静，连自己都不可思议。

这就是时间的好处吧。

她现在好了，才不会再为什么情所困。

"跟你说过没有？这五六年我的心就像一只空盘子。"

"空盘子。"她强调，拿起勺子敲了一下面前的盘子。她没有笑，不过她的眼睛里一定有了笑意，小糖也笑了，问她，"谁的心不是一只空盘子？你以为我的盘子里就有东西？"

"跟你开玩笑。他帅不帅，跟我又没关系。他是来采访的，说马上要过年了，问几个外地员工回不回家。你知道他们怎么说？他们说不回家，老板娘好，过年多发工资给他们，春天还带他们去外面旅游。他要把我写到报纸上去。我问他是不是真的，我这辈子还没见过报呢。"

"我在担心，你们不会有故事吧？"

"算了，什么故事！说说你吧，干嘛去美国？你那边又不认识人，游学机构都是赚中国人钱的，别被他们骗了。"

"骗了就骗了。我想去国外看看画，学点英语也挺好。"

"好画上海北京也有，非要跑那么远？"梅卓说是这么说，也知道小糖的脾气决定的事谁也拽不回来。为了去国外，跟家里闹得很僵。

"又不去多久，你以前不也经常一个人出去？大理、哈尔滨、喀什，你都去过。"小糖说，说得梅卓笑起来。

那都是七八年以前的时候了，她还没有插手影院的业务，现在她是被影院拴住了，或者说被影院的账务拴住了，哪里也去不了了。也不想去了，到哪里其实都一样，还不如上一天班，晚上呆在家里最舒服。

说到这里，梅卓看着小糖："你说，我现在是不是一身铜臭？"

"有一点。"小糖笑。

梅卓一阵泄气："算了，铜臭就铜臭。"

铜臭不铜臭，管那么多。她现在过得很好。要说小糖在室内设计上有什么才能，她这个表姐加好友也说不上，一会儿迷山水画，一会儿迷抽象画，要她看都是东一竿子西一竿子，真学到什么了？去外国！花那么多钱有意义吗？小糖家的情况梅卓是知道的，眼下能帮到她的就是自己。拿十万二十万不难，万一她不回来了，她可担不起让小糖扔下丈夫儿子远走高飞的罪，将来姨父姨母、小糖的丈夫儿子都反过来怪她，不敢夸这个口。

食客一拨接着一拨走进来，把边上的空座都占满了。

梅卓叫服务员过来买单，看着那些拖着孩子出来玩的三口之家，她固然不想提起丈夫，还是说："又要过年了，还不知道他回不回来。反正他现在一年总有三分之二时间不在家。"

小糖默然看着服务员小跑着送来找零，鞠着躬走开后，说，"叫老游少出点差吧。"

"我能让他不出去就好了。他现在野心大得很，我也想通了，随他折腾吧。我现在也不盼着他回来。他回来也不跟我在一起。"

这末一句本来是最刺痛她的。现在她把它吐出来，一瞬间的疼痛之后，却是说不上来的空。

从餐厅出来，两个人沿街逛了一会，趁打折，外套、内衣零零碎碎买了不少，小糖的那一份是梅卓付的账，算是她送的新年礼物。车开到小糖住的小区门口，梅卓说，"不开进去了，走之前电话，我请你吃饭。"

"今天不是吃了？"

"吃顿好的，今天的不算。"

小糖下车前还是又说了一句："我看那记者不错，老游这么过份，你别太委屈自己了。"

三

开出三个路口，梅卓才慢下来。

又到一年最热闹的时候，马路两边挂满彩旗灯笼，灯也亮，一大片一大片地从前面扑上来。

自小城新来一个市长，一下子发展起来。到处是新开的楼盘，名人故居也没保住。有人私下骂他把子孙后代的钱都花光了。可是子孙后代像一个虚幻的符号，眼前一幢幢建起的高楼，不比大城市差的商业中心、娱乐中心、金融城、大学城，才是真的。

她还是喜欢这城新一点，有什么必要留住那些破旧的东西？它们总要消失的，就像人总要死的。为什么那么期望一件东西不死，牢牢留在那里？

经过一条商业街，梅卓伸着脖颈，朝前察看路况。

对这辆车来说，她的个子偏小了一点。可她还是喜欢大车。大车性能好，稳定。前年老游把这辆雪白的宝马七系当生日礼物送给她，连妮妮都嫉妒了，一个劲儿说，"爸爸对你真好。"

上个月老游去东京前问她要什么，妮妮也是这么说的。

"难道爸爸对你不好？"她笑妮妮心眼儿小。

"你听不出来吗？我是高兴爸爸对你好呀。"妮妮说。

"行了，行了，这么大了，还这么粘着妈妈。"老游把妮妮拉过去，"说说看，想要什么？爸买给你。"

"啊！真的想要什么都行吗，老爸？"

"那当然！"

女儿又惊又喜，只是不肯坐到他膝盖上去。

她真是大了，她和老游对视一眼，都带着点嘲讽对方的笑。

生妮妮前她怀过一个空胎。医生说这是老游的原因，可能他酗酒，精子质量不好。她不相信，她要去杭州去上海的医院。直到怀上空胎的第三个月，她才同意医生把空胎拿掉了。

那段时间她老是做梦，梦见在果园里摘苹果桃子，摘下一个，只有皮，没有肉。再摘一个，还是只有皮。

妮妮是在别再怀个空胎的恐惧里有的。所幸妮妮只有一点点前翻足，是最小的畸形。八岁前已经校正好了。有妮妮在，这婚姻再坏，也赖不掉。反正十五年也过下来了。妮妮都十二岁了。

"老游这么过份老游这么过份……"小糖的声音仍在她耳朵里，嗡嗡地响着，震动着她。她真想喊出来"他怎么过份你说出来你都知道什么！！"

84
一切都还好

后面一辆车按着喇叭，要超上去。

是辆红色的小标致，在后面跟了有一会了。往右稍稍移一移，让出道就行。她这么想着，打方向盘的手已经往右偏去，又缩了回来，干嘛一定要让？准是个女的，年轻，心浮气躁，瞧不起一切做老婆的女人，以为全世界的男人只爱自己。老游会送车给她吗？皮包？项链？拿回一张假发票骗她是业务招待费。他就会骗她！为这样的女人骗她！她不仅没有往右边靠，反而往左边开过去。那辆车被她弄得措手不及，擦着她往前窜去，她吓了一跳，一霎那间，模模糊糊看见车里的人打着发髻，果然是个女人。

梅卓在心里骂这女人胆子也太大了，这都敢超车！接下去，开车毕竟专心了。

一个红灯把行人拦在路口，她松了刹车，从这些人面前缓缓开过去，隔着车窗，她听到人丛中发出的说笑声，看得见最前排那对男女拉在一起的手。谁知道这些走在一起的人都是什么关系？哪本书上说的，这个世界的肮脏比书里想到过的肮脏都还要肮脏。眼前的这些跟她有什么关系？她打开车窗，让风吹进来，方才餐馆空调打得太高，她热出了汗，小糖临别的话也让她热出了汗。

别太委屈自己？所以有个情人？给干枯的生活来点佐料？来点润滑？

苏雷走之前，他们互相留了电话。

是苏雷先提出来要的，"报纸出来打电话给你。"

"我等着，谢谢你给我们做广告。"她还能想起自己当时的笑声。

不到三个小时已经像场梦。

出了商业区，窗外的灯光陡然冷清下来，人也少了。算了，还是回家吧。她把车停在路口等红灯过去，皮质方向盘上自己两只瘦小的手，依然还如孩子似的。

只要妮妮不在身边，她就还是个孩子，怎么都吃不胖的瘦弱的孩子。再富有营养的东西，人参、燕窝、虫草，吃一整个冬天也滋润不了。她从来没有这么可怜过自己的手，眼下能稳住自己的也只有这双手了，她可不希望自己连同这辆车撞到死神那里去。她还要活着的，很好地活着，她还有女儿，还有父母，他们在她心里比记忆里的那个男人比苏雷重要得多。

车拐上一个弯道，一个大弯道，紧接着一个小弯道。她看到自己家的一棵樱花，一棵垂丝海棠，静静伸展着光秃秃的枝条。

她吐了口气，踏实了。谁能说她不是老游的妻子？她在这里的位置铁打的一样牢固。

她就像打了猎回来似的，把车停入车库，大踏步地走近大门。门开了，妮妮拿着苹果从后面冲出来，"我听见你的汽车了。"拉着她的胳膊，嚷着家里有蚊子，都咬了她好几口了。

保姆梦梦阿姨笑笑的看着她们，说妮妮刚练好琴，洗澡水准备好了。

梦梦姓孟，妮妮小时候口齿不清，把小孟阿姨叫成梦梦阿姨，大家笑了一阵都随着她这么叫了。也叫了十年了。

梅卓进了屋，把客厅的几只抽屉都翻遍了，找出夏天剩的风油精给妮妮抹上，像往常一样陪她坐了坐，说了说学校里的事，又等她洗了澡，过足跟妈妈在一起的瘾，捧着 iPad 去房间了，才坐到书房里。

今晚月光很亮。她关了灯，把一杯茶搁到窗台上，自己坐在幽暗中的一把椅子上。

老游外面有女人这是肯定的。

她有些木然地望望地上的月光，望望扭成 S 形的漂亮的窗棂。一个朱釉的大肚花瓶，几个书柜隐在幽暗中，墙上挂的一幅字"幸甚至哉，歌以言志"，是她十年前照着书上瞎写的。如今她又有什么志呢？这不是她的生活吗？难道非要小糖暗示她，她才知道它变了味，像块依然鲜美的蛋糕，盛在漂亮的盘子里，已悄然生出细白柔软的霉花？

四

接到老游的电话，梅卓刚从外面买了花回来，和妮妮坐在窗前修剪。除了白玫瑰，她还买了一种叫玛丽亚的淡粉玫瑰和浅紫的野蓟草，这样搭在一起不会太素净。毕竟，是要过年了。趁着出门，她还洗了头，男服务生刚把一撮凉凉的洗发露抹到她头皮上，她听见手机进来一个短信。

服务生小心抹干手，把手机拿给她，带着殷情讨好她，"男朋友的？"

"男朋友？我女儿都快十五了。"她有意把自己说老些，自己也知道并不是这么回事。

果然，几个服务生都把头转向她，"我们以为你还没结婚呢。"

她撇撇嘴，表示她才不相信他们的话，伴随着一个奇异的心跳，她看见短信是苏雷发过来的。只有一句话："看今天的报纸。"

她扭着头，花了很长时间在屏幕上摸索着回复"在外面，明天上了班看。"

他很快回了进来，"你这么忙啊"，后面加了一个笑脸两个感叹号。

干嘛非要编造一个理由呢，她笑了，摸索着回复"也不忙，洗个头，再去买点花，要过年了，让自己心情好一些。"

他回进来"那还是我忙，我在加班。"后面加了一个鬼脸。

她看着这鬼脸，不敢相信。这别又是个老掉牙的开始？她先回了个一样的鬼脸，想想，把鬼脸删了，换成最常用的微笑，点了发送，把手机揣回口袋。

镜子里她披着一头湿发，圆脸，小眼睛，眼稍很长。在这面镜子里她特别美。

直到花买回来，她心情依然很好，和妮妮商量着过年去哪里玩。

手机响了，她瞥一眼，对妮妮说，"你老爸！"

"啊！他终于露面了！"妮妮放下花和剪刀。

"四点半到家。"老游在电话里说，又问，"妮妮呢？"

"在边上。"

妮妮兴奋地缩起脖子，嘴咧着。她把这表情称作"承恩"，一直认为梅卓很受父亲宠爱，梅卓承到的恩也最多。一次梅卓问她，"那你嫉妒吗?"她说不嫉妒,"为什么要嫉妒,你是我妈!"

放下电话,她告诉妮妮,"你老爸刚下飞机,晚上请我们去花园酒店吃饭。"

"喔!太好了!我要吃那里的酱爆鸡爪,他们的酱爆鸡爪太好吃了。老爸都多久不带我们出去吃饭了。"妮妮笑嘻嘻地又拿起花和剪刀,这一束花,她全挑了玛丽亚,准备放在卧室里。

梅卓看着妮妮的脸,妮妮长得不像老游,也不像她,十二岁了,还像小孩一样,吃东西没个样子。才眉开眼笑的,忽然又挂上阴云:"哎,妈,上次他说女孩子吃鸡爪不好看。他不让我吃怎么办?"

"瞧你,他哪次不让你吃了?我说你换点别的吧,鸡爪有什么好吃的,啃得脸上都是油。"

"我喜欢。等会你来点,行不行?"

进来送点心的梦梦阿姨笑起来,"我们妮妮是可爱。你爸出去了这么久,回来疼你都来不及呢,不相信你看着。"

妮妮像小狗一样呜呜的叫起来,要跟梦梦阿姨打赌。

"好吧好吧,我来点就我来点。"她不耐烦地想快点结束这个话题。老游总算回来了。可她并不高兴,甚至,连刚才从苏雷的几个短信里得到的快乐也没有了。

连家里的阿姨都知道他去了这么久,他把这个家当什么?把她当什么?想来就来,想走就走。

等会她要问他!

这个念头刚浮出来,马上被另一个念头打败了。问什么呢?问也白问。

母亲在世时劝过她好几次,别太管着老游,放在过去,他算个资本家了。从前资本家哪个不娶几个老婆,不如好好做她的太太,再怎么她也是正宫。母亲说这话是有来由的,母亲自己就是这么过来的。她这时想到这番话,就像看见母亲坐在面前,忧愁地看着她。正因为母亲已经不在世上,仿佛更能看明白她依然在乎着他。这在乎和不在乎之间,却是令她迷茫的大海一样宽阔的东西,让她无所适从。

她心神不定等着老游那辆大排量汽车开进院子,直到真的听见轰隆隆的声音。妮妮跳起来，喊着"老爸来了！"跑下楼。她踌躇着，跟了下去。背靠门站着，听父女两个一路说过来。

老游穿着厚夹克，这么阴冷的天，依然戴着超大的墨镜。

绿阴阴的镜片上映着她自己，矮矮的，穿着在家里穿的绸布棉袄，很滑稽。

镜片下面的脸是一种冻肉的颜色，黄黄的，毫无血色。像是没睡好，又吸多了烟。

"路上堵车吧？"她朝他笑笑。努力设想他们很好，他们很正常。她丈夫出了趟长差，今天回来了。

走近老游，接过一篓水果，他手里推着箱子，背上还有一个死沉死沉的大背包。

他的手依然白净得能看见青筋。毛呢的茄克一尘不染，里面翻出来的米色高领干干净净，头发好像理过了，他喜欢头发长一点，在脖子后面拖个鸭屁股，这样子相当帅。

老游在镜片后面看了看她，没有说话，不过他似乎笑了一笑。

这就是一个丈夫的行径，不见了这么久，回来也不告诉你去了哪里（她不相信这一个半月他一直呆在东京），过不了几天，四五天？五六天？一个电话告诉你他又要走了。你无权过问，那除了让他厌恶不会有好结果。他已经给她最大的报答，让她得到一个名义上的家。她不该多想。不该贪婪。

墨镜对她情绪上的起伏毫不在意。

他说了刚下飞机遇到的鬼天气，汽车开进这鬼地方空气里一股硫磺味儿焦臭味儿，骂这鬼地方真是被只顾要政绩的大领导们弄坏了，他们什么也不懂，只知道吹大牛，只知道提拔爱吹大牛的人。然后他很快心平气和，和妮妮说着带给她的最新款的电子阅读器，刚把箱子拎进房间横下来，就奉命找钥匙开箱子。

她没再跟过去，把剩下的几枝玛丽亚剪了剪，插到两个玻璃水杯里。那边晃动的两个人，不时发出说笑的声音。

"东京好不好玩啊老爸？！"

"下次让你妈带你去。要多少钱爸爸给。"

89

不只是一个黑夜

"呀——这个阅读器我同学早就有了。"

"瞎说，这是美国最新出的……"

"真的——"

"接上电试试吧……"

每次看到妮妮围着父亲转，她都会心酸。

老游脱了外套，穿着米色毛线衣。他的衣服都是自己买，她买的他也穿，穿一两次，表示领她的情。

"妈妈，你怎么还不过来？爸爸给你买了好多东西！"妮妮喊她。

"好东西我们都有了，还能有什么好东西。"她仍远远看着他们——她之所以还在这儿，就是为了他们。再往小里说，为了妮妮。

老游回这里，可能也不过是为了妮妮。

他摘掉了墨镜，眼圈浮肿，发青，难道机场还上演了一场生离死别？从爱到恨的闹剧？总有女人不那么善罢干休的。

"还不过来？"眼睛对着她，手上托着一个细长的粉红首饰盒。

"什么？"她接过盒子，终于有了兴趣似的。

应该是条项链，会有钻石吧？她猜想。

"妈妈你不看看？"妮妮抱着阅读器问她。

"吃了饭回来再看吧。你们也准备准备，去吃饭吧。"

"别急呀，还有。"

她接过普拉达牌的黑色手提包，一件颜色娇嫩的和服式睡衣，连同首饰盒一块拿到睡房，其实只随手放在了梳妆台上。

五

老游的习惯，不管接不接待客户，晚上正餐之后要去酒吧喝两杯。

妮妮早就习惯了他把车停在后院门外，让她们先下，等车开进树篱围墙，手习惯性地伸到门锁上，准备下车了。她手里还提了一个纸袋，里面是吃剩的五只酱爆鸡爪，他今天什么都依着她让她很快活，

"老爸，你不老是出去有多好。"

"我不出去你能过这么舒服？"老游带着宠爱在她头上拨了一拨，把她的头拨得往下一沉。

她抬正脸，抗议说，"你别拨我的头好不好？你这样让我觉得自己很蠢。现在连我同桌都说我蠢，到哪儿都要我听她的。"

"你管她说什么，不听不完了。"看着她，梅卓只有笑。妮妮成绩不大好，她们班上家境好的几个成绩都挺一般。她不认为这跟因果报应有关，因为他们太有钱，折了孩子的福。她现在还小，就算以后进不了大学也没什么，老游会送她去瑞士学酒店管理。他早有此打算，这算他拼命赚钱的一个理由，而且，他的确会赚钱，三十七八岁挣到这么大一份家业。她应该知足，可她心里又为什么总觉得不平？

看他把车开进后院，妮妮问："老爸你不出去了？"

"今天累了，不出去了。"

"啊哈，今天太阳西边出来了。"

"没大没小的，现在你看见有太阳？"

"那就月亮从东边出来。不行，你得陪我下围棋。"

"不是要看阅读器吗？怎么又想下棋了？"老游说。

"好吧！"妮妮冲到沙发前，拿起扔在上面的阅读器，又去厨房开了冰箱，拿了一支迷你雪糕，嘀咕着"老爸老妈，我把时间留给你们了。"兴冲冲往自己房间跑。

看她消失在走廊上，梅卓再一次涌起"这孩子真是长不大"的无奈。

平时妮妮睡觉前还要缠她一会，她正好先去洗澡，换件舒服的睡衣，找本书找张碟片看看。

今天她也这么早洗澡上床？心里就像多了个锅子架在火上，咕嘟咕嘟响着。

老游进了房间，说机场的空调热得难受，三下两下把衣服脱到窗前的扶手椅上，拿着睡衣进了卫生间。

她看着他脱下的衣服，想让他扔那儿好了，等会全要扔洗衣机洗掉的。无所事事走到窗前，拉开一条窗缝。

风小了，园子时黑黢黢的，亮着几只柠檬黄的小灯，什么动静也没有。

她喜欢这么眺望园子。心里并没有什么要去实现的梦想，没有多少惆然。很久以前，大约为他晚回家哭过太久之后，她学着让自己的身心尽量保持宁静。

她已经习惯了这种一个人的也不只是一个的黑夜。

这样的黑夜也不只是黑色的，而是一个鲜血淋漓的裂口。

浴室传出水声。

隔着两道门，水声沙沙的像小雨。

有一阵停了一会，又响了。

除了水声，还有别的声音。极细的，像人的说话声。

是的，肯定是说话声。

他在里面说话。

她回头看着他脱下的衣服堆。

他的眼镜、钥匙、一个从不离身的银指环——结婚前他去银楼打的——全在电视机边的柜子上。

手机却不在。

什么话要躲在淋浴房里说？

没必要这么鬼祟，他有的是独处的时间，尽可以谈他那些机密的事情。

不管怎样，他在家总是堂而皇之，这是他们没闹崩的一个原因吧。

他随即也就出来了，拿着手机，神色自若，开了电视坐到床上。

房间里顿时充满了足球场的喧闹声。

他在家不是看报纸便是看球赛。她有时说吵，他叫她睡妮妮那儿去，"她不是想跟你睡吗？等她大点，出去读书了，想睡也睡不了了。"

她承认他的话没有错。她身上作为母亲的那部分让她时时牵挂着女儿，担心她睡觉踢翻被子着凉，可她作为女人的那部分总在他的话里变得冰一样的凉。

一切都还好

他伸长手，抽了一张纸巾，擦着耳朵说，"这次去很顺利，基本签下来了。"

"哦。"她说。她知道他说什么。

他准备在影城开一家韩国生活馆，专卖日本韩国的高档服装、化妆品。他喜欢日本人的东西，说全世界只有日本人最懂得美。他还很奇怪为什么谈到文化，中国人爱说日本人和中国人源于一流，不是说日本人本来就是中国人的后裔吗？一谈到战争，谈到大屠杀，就成了势不两立的两个国家。

她说他反动，说过在过去他这么说非坐牢不可。他说她不懂，狭隘。她说她是不懂，狭隘，现在大家都抵制日货，你开个日本生活馆，还不被人放火烧了。

之后他把京都生活馆改成韩国生活馆。

"全靠老李帮忙。他老婆想带女儿去法国玩，你跟妮妮也一起去。你上次不是说想去吗？"

她仍然干巴巴地"哦"了一声。

看他玩牌一样把手机颠来倒去玩着，若有所思看着电视，她钻进浴室，拉下头发上的橡皮筋，干枯地站了两秒。她又听见心里那只锅子，在咕嘟咕嘟响着。

他不碰她五六年也有了。

要是争执怎么开始不碰她的，原因还在她这儿。是她怕疼，还怕事后麻烦，还要再洗一次。

她的左耳烫了起来。

这似乎也并不是老游回来惹出来的。

她不知道自己在浴室呆了多久，出来，他还是那样，在被子下曲着一条腿，看着电视，颠来倒去玩着手机。今晚，他也是不会碰她的吧。一种恨意，除都除不去的恨意冲上来，变成一句责问。

"不是谈成了，还烦什么？家里就让你这么没意思？"

无论她怎么想让自己更像在跟他玩闹，她的声音就是生硬的，变成一只顽童的脚，把自己刚才架在火上的锅踢翻。咕嘟咕嘟的声音没有了，丈夫的爱没有，白日梦一样暗恋的爱也没有了，心里跟身处的房间一样只有一阵死寂。

"我不过是在想点东西。"他的声音也生硬了。

想点东西？她听见自己在心里猛地朝他啐了一口。可能吗？只是在想生意？再开口，也就管不住嘴的倒出一些话，诸如出去这么久只来过三个电话，妮妮夜里不舒服打他电话几次都不接，你以为我那么想给你打电话？那是因为妮妮病了！病了！

他的脸变了。

又是一张冻肉一样的脸。比进门时还要黄，还要干硬，没有水份。

"每次我一回来你就这样，这么闹有意思吗？"

"我闹？"她涨红了脸反问，"你算过一年几天在家？"见他没有反应，似乎被他戳中了，手朝他伸过去，"你把手机给我。"

"干嘛给你手机？"

"不敢给我吧！你敢说里面没有秘密？"

她尽力不让自己像那些女人，小时候邻居家那些为丈夫不回家跑到丈夫情人家门口吵骂的女人。本来只笑话她丈夫和姘妇的邻居们，连带这女人一块笑话进去，很多年很多年笑话下去。她从小讨厌这样。说到后来，一句责问的话，变得像玩笑了。

他的脸松弛了，"今天吃什么药了？好好的看什么手机？你的手机我从来不看。"

"那是因为我没秘密，不怕你看。你敢给我看吗？"

"有什么事说出来不行？看什么手机？"

"你自己做的事自己不清楚？"

"你不说我怎么知道？"

"别装糊涂了！敢就把手机给我。"

"没有什么敢不敢的。还是别看吧，我不会给你看的。"他转过头去不再理她。

她气鼓鼓地去妮妮房间了。

等她回来，他半躺着在看报纸。柜子里的一叠报纸他全搬了下来，放在床前的矮几上。是他这段时间不在家积下来的，她替他收得很整齐。可惜都是她没兴趣的金融商报。

台灯照着他浮肿的眼圈。

"他今晚要看半夜报纸吧。"她默然想着，心里非常无味。

六

影城是没有年假的，总有人要来看半夜电影，就为了不让自己呆在家里。梅卓也要去上班的。她停好车，看见前门围了好些人，在扎昨天买的彩球，这本来是她想出来的，今天心里烦闷，不想过去，慢慢地往办公的楼上走，看见门卫捧着一摞报纸走过，面上一张正是本地的日报，忽地想起苏雷，翻短信，都过去几天了。她这边一说，几个员工听说老板娘在找报纸，有记者写了老板娘登在报纸上，都过来帮她找。又有人说看见过了，这两天没见着老板娘先把报纸留着呢，说着，把折得整整齐齐的一方报纸递给她。

她笑着一反身，拿着报纸进了办公室。

她要自己找。拿着报纸，就好像这整张报纸全是苏雷的，和报社别的人一概无关，她只要找出他的名字，她自己的名字。

看完却有些失望，他只是写了几个留守的新居民，如何过年，在新年里有什么寄望。能有什么呢？聚在一起吃吃喝喝，上上网，去哪儿玩一玩，拿手机拍拍照……一目十行地往下看。

她被他写在中间，作为无良商人的反衬。

其实也就两三句话，女企业家年年春天组织员工去外地踏青，影城员工新年身在外地感受家的温暖。

她翻来覆去看了不止三遍，起初的失望像个细细的果梗，连着的却是一个沉甸甸的饱满的小果子。

她给苏雷写短信，说看到报纸了，写完发出，又看了一遍之前的短信：那还是我忙，我在加班。鬼脸。

他很快回复她，"这都是为工作写的，不好看，以后送你我的书。"

她回"你还写书!!!"

他回她一个调皮的笑脸。

她继续回"以前我也喜欢看书，现在没时间也没心境了。"

他先回进来"我不写书，我画书。"

她怔了怔，删掉前面的话，回他"哦，画油画？国画？"

"漫画。"

她写道"我也喜欢画两笔"，又想她这瞎画纯粹是画着玩的，为了陪妮妮学画消磨时间，不用说的。

她要想一想怎么回复，关上连着外间的小门，拉开窗帘，让太阳晒进来，腿伸得长长的半仰在沙发上——她要享受这个时刻，这种时刻总是过去得飞快一晃就过却能击中她心里的一个地方。她要慢一点，再慢一点。尽量把这快乐拉得长长的，足以让她度过整个新年。

说起来年前和老游发生了这一点龃龉，这一年过年依旧跟以前一样风平浪静。

年初一到年初十，三个人每天提着礼品走着走不完的亲戚。

老游除了父母，只有一个叔叔一个姑姑，住得不远，一向两家并在一起请。

她这边要麻烦得多。住到城里的亲戚不多，多还在乡下老屋。老游的车开到村口进不去，借停在人家晒场上。

冬天的乡下没有常绿的树木，到处黄苍苍的，三个人穿得厚厚的，满手拎着东西，在田间窄窄的小路上往远处低卧的房子走去。

头发被田野空旷的风吹得稀乱，不停地用手去拨，梅卓总觉得很愉快。

这是她度过童年少年的地方，潜意识里，这样回来，算衣锦荣归了。

老游会应酬，迎面过来的人，只要认识他们，叫出他们的名字，或疑疑惑惑提起她父母，他马上停下来跟人家招呼，掏出烟，热情地递过去。

邻居村坊都认为老游虽是城里人，做着这么大的生意，没一点架子，还这么仪表堂堂，真是不错。纷纷跳下自行车、摩托车，笑着高声问他们今年生意做得怎么样，现在住在哪里了，房子几个平方。

她一向只站在一边笑，他总是把自己的十分好说成三四分，为了不让人家不舒服，最后再加几句生意不好做啦等等。

末了，他们不外赞美一句"梅卓嫁给你有福气啊"！有时倒过来说"你娶了梅卓有福气啊"！点点头，重新跳上自行车、摩托车。

要是他们知道她一夜夜孤枕独眠，会说什么？

最后一次和他在一起，还是她主动的。难得那天他回来早，她说你能不能放下一会报纸？难得真的放下了。

那天她有点放浪。她还从没有那么剧烈地摇晃自己，简直要把自己身上晃得动的全都晃动起来。

她想如果这就是你喜欢的，那我也会。别的，她也不知道了。她心里有股气，对他不愿意碰自己的气，也有股欲念。她是正常的，她并非不正常，难道他不知道吗？

让她不舒服的是那张报纸一直就摊在边上，细细密密印满了股市K线图。她洗完澡，他又拿了起来。

这些事叫她跟谁说呢，太难启齿了，她倒是在网上跟几个网友谈过。她们坦率地说她的丈夫有问题，而有问题的原因有一个人说可能他是个工作狂。

她加了她，在网上谈了很久，谈他小时候父母没有时间带他，长期在叔叔家姑姑家轮着住。

他父母一个会二胡，一个会笛子，然而他们直到退休只是文化宫的一般工作人员，不大收学生，因为很少找得到真正喜欢音乐的学生，如果为了钱去教，钻到钱眼里去，不管学生能不能学好，那又违背他们喜爱音乐的初衷。

在他们眼里，音乐始终是神圣的。宁肯跑到没人的乡间，夫妻俩不影响任何人的合奏几曲，自娱自乐。

梅卓倒很喜欢这对温厚的，话不多的老夫妻。有一次，她好奇地问他们怎么不教老游拉琴。

他妈妈说，"他不肯学呀。"

她问老游，老游说他的兴奋点不在琴上。

"那当然，"她讥讽他，"你那时的兴奋点就在钱上。"

老游有了钱，在临河的地段给他们买了房子。这样，他们依然可以去河边僻静的地方吹笛子拉琴。

她们在网上聊到最后，认定他一定是小时候受了太多的贫穷，赚钱的欲望大过了一切。

她很接受这个说法。

慢慢的，她忘了他们还有那么一件事可以做。她的情欲大约泯灭了，因为失望过久冰封在了河底。

是她藏得太好？竟至于没有一个人看得出来他们的不正常？她固然知道在这乡间，他不过是在做样子，年过了，他那好丈夫好父亲的角色像不穿的衣服收了起来，究竟被三个人同进同出的景象迷惑了，仿佛一切关于他的传言都不足以信，她倒想再问问小糖，老游在外面的事到底知道多少。

去小糖家拜年那天，却没看见小糖。小糖的丈夫也没来，小糖的儿子八岁多了，还很瘦小，坐在沙发上一声不吭玩游戏。

"让阿姨看看，什么游戏这么好玩？"她凑过去，他依然不吭声。

她讪讪地问姨母小糖呢，怎么过年也不回家，姨母说她呀，出国前有好多事，天天忙到很晚，小糖的丈夫是因为要陪几个外地的同行买皮衣，所以没有空。

她虽觉得这些话只是出于敷衍，却也不想旁敲侧击打听下去。坐了坐，把礼尽了，饭也没吃，就回来了。

走亲戚的程式一结束，年的气味随之淡了。

老游说走得累了，初十这天不想出门，睡到中午才起来，下午就和妮妮一起把前后花园里的树修剪了一遍。她在客厅里看电视，花园里不时传来笑声，她几次忍不住探头看他们，看他们在为什么事高兴。

等他们说笑着回到屋里，他很随意地说后天去韩国，已经订了机票，时间嘛，这次去的不长，三五天就回来，最长不会超过一礼拜。

妮妮一屁股挤到她边上拉着她说，"爸爸说他回来给我买瘦腿袜，韩国的瘦腿袜超级棒的！还有蜗牛面膜。"

她不悦道，"蜗牛面膜？你才几岁用得着吗？"

"我们班有几个女孩用得皮肤好好啊！妈妈你别老土了。"

"好，我老土。"她不再说话，看着残余的太阳光照着小腿。

卫生间传来洗手的水声。跟踪他吗？把他的去向拍下来？证明他在撒谎，他每天都在撒谎？

电视里的女人发现丈夫偷情还有两个兄弟替她开车跟踪，拍照取证。

她什么办法也没有。

最后无非两条路：不离婚，也不管他，照拿他的钱；离婚，过自己的，从此互不相干。

没有第三条路。

也许是有的——在离和不离的中间。这也是条路。

可要是一个暗恋的人都没有，日子终究过不下去的。

她专注地望着小腿，更深地沉浸到臆想中。

<h2 style="text-align:center">八</h2>

几个丈夫都不在家的朋友约好元宵这天一起吃个饭。

五六年前她们第一次聚会，调侃男人做情人都不靠谱，不如跟女人做情人。

"我可是异性恋。"梅卓的申明后来常常被她们当笑话提起。

暮色里，她的车开进一片欧式建筑群，停车位上停着老朋友们的车：黑雷克萨斯，蓝色奔驰，大红标致。这就是她们。

她们。

她把自己的宝马停到奔驰和标致中间。下了车，望了雷克萨斯一眼。这是丽洁的车。丽洁和她算是她们这圈人的头。一个圈子有两个头有点怪，可是没办法，她有钱，丽洁有本事，这圈人少不得听她们的。圈里的人早就催她买新车，老游去韩国前说要给她换辆兰博基尼，她嘴上说不着急换，老游从来是说到就做，答应韩国回来买就一准会买。兰博基尼究竟比雷克萨斯贵，在这夜色里，没到手的兰博基尼仿佛是老游手里随时可以给她的一个玩具，带给她快乐。她今天穿的猎马装似的短外套和靴子也让她浑身轻快，所以她就像带着一股风似的踩着故意做得嘎吱叫的木楼梯上了楼。门一推开，里面的人都把头转了过来。

吵吵闹闹中独有丽洁诘问她"又这么晚，老是你。"

"唉，行了吧，我住得最远，你又不是不知道。"

"又不缺钱，把自己弄这么忙小心早衰。"

这些天她们在微信群里正聊这个。跟在早衰后面的就是早逝了。她们中已经有一个人病逝了，还不放下一切，好好享受？

"已经早衰了。"她说，瞥见还有两个空座。她不想坐到丽洁边上，偏偏丽洁叫她坐过去，还说，"我把帅哥让给你。"

梅卓嘀咕"哪来的帅哥？留给你自己吧。"跟丽洁隔开一个座位坐下。

半年多不见，丽洁的头发又短了。

大家取笑她"她要做男人。"

丽洁前面那次婚姻也算倒霉了，丈夫非要离婚，丽洁嘴上说离就离，知根底的人却说丽洁背后没少去求这男人，他坚决不肯，说她为了钱多老多丑的男人也愿意睡，脸都不看。

这事算是丽洁的伤疤。

可这一圈人哪个没有伤疤？别的不说，最少互相还信得过，说点自己的倒霉事不至于在这小城闹得满天飞。她们脾气不一样，爱好不一样，在保守秘密上却是一样的。

也所以她会在饭桌上说起认识苏雷的经过：她去参加读书会，坐在最后一排靠墙的角落里，后来是他坐在边上。

她不知道这一排留给媒体的，以为跟她一样，也想免费拿本书，见见作者，又不想跑到前面出头露面，聊了一会，才知道他是日报专跑文化教育线路的记者。知道她不是他这行的，他笑了，"我正在想你是电视台的还是省报的呢。"

这误解太让她高兴了，问她的女友们，"我哪像记者呀！真是，我哪有一点像记者？"

大家照例恭维她漂亮，知性，一看就有文化，不是光会赚钱的土老板娘。也照例以挖苦她为乐，说她桃花来了，小心别是朵烂桃朵，甩都甩不掉。

只有丽洁弹弹烟灰说，"这人我认识，苏雷嘛，我朋友，报社二十几年的老记者了。"

"那就肯定不是，他可没那么老。"

"他就是四十多了，看着年轻。报社喜欢他的人多得很，都不是好惹的人。你知道那是什么地方？在那儿混的没一句真话的。"丽洁说着来了劲，拿出手机说，"我给他发短信，让你看看是不是这个人。"

梅卓阻止不了丽洁，也阻止不了大家。苏雷回给丽洁的短信全都传着看了。其实也没什么，要怪也只能怪这地方太小，说来说去就那些人，她却如同坐在飞机里，加了速往天上飞，而后就觉得自己身上掉下来一块，说不清楚哪个部位，也说不清楚掉下了什么。丽洁还在那儿很有趣味的跟苏雷一来一去写短信，到她们这圈人散了还没结束，在地下车库里，丽洁还笑着在写短信，她上车前无法控制自己的怒气，问她说什么呢有这么多话。丽洁就像没有听见，一脸灿烂的朝她抬抬下巴。为这事，之后的好几个聚会，她都借口忙推掉了。中间听圈中的另一个朋友说他应聘去香港的报社了，是不是真的，什么时候去的，什么时候回来，她一概不知道，也不想问。直到年前，她差不多全然忘了他，他忽然出现在门口，说刚刚采访了她的员工……

她没必要相信丽洁的话。一个暗恋的人都没有，日子终究过不下去的。

叽呱声中，门开了，苏雷跟着服务员走进来。

他今天穿了一件紫黑色的厚外套，这种发乌的颜色他穿着竟然很有精神。他看清她们，脸色略略变了变，才笑着坐到丽洁和梅卓之间的空位上。

梅卓一眼看出他的镇静是装的。也不知丽洁说了什么骗他来的。丽洁会说我们就几个要好的朋友小聚一下，都想见见你，还有梅卓，她也来，你认识的。于是他来了，撞见一屋子女人。一屋子女人的地方可不一定是香窟，说狼窝更贴切。

丽洁已经得意忘形了，她竟然邀了这么个大帅哥参加她们的聚会。一个老牌大记者。

跟他正面坐着的一个女友先发难要看他的身份证，不相信他四十几了。

梅卓含笑看着他，看他应付说没带，还说谁吃饭带身份证。

那么你准有记者证，我就不相信你不带记者证。

他说这个有，从外套里面的贴袋里摸出一张证来，却是没有照片的，只有名字和编号。

他说照片掉了，准备换上去的一张在办公室抽屉里。

梅卓也听不出真的假的，避免去看他，他的衣袖、手、额角的头发还是不停地在她眼角里晃着。

有人说她了，"苏雷是你说梅卓像记者吧？是不是呀？像记者呀！"

"好了，我哪像记者，你们看看我哪里像记者？"她急于推托，怕她们把她跟他联系起来。

那边又有人说了，"你像不像记者我们不知道，你不像老板娘大家同意吧？你看你穿的，哪有一点老板娘的样子？"

"像不像记者得苏雷说，苏雷你来说吧！"

服务员端进一道铜盆河虾，也没止住大家的嘴。

面对这么多张嘴，苏雷笑着，好像不知道怎么面对这个局面。

他应该知道，她们这么开他俩玩笑，就是因为知道他俩没什么，都聪明地以为他跟丽洁有什么，他是丽洁请来的。

那么，他怎么想呢？对她有没有一点特别呢？

他看上去有点精神不济，笑着说起年前他去影院采访她的员工，他没想到她那么忙，桌上堆满了账页凭证，没敢多打扰她。

啊！一个女伴立刻打趣说梅卓巴不得这样的帅哥打扰呢，这话引来更多的疯叫。她有点不知所措，还有点生气，她从来没想过这些背着男人她们互相说惯的话，听上去这么低劣，好像她们死灰一样熄了太久了，需要靠这种方法重新点燃起来。

他把座位朝后面拖了拖，好像这样可以帮助他把每个人的脸都收纳到视线里，把每个人的话和每个人的脸对上号，弄清楚谁是谁，谁在说什么。他一直微微笑着，表示他一点不介意，而且觉得她们全都很有意思。

丽洁问他认识哪几个人，要不要介绍一下，他说好的，接下去却出人意料地站起来，说今天没带名片，不能给大家留电话了，报社还有事，他得马上回去，很有礼貌地点着头走到门口，服务员拉开门，他踌躇地向两边看看，朝左侧走去。

门在他身后关上了。房间里霎那之间一片寂静。

一个人说，"他怎么这样？没意思！"

又有一个人说，"真的，他不好玩啊。一点都不好玩。"

服务员请示她们要不要把他的椅子搬掉，这样她们坐得舒服点。

大家互相看着，纷纷嚷着搬掉搬掉。叫服务员把餐具也撤掉。

拖动椅子的响声里，房间里的气氛恢复了正常。

"看我上个月去日本买的表，怎么样？"

"去日本了？不说一声？"

"公司安排的，说去就去，有什么办法。"

"不然托你带点东西。"

"亲们，我带了香水和沐浴露，喏，在这儿，自己挑吧。"

粉红色的拎袋在大家手里传开了，乱中梅卓听到自己心里的叹息，她就像一个人在水里游着，再也看不见眼前这些人，听不见眼前的这些声音。

九

三月的一天，一场雨扫去连日艳阳高照带来的暖和，重新回到冬天。中午，梅卓吃了午饭，正准备去办公室，一个员工拿给她刚到的快递。

她泡了咖啡，端到桌边坐下，顺手拧开台灯。

快递是小糖寄来的，看样子是本书。不过，她拆开包装，在台灯的光圈里审视着手里的美术教材，还是有点意外，一边翻，一边拨了小糖的电话。

"你以为我还画画啊？我是瞎画着玩玩的。"

"这书是导师推荐我看的，她说虽然图形设计师和绘画完全是两个行当，一个图形设计师也可以说是一个视觉艺术家啊。"

小糖说她当时听了心里受了很大的震动，她从来没有意识到自己的工作属于艺术家的那一面，任何带有创造性的活动都是艺术，从来没有人跟她讲过这种话。在小城里，大家从来只知道这是工作，工作，赚钱；赚钱，工作。

"看上去去了国外进步很大么。所以那么多人都跑到国外去。"

"我给导师看了你的画，她说你可以在构图和主题上下点功夫。怎么样？好好看看吧！"

她实在想不到小糖会把她瞎画的画给导师看，很有兴致地一页页翻过去。

练习 33 讲的是"前景、背景和空间。"

这一章的主题是"玩开放和封闭的构图"。

她先看了材料和技巧一节。

    材料：布里斯托尔卡纸、油画棒、水彩颜料或丙烯颜料、优质的画笔或刷笔。

    技巧：省略的技巧和液体颜料湿画法技巧。

跳回到上面看构图一节。

    构图：体验两个构图之间的差异：一个是没有深度的满构图；一个是有自由环境的构图。让空间的感觉演变。

她不知不觉在这行字上停下了。

没有深度的满构图？自由环境的构图？她琢磨着，像被这两句话魔化了，一停是好一会。

罗莉娜的教材里虽有作画步骤，等于没有。

作画步骤写着：

> 用油画棒画一幅线性构图，里面有一些封闭的形和一个
> 自由剩余空间；或者画一些开放的形，填满没有剩余空间的
> 画面。

正如罗莉娜在简介中所说："其中并没有任何绘画过程的步骤详解，因为这样做会阻碍你自己创造力的发挥——这正是我要竭力预防的。"

可是，因为如此，这两行字，和实际所代表的图形之间存在着如此大的沟壑。

她被难在了沟壑的这一边。

十

世界轮滑赛开幕的大幅标语悬挂在小城的各个重要路段。

影院也属轮滑赛赞助商，往年这段时间，老游不仅早早把票送到相关客户手里，到时还会陪一些重要的外地客户一起去观看。

今年这个送票的任务全交给了梅卓。

这天中午，他把她喊到他办公室，拿出一迭票，叫她看着早点送出去，她很不高兴，"全让我去送？你又不忙什么！"她说，坐在他对面的转椅上，左一圈右一圈地转着。

"你送一下不行吗？"他拿出看下属的眼光看着她，两手松松交叉着搁在膝盖上。

下午的太阳把他面前的半张桌子照得发白，她看着他在光影里一动不动，像个陌生人。

可怕的陌生人。

妮妮没说错，这一个年，他果然只长了胡子，不仅瘦了，脸色很差。

可是，她过了年仔细查了近半年的帐，并没有大宗的值得怀疑的支出款项，税款、应收应付款没问题。

在她目不转睛注视着他，他把头转到了窗外。

一棵玉兰已经绽出毛茸茸的花苞。这是棵白玉兰。

想到当年他想种红玉兰的，她说了声还是白玉兰好，她喜欢白玉兰，他立刻下令改种白玉兰。

此前她对他的敌意，一瞬间变成了担心。

"你怎么了？出什么事了吗？"

"没有。是有点累，不大想吃东西。"

"去医院看看吧？"

"不要紧。"

"还是去看看。做做检查看。"

"过几天就好了。"

不知什么时候，她不再转动椅子，静静地坐了一会，抓起那迭轮滑票走了出去。

她把票放在抽屉里锁了两天开始拟定名单，再按照地址的远近拟定要走的路线，一家一家跑了起来。

很难想象从前她话都不会说，当她把她的车开进一家家公司，找到要找的人，谈笑着把票送出，穿梭在政府机关不同的部门，借着投来的眼光，感觉女伴为什么说自己不像个老板娘。现在她是比过去有胆气了，可仍然不是生意场上的人。所以她喜欢接触苏雷吧。只有苏雷说骨子里她是个诗意的人。他没有说错，她渴望的始终是蓝天白云，原野牧场。

这天下午，该送出的票都送了，她想早点回家洗个澡，在园子里坐一会，喝点什么，路上接到苏雷的电话。

"你有空吗？请你喝茶？"电话里，苏雷的声音一如往常。

"好啊，还有谁啊？"她随口问。

"没有了，就是你啊。"

"哦，就是我？"

"不行吗？"

"当然行啊。去哪呢？"她爽快地问。

"你喜欢去哪儿？"

她想没想："名门百合吧。"

这家西餐厅是梅卓跟女伴们经常聚会的地方。

她在这儿有年卡，可以打折，所有的服务员都认识她，她有自己喜欢的座位。当她绕过吧台，下了台阶，来到天顶是一整块大玻璃的室内咖啡座那儿，一眼看见苏雷已经来了，穿一件灰底淡红条纹的毛线衣，脱下的棉茄克放在一边。

他正在翻杂志，太阳把他的头发照成了金黄色，湿漉漉的，刚洗过似的。

她的心不由地微微一动。不想去招呼他，不想惊动他看书的姿态——离他还有两步远，他抬起头，朝她笑了一笑，合上杂志。是一本旅行杂志。

于是从她那几次单独出去旅行谈开了。

"都去过哪儿呢？"

"云南、贵州、新疆、日本"她思索着说。

"喵，都是一个人去的？"

"没人陪我去啊。玉龙雪山和天池都是一个人上去的哦。"

他笑。

"怎么啦？很特别吗？"她看着他说，不希望他当她有个性的女人。她自认实在是个常人，没有什么独走江湖的爱好，这是因为她身边只有老游，老游经常出差，有很多机会跑在外面，却是贪恋舒适的那一类人，只要住得好，吃得好，可以整天呆宾馆里，把要见的人都约到宾馆来。反正宾馆里酒吧、餐厅，歌舞厅什么都有。她受不了这种外出的方式。更重要的是，他们一向总要留一个人在公司里，习惯了不一同出门。

她说了一会，说，"别老是我一个人讲，你也讲讲啊。"

"讲什么呢?" 他的背往后一靠。

"讲讲香港吧。听说你去了香港一年呢。"

从他们这边的座位望出去,能看到一大片红的蓝的灯光,细细碎碎,如珍珠一样,"真难以想象,这个小城这么璀璨夺目了。"他感叹。

"再璀璨夺目比不上香港啊。"

她说她去过两次香港,可是既然对奢侈品谈不上多有兴趣,去过那两次没留下别的印象。她光是看,什么不买,在皇后大道一家皮具店,老游自作主张给她买了一只黑灰色的路易威登包。说总不能白来一趟香港,什么都不买吧。正因为是这样,她更想听听他说一点什么。

他合掌抱着泡有铁观音的大玻璃杯,凝视着桌子,"我常常骑车去看维多利亚港。天好,湛蓝湛蓝。有时没事了,在小巷里穿来穿去乱走,能撞到很有意思的小店。香港不少地名很有意思。打狗道啦,看上去很平民,其实呢,背后却有很深的贵族气。香港这地方给我最强烈的感觉是它的贵族气……"

他的感觉颇让她诧异。第二天她跟老游谈起苏雷,老游轻蔑地说:他这样的人,是摇摇笔杆子的。

"摇笔杆子不好吗?"

"大不了做个副刊主任,除了这种职位,还能有什么?"

"那么,照你说,只有做生意最好喽?"她的声音尖刻起来。

"自己富了,才有能力援助别人,自己都没有实现,还谈什么?"

"一股铜臭味。"

"你呢?你闻闻自己看?什么味啊?"

"跟你在一起,还能不铜臭味吗?"她皱着眉笑了,如果说苏雷跟她借钱,他更不知道说什么了。

想来也是很突兀的,谈到香港,他说香港回来以后不太适应,将近一年才调整过来。这是他没怎么跟她联系的原因。他越谈越快,谈到最近在筹建一个工作室,已经召集到几个人,除了做历史文化短片,还想往影视上发展。做记者太累,他爽快地提出希望她能借他一部分资金，当然，前提是不使她为难。而且他觉得唯一能施援手，而不让他有心理负担的就是她。看她不太明白，又含糊地说比如他也可以跟丽洁借，但是他不想这样。至于为什么就不能跟丽洁借呢，他始终没有讲得很清楚。

她也没有太仔细地去问。

几年前她就意识到光靠老游的钱不行，得有自己的钱，跟女伴们一起投资了几处房产，小打小闹，做二手房交易，投入的成本小些，倒也积蓄了很可观的一笔钱。苏雷提出来的五万不过是这笔钱的零头。

一个礼拜后，她给苏雷打电话，让他给她帐号，她等会把钱打到他帐上去。不过，先只能打三万，剩下两万得稍过几天。

这是她拨了苏雷的电话才想到的，不然，他会以为从她这儿要钱太容易。太容易的东西总不被人珍惜。这是她这几年积累的人生经验。

苏雷自然没什么异义。现在谁放很多现金在手里呢？一连说了好几声谢谢。

她不想听那过多的谢谢，"那先这样？再见？"

"再见。"他柔和的声音消失了。她把手机放到一边，打开电脑，登录银行的网站，输入自己的网银卡号和密码。一秒钟后，钱汇了出去。

她给苏雷发短信叫他查收，随后，很长时间只是托着脸，望着窗外的白玉兰。虽然还只有十来朵，过不了几天，这满树上会挂满花朵。微风从开得极细的窗缝吹进，慢慢的，她终于又感觉到很久没有过的心满意足，连老游从门口经过，也没有注意。

过了一会，隔着窗子，她听见老游那辆大排量车的轰鸣声，他又出去了吗？

也许此刻她太快乐的缘故——她不打算再追究他正面临的困境，不管那是什么，钱上面的，人际关系上面的，让他自己去解决吧。

她记得很清楚，这天是 4 月的 2 号。她在手机的备忘录里写了个3，又写了个 S，就算老游看她的手机，也不会明白这里面的意思。

潜意识里，她并未认为自己的行为跟他并没有本质上的区别，她决不会拿五十步笑百步的意思来解释自己和老游。她喜欢苏雷是一回事，和他发不发生什么又是另一回事。而且，她可以百分百断定她不会和他怎么样的。一直这么暗恋下去倒是有可能的。说到底她不愿给他抛弃自己的机会，即使是自己最喜欢的人，她不想给他这样的机会。她很清楚，那一天才是她生不如死的一天，她不想让自己走到那一天。这是她在 4 月 2 号的夜里思索出来的。

十一

九天时间一晃过去了。

11 号中午，吃午饭前老游若无其事告诉梅卓 13 号去趟北京，三天回来。

不知为什么，他给她的感觉竟是轻飘飘的欣喜。也许那个让他为难的东西已经过去了吧。要是这样就最好了。

两天后的上午十点，她目送老游拎着一个小行李箱下楼，上了停在过道上的汽车。飞机是中午一点的。这儿到机场一个小时。到了他会发短信给她，之后，除非需要她做什么，他不会再跟她联系，他进入的是她进入不了的另一个空间，惟一能做的是等他回来。

这么多年，她实在已经厌倦单方面的等待。实在太痛苦了。实在太痛苦了。除非她根本不再把他回不回来，几时回来当成一件事。

她吃了饭回到办公室一阵倦意，想着先睡一会再说，接到苏雷的电话，"晚上有空吗？一起吃饭？"

"为什么又要吃饭？"

"谢你啊。"

"说了，不用谢的。"

"吃完饭顺便去工作室看看总可以吧？"

"这么快啊！"

"还没有装修，房子已经盘下了。"

依然在名门西餐厅的玻璃天顶下，她看到了苏雷。

他正在打电话，边斜过脸朝她笑着，边急切地要打发掉电话那头的人。说了长长的一串好的好的之后，总算挂断了。吁一口气，问她世纪花园知道吗？她说知道啊，他说，那儿有一家红酒庄，梅卓说她知道，专卖法国红酒，铺面装潢得很漂亮，她去买过两次。苏雷说，是啊，老板去国外定居了，急着要把房子转掉。上下两层，地段也好。等会你一起去看看。

"这，我不看也没关系吧。"

"哎，怎么布置提提意见啊。"

"这我完全外行啊。"

"我还想以后请你加入过来呢，你不是还写过诗吗？"

"我什么时候写过诗？"她诧异起来。

"午夜三点……是你写的吧。"

"你怎么知道？"她是真的诧异起来。下午积聚的倦怠一扫而空。

"等会到了那儿你知道了。"他仍含蓄地说，人朝后坐了坐，一霎那，他仍然朝她微笑着，却有一种异样的东西从她心里涌了起来。

仿佛她身体里一直沉睡的东西被唤醒了。既熟悉，又陌生。那是她的情欲。她不再跟她辩论，推脱说"等会再看吧。"

"怎么啦？你等会还有别的事吗？"

他的手机响了，谁啊，他说着，不耐烦的拿起电话，脸色却微微一变。"市一医院吗？好的。我去。不过我今天没车啊，可能晚一点到。"

一挂断电话就说："这下好啦——"他拉长了声音"不是不想去吗？好了，今天还真去不了了。"

"怎么啦？"

"要我去趟医院，有个交通事故得去看看。"

"你不是跑教育文化吗？怎么管起交通事故来了？"

"没办法啊，叫你去，能不去吗？"他苦笑了一下，站起来穿外套。

她恍然明白他为什么香港回来境遇并不好，所以他要开工作室吧，看来，这记者，他真的不准备当了。她默然了一会，站起来披上外套。到了门外，她说，"坐我的车去吧。"

"不用了，你要害怕的。"

"我不进去还不行？在外面等你？要是你不急着写稿的话，再去工作室看看。"

"写稿倒是没什么。回去一会就能交差。"我是说，"你不要紧吗？"

她正想说那算了，她只是一时的情绪，刚才那异样的东西，也许已经消散了。让它消散吧。

他踌躇片刻，却又说，"那好吧，你去把车开过来。"

车开到市一院门口，苏雷说，"你去那边等一会，好了我打你电话。"他说到这里，只是看着她。这句话后面的内容，却通过他的眼睛，一点没有遗漏的传达给了她。

去了工作室又能怎样？他们的关系会从此变成另外一种吗？她的脑子里轰隆隆地响着，想到她之前的退缩，她真想这么把车开走算了，等会他来电话，说她有事先走了。他不会说什么的。只要她坚持她有事先走了。那么这个晚上积聚起来的一切，都变得不再存在，变得像梦一样。反正只要坚持就是了。

然而她扶着方向盘的手仍然把她引到了停车场，她实在舍不得马上推倒这一切，就算什么也没有，总还有一点她想留下的。门诊已经下班了，停车场空荡荡的，月亮刚升上来，带着许多空洞似的。等会它会怎么照着他们呢？她孤零零地在车里坐了一会，想到他这会是怎么工作的呢？她在读书会见过他工作，那是他们第一次认识，还不算，现在，去看一看他是怎么工作的意念却忽然冒了出来。

医院一年前搬来这里之后，她还没有来过，听说面积比以前大了三倍，灯火通明，走进去，眼望之处也跟停车场一样空荡荡的，没什么人。依稀有个女人在哭。抢救室有两个护士，并没看见有人在抢救，也没看到苏雷。奇怪，他去哪里了呢？她退到登记放射的走廊上，那儿人最少，她想在那儿等苏雷吧。在这时，却发现在放射走廊最里面的一排椅子上坐着一个人。

112
一切都还好

吧，看来，这记者，他真的不准备当了。她默然了一会，站起来披上外套。到了门外，她说，"坐我的车去吧。"

"不用了，你要害怕的。"

"我不进去还不行？在外面等你？要是你不急着写稿的话，再去工作室看看。"

"写稿倒是没什么。回去一会就能交差。"我是说，"你不要紧吗？"

她正想说那算了，她只是一时的情绪，刚才那异样的东西，也许已经消散了。让它消散吧。

他踌躇片刻，却又说，"那好吧，你去把车开过来。"

车开到市一院门口，苏雷说，"你去那边等一会，好了我打你电话。"他说到这里，只是看着她。这句话后面的内容，却通过他的眼睛，一点没有遗漏的传达给了她。

去了工作室又能怎样？他们的关系会从此变成另外一种吗？她的脑子里轰隆隆地响着，想到她之前的退缩，她真想这么把车开走算了，等会他来电话，说她有事先走了。他不会说什么的。只要她坚持她有事先走了。那么这个晚上积聚起来的一切，都变得不再存在，变得像梦一样。反正只要坚持就是了。

然而她扶着方向盘的手仍然把她引到了停车场，她实在舍不得马上推倒这一切，就算什么也没有，总还有一点她想留下的。门诊已经下班了，停车场空荡荡的，月亮刚升上来，带着许多空洞似的。等会它会怎么照着他们呢？她孤零零地在车里坐了一会，想到他这会是怎么工作的呢？她在读书会见过他工作，那是他们第一次认识，还不算，现在，去看一看他是怎么工作的意念却忽然冒了出来。

医院一年前搬来这里之后，她还没有来过，听说面积比以前大了三倍，灯火通明，走进去，眼望之处也跟停车场一样空荡荡的，没什么人。依稀有个女人在哭。抢救室有两个护士，并没看见有人在抢救，也没看到苏雷。奇怪，他去哪里了呢？她退到登记放射的走廊上，那儿人最少，她想在那儿等苏雷吧。在这时，却发现在放射走廊最里面的一排椅子上坐着一个人。

吧，看来，这记者，他真的不准备当了。她默然了一会，站起来披上外套。到了门外，她说，"坐我的车去吧。"

"不用了，你要害怕的。"

"我不进去还不行？在外面等你？要是你不急着写稿的话，再去工作室看看。"

"写稿倒是没什么。回去一会就能交差。"我是说，"你不要紧吗？"

她正想说那算了，她只是一时的情绪，刚才那异样的东西，也许已经消散了。让它消散吧。

他踌躇片刻，却又说，"那好吧，你去把车开过来。"

车开到市一院门口，苏雷说，"你去那边等一会，好了我打你电话。"他说到这里，只是看着她。这句话后面的内容，却通过他的眼睛，一点没有遗漏的传达给了她。

去了工作室又能怎样？他们的关系会从此变成另外一种吗？她的脑子里轰隆隆地响着，想到她之前的退缩，她真想这么把车开走算了，等会他来电话，说她有事先走了。他不会说什么的。只要她坚持她有事先走了。那么这个晚上积聚起来的一切，都变得不再存在，变得像梦一样。反正只要坚持就是了。

然而她扶着方向盘的手仍然把她引到了停车场，她实在舍不得马上推倒这一切，就算什么也没有，总还有一点她想留下的。门诊已经下班了，停车场空荡荡的，月亮刚升上来，带着许多空洞似的。等会它会怎么照着他们呢？她孤零零地在车里坐了一会，想到他这会是怎么工作的呢？她在读书会见过他工作，那是他们第一次认识，还不算，现在，去看一看他是怎么工作的意念却忽然冒了出来。

他的头低着，胳膊支在前面一张椅子的后背后，手抱成拳，朝前伸着，像合十祈祷。这姿势让她一下子没有马上认出他来。可天生的熟悉感让她不由自主又朝他走过去一点，这样，她差不多可以确认这个人的确就是老游。

他不是上飞机了吗？下午两点半她收到他的短信，说已经到北京了。她没有觉得他的话有什么可信的，可同时又深信不疑。他有什么必要撒这样的谎？她一时像掉进了噩梦里，却苦于没有办法出来。她目不转睛的盯着老游，直到他上身动了动，似乎要直起身来，马上朝旁边的柱子后面闪去。她不能让老游知道她在这儿，如果他费尽心机瞒着她让她相信他去北京了，却在这个时候出现在医院急诊室里，那一种难堪，不管他们分不分手，都会永远存在着，扰乱着他们。她把手机拿出来，开了振动，惟恐它马上动起来，攥出了手汗。

抢救室那边响起一阵喧哗，她走到柱子另一边，惊讶地发现原来关着的一扇门开了，一口紫红色的纸棺材摆在门口。她刚才走过来还没有看见，是什么时候抬过来的？她这么想着，眼看棺材被抬到里面，不过两三分钟，她还在目瞪口呆像被恶梦魇住，几个人已经抬了棺材走了出来，朝门外走去。她全部的注意力都集中到了那具棺材上。她的生活中，还没有哪一天与一口棺材这么近距离过。它是这么的死寂，没有一点生命气息。令她难以想象，此时，它的内部装着几分钟前还活着的人。是的，几分钟前她一定还是活着的。还有人在为她哭。对啊，那哭着的女人呢？到哪里去了？这死去的人，身边没有一个亲人似的，只是被那几个人抬走了。再回头，老游不在了。什么时候他走了出去，难道追随那个女人——那具尸体而去吗？

她不知怎么回到车上的，急急忙忙发动车子，逃一样的开出医院。

回到家里，跑出来迎接她的妮妮吓了她一大跳，却把她从噩梦中带了出来，她几乎要大声地哭出来。妮妮摸着她的手提包，说，"妈妈，你包里什么东西在动？"一边把她的手机拿了出来。

"你有电话，妈妈。"

手机上已经有七个未接电话。她按了接听，立刻听到苏雷着急的声音，"你在哪？我打了你好几个电话……"

她顿了顿，努力平静地问他，"你好了吗？"

"还没有呢，我就是叫你先回去，别等我了，明天我再打你电话。太惨了。人已经死了。是个女孩。先吞了药再出的车祸，才二十几岁……"

她打断他，"明天再说吧。"

"好吧，明天我打你电话。"

她挂了电话。这一夜睡在了妮妮的小床上。妮妮很兴奋，搂着她的胳膊说了很多话，直到她强令她得睡了，不然明天上学要迟到了，她才不说了。她不说了一会，睡着了，发出轻轻的鼻息。她留了一道窗帘，没拉上，窗下是园子里的路灯，房间里很亮，可是噩梦的幽暗仍一波一波朝她袭来。老游今晚会在哪里呢？他做梦想不到刚才自己站在离他不到五十米的地方。她真想马上拨通他的电话，问他，你在哪里？你现在在哪里？你用你房间里的电话打我电话，让我知道你在北京。刚才那个人不是你。他只是跟你有点像，刚巧穿着跟你一样的衣服。让我知道你跟那个二十几岁的女孩没有一点关系。她把自己蜷起来，紧紧的依偎着妮妮依然小小的肩膀。

十二

苏雷的电话第二天快傍晚了才打过来。

她仍然坐在妮妮的小床上。早上她送了妮妮去学校，自己给公司打了个电话，说有事不去了。又叫阿姨今天不用来，然后一直坐在这儿。

公司里的人会奇怪吧，这么多年第一次两个人都不在公司里。忽然之间，她有一种大厦将倾的感觉。同时也觉得奇怪，反而在这时，她平静了。眼前仍不时跃出老游合十祈祷的手，那搬出去的腥红的棺材。

她让铃声又响了两下，按了接听键。

苏雷的声音透出一股疲倦，告诉她昨夜出了医院又去了交警队，快十二点了才回家。今天早上起来跑到现在，总算把事情差不多弄清楚了。

"哦，情况怎么样呢？"

"那女孩是本地人，才二十六岁，在娱乐城上班。"

她怔了一下，"不要说了，"她轻声说，"不要说了，行吗？"

"喂？你听得见吗？那女孩在电脑城上班，去年下半年跟一家企业的老总开始有了来往，说好不当真的，只是交往一段时间，那老总很喜欢她，过年前还带她去了次日本。谁知道她认真了，从日本回来跟那老总纠缠上了……"

"不要说了。"

"唉，现场实在太惨了……她吞了药再去撞车，送到医院里一条胳膊已经断了。"

"不要说了不要说了！不要说了！！！"她只在心里发狂地喊着，掐掉了电话。望着手机，很久，那手机不再发出任何声音，慢慢地却有一个声音在她心里顽固地响着：离开这里几天，去哪里走走吧。

第二天，她送了妮妮就去了公司。

门房送来报纸。她翻了翻，以为会看到一个巨大的套黑的标题，翻遍了社会版才在一个角落里看到短短的一百来个字的简讯。她在"本报记者：苏雷"几个字上停留了一会，把报纸推到一边。

明天，这张报纸会搁到过期的旧报纸堆里。

再过几天，事情会平安了结掉。

她对老游究竟只是怀疑。她不怕离婚，无论他提出来还是自己提出来。在赚钱上她未必不如他。她就是有点不甘心，她真的是不甘心。

要给他打个电话吗？不过，这个时候，还是让他按照自己的意思处理这件事吧。

至于她，先离开几天吧。把这儿让给他。这儿并不是真的没有她就运转不了了。她可以想想这件事，想想上次没弄懂的构图也行，琢磨琢磨什么是没有深度的满构图，什么是有自由环境的构图，或者什么都不想。也不用带多少东西，一个背包就足够了。至于去哪里，这是要好好想一想的。不过也没关系，世界就在手机地图上，哪里都是她可以去的地方。

罗伯特·劳的冬天

一

现在小镇也流行聘请外国专家。罗伯特秋末来的碌碌镇，他要在镇上一家电梯装饰公司担任半年的经济顾问。

罗伯特本来就是读金融出身，普通话讲得也好。欢迎酒会上，他说这不仅因为他是中国人的后代，碌碌还是他外婆的故乡，是的，除了老板大边，在座的人可能还不知道，他外婆出生在碌碌，五十几岁才去美国定居。那时罗伯特还没出生，相比哥哥姐姐，他是地地道道生在美国的美国人，不过，他肯定是家里最迷恋中国、迷恋碌碌的人。罗伯特说到这里朝着大家鞠了一躬。

这是罗伯特的上任演说，不算太成功。因为马上有人说老板大边花了请外国人的钱，只请来半个外国人。罗伯特姓劳，"劳先生"听上去像"老先生"，公司里恭敬点的喊他罗伯特先生，随意一些的就叫他"老罗""萝卜头"。

罗伯特这年还只有四十一岁，一米八一的个子，柔和的长方脸，看着像三十左右的年轻人。鼻尖笔挺，眼窝微微凹陷，常被人误以为混血儿。

罗伯特在公司很热门，各色人等都要拖他去家里吃饭，侃侃美国人吃什么，穿什么，房价怎么样，养老保险怎么样，谈恋爱、结婚怎么样。

罗伯特很愿意把自己知道的都讲出来，换回一些碌碌的旧闻秘事。不过，出于习惯他每天需要一些独处的时间，一个人翻翻书，在小阳台上坐一坐，喝杯水、看看外面，想点什么，骑上自行车去哪儿转一圈。碌碌的老房子十余年来拆了不少，连名人故居也没能幸存，仅剩的几条老巷，成了罗伯特常去的地方。

老巷深处藏着几所民国时期的房子，和后来各个时期建成的房子混杂一起，颓败得厉害。吸引罗伯特的正是这些房子。它们矗立在破砖烂瓦中，雕刻精致的窗栏处处可见，使他愿意把它们想象成外婆的旧居。虽然据当地人讲，外婆告诉他的那条街现在已经成了手机城，他还是愿意想象外婆在这里长大，爱美，爱读书写字，厨艺、手工样样精通。

他还有一个异想天开的心理——想在这些老房子上发现外婆留给他的记号。这当然是不可能的，外婆出生的大院子抗战前就被日本人烧掉了；她读过书的学校则在七十年代初改建成了信用社。罗伯特很小的时候，就听她讲以前住过的地方是怎么一个一个消失的。她讲着讲着总要流下眼泪，总要说："罗伯特，一个人活着是很快的，再好的日子也留不下来。"她自己回来都找不到的地方，怎么可能留记号给他？那时她也不知道世界上会有他这么一个人呀！

这天，罗伯特骑进一条陌生的小巷，踮着脚尖，停在巷口望着十几米外的拱形门洞。这过道太黑了，乌迹叠乌迹，中间又似乎有个开着的小门，透露出一个更加黑暗的世界。罗伯特不免犹豫了一下。他当然不认为自己在害怕，骑过去的时候却连往两边多看一眼都没有敢。然而实在并没有什么，眼前只是一个平平常常的小天井，四壁挂着青苔霉花。窗台上，墙根下，摆着大大小小的盆栽。一盆朝天椒，一盆蟹爪兰，正开着花。

这两盆植物都是罗伯特熟悉的，在外婆居室里玩耍时看见过无数回的，母亲有时摘朝天椒炒芥蓝。他刚想到这里，只听见轻轻的"啪啦"一声，车轮不动了——他的思绪还没伸向过去，就被拉了回来。

链条又脱节了。有把扳手就搞得定。

眼前的三户人家却都门窗紧闭，一幅阒然无人的样子。最里面那家门前停着一辆自行车，车把的橡胶旧得裂开了，镀铬的地方依然很亮，轮胎也擦得很干干净净，找不到一点泥星。

罗伯特就像遇到知音，大声喊起来。喊了三四声，门开了，出来一个男孩。

是男孩吧，十来岁的男孩。

"我的自行车坏了，你有扳手吗？"罗伯特向男孩求助。

男孩的脸在他眼睛里聚焦似的清晰起来。罗伯特一时怀疑搞错了这男孩的岁数，他或许有二十岁，三十岁也有可能——这已经是一张成年人的脸，脸色奇黑，不是皮肤的缘故，而是因为汗毛。

汗毛浓密的男孩明白过来罗伯特此刻的窘境，叫他等一等，老成的脸一瞬间显出稚嫩。

就是十来岁的男孩嘛。

很快，他又出来了，手里并没有扳手，他带出来的是一个人，一个老头。

老头张嘴看着他。

罗伯特又说："我的自行车坏了，你们有扳手借我用一下？"

这老头的个头和他不相上下，一头白发，脸色红润，罗伯特迅速概括了一下：身高一米七，年龄六十，热爱运动（骑自行车），身体健康。

老头蹲下去转了转车轮，叫男孩去拿扳手，又追着男孩的背叫他把起子也拿出来。

男孩在里面说："知道了，爷爷。"

等待男孩出来的几分钟里，罗伯特和老头侃了几句，他问的是："老先生在这儿住了多久了？""这孩子是你的孙子？读几年级了？"

老头说他七八年前搬来此地，以前他们住在县里，当然，这镇是他出生的地方，在这儿养老，也算叶落归根。他喜欢天井，这房子好就好在有个天井，不过，他解释不是他们站的这个地方，这儿只是后院，前面朝南还有一个大天井（所以他敲门没人听见）。男孩是他孙子，十七岁，去年考进护士学校，再过一年半就上班了。他还有一个儿子在北京，也已经成家。

老头不说话了嘴依然张着，和他老学者似的白发构成奇妙的反差。如果这算微笑，只能在不懂事的孩子脸上才能看到。

男孩捧出一个墨绿的工具箱。

罗伯特惊奇这里藏着这么先进的工具，他在家用的也是德国沃施莱格牌的工具，马上从排列整齐的一溜溜板手、改锥中找到用得到的两把。

老头蹲下来帮他，男孩不出声地看着他们。

几分钟后，车轮能动了。

男孩带罗伯特去厨房洗手。连着厨房的是客厅，角落里摆着一个有很多小抽屉的木柜子，男孩说这是中药房淘汰的，他爷爷找来的。厨房和客厅相连的一块地方兼做着饭厅，贴墙摆了一张桌子，四边是四把折叠椅。罗伯特觉得有点奇怪，祖父母，孩子，孩子的父母，应该是五把椅子啊。

老头叫男孩给罗伯特倒茶，罗伯特谢过他们，说不用了，他出来溜达一会了，该回去上班了。要是不妨碍他们，他过几天再来。

二

这已经是罗伯特来碌碌镇的第三个月了。一个同事告诉罗伯特今天闰九月，天气冷得慢。即使这样，一个早晨，罗伯特还是从行李中翻出过冬的厚毛衣，厚夹绒长裤，开始穿得严严实实地去上班。

天经常显得灰蒙蒙的，阴天不像阴天，雨天不像雨天，让午休醒来的罗伯特陷入沉郁的情绪中。

一个周六，他凝视着窗外连成片的棕红色屋顶，屋顶间棋盘一样的绿化带（谁能想到这是一个小镇？它更像一个城市），喝完一杯咖啡，眼前浮现出男孩毛茸茸的脸，脸上带着也许纯粹是他想象出来的

一切都还好

期待，到楼下打开车锁，朝漆黑的拱形门洞骑去。

这次他给男孩带去了两块巧克力，老板大边美国带回来的，说他在碌碌吃不到好巧克力，一定很寂寞。

他还给老头带去一个玳瑁烟嘴，一人爱抽烟的同事送的，说玳瑁是一种大海龟，是唯一能消化玻璃的海龟。又有同事说现在哪有真玳瑁，市场上的玳瑁都是塑料的。上一次来，他看见过餐桌上的烟灰缸，里面插了许多个烟头。

他的到来，引来一老一小的惊喜。他们也是被湿冷的天气困在家里无处可去。客厅的电视机开着，在播 Discovery。

"你喜欢 Discovery？我在美国经常看。"

他上一次来，因为时间太短，交谈太少，他们甚至都没有发觉他是美国人。这一事实让他们的惊喜又加大了，老头说，这意味着他们的交谈可以更加"海阔天空"，更加"国际化"，意味深长地说，"现在不是流行国际化吗？你看碌碌的厂家，挂的牌不是国家的就是国际的。"他真是个爱抽烟爱聊天的开心老头，谈起那些盆栽，谈起蟹爪兰爱喝水、朝天椒爱晒太阳，真是津津有味。竭力劝罗伯特去几条他经常骑车的线路，叫男孩拿来纸笔，把线路一条一条认真画下来，尤其推荐一条沿河的小路，说初冬时分这条路上能看到成片的香樟林和银杏林，那些金黄的银杏林美极了，可惜没有多少人感兴趣。

罗伯特把烟嘴递给老头，说送给他，老头大吃一惊，连连说着"谢谢谢谢，这可怎么好，这可怎么好。"马上拿了一支烟，装上烟嘴，点着了，美美吸了两口。

屋里没有风，烟特别眷恋他似的，直在他头上打着转儿，他时常仰头去吹那些烟，把烟吹得腾到半空，再一条一条飞出去。

男孩若无其事，攥着巧克力，笑嘻嘻地看看他爷爷，看看罗伯特。

罗伯特称赞爷爷像个教授，大学教授，尤其像他的哲学老师雷本教授，他也酷爱骑车和种花。

"像吗？"老头的语调低沉下来。抽到那烟离烟嘴还有一厘米，笑着掐了，光把烟嘴翻来覆去拿在手上玩着。

男孩好久没说话了，忽然说，"我爷爷做过镇长。"

"啊，是吗？"罗伯特颇感奇异，头一转，见老头脸色微变，像有心脏病的人忽然供血不足。老头看看男孩，并没有流露出特别的意思，男孩还是把伸向罗伯特的脖颈缩了回去。

"那是过去了，现在我是平民，老百姓，老百姓。"

老头放下烟嘴，摇摇晃晃拉开厕所的格子门，走了进去。

男孩看了罗伯特一眼。

罗伯特问他："你爷爷去的那些地方，你去过吗？"

男孩摇摇头说："他从来不带我去，他都是自己一个人去，奶奶也没去过。"

罗伯特又问："你奶奶呢？她今天不在？"

"她礼拜六礼拜天要去镇那边帮忙卖农药。"

"卖农药，一个月多少钱？"

"五百。"

"五百？"

"挺多了，一个月只去八到十天。你不是礼拜六礼拜天来能看见她。"

"那就看不见你了，你要上学，是不是？"罗伯特说，看看手表，他想走了，老头还没出来，也没有声音。

"你爷爷不要紧吧？"

男孩沉默了一下，走过去贴着门喊了两声，回来说，"不要紧，他老是进去很久。"

柜子上有几桢照片，一张是一个扎马尾辫笑得很开心的女人，搂着明显还是小孩的男孩，笑着说，"这个人是你妈妈吧？"

男孩探头跟他一起看着照片。

"我六岁拍的。我妈妈跟我不太像。"

"那你像你爸爸喽。"

"我也不像爸爸。"男孩指着一张照片说。

照片上一个男人站在树下，个子挺高，浓眉，四方脸。是个挺英俊的男人。男孩是不太像他。罗伯特没有说，这男孩显然取的是父母的缺点。

"你爸爸妈妈，他们今天都不在?"

"我妈妈不住这里。"男孩说。

厕所门拉开了，老头走出来，嘴里说着："年纪大了，就是麻烦事多。"

罗伯特忙说："没关系，你没事吧?"

老头说："没事没事。"一边把烟嘴拿到手上。

屋里忽然多出一股冰凉的东西，仿佛是老头从厕所里带出来的，又像是从罗伯特坐着的椅子里窜上来的，很快包围住他的两条腿，他的屁股和肚子，他像坐在一盆凉水里。为了驱赶这莫名其妙的凉意，罗伯特大口喝完杯里的茶，又看看手表，说他得走了。老头说"吃了饭走"，马上要拿篮子去买菜。急得罗伯特又是拉他，又去拽那篮子，老头才说，"那就下个礼拜六晚上来吃饭。"

罗伯特客气说他不一定能来，要看公司那天是不是没事。

老头不容分辩地说："中午饭不算，咱们的习惯晚饭才是正餐，下个礼拜六晚上来吃饭，说定了。"

这天，罗伯特缓缓骑出老街区，心里一直有个疑问：这老头，真的当过镇长?

三

市领导来公司调研，罗伯特也忙了几天，以"外国专家"的身份参与了几场会议。这天下午，总工程师过来请他明天去杭州，说之前那两次太匆忙，这次就是玩，坐船看风景，吃农家菜，泡西班牙酒吧，好好过个周六。

"明天礼拜六了吗?"罗伯特恍然想到吃晚饭的约定。他有些为难。同事们猜罗伯特一定约了美女，不然哪会连杭州都不去。罗伯特只是笑，他离婚后虽然有过几个女朋友，到了中国还没有发生同事们说的那种"绯闻"。

第二天下午，罗伯特带了一盒饼干当礼物，又去了北关巷 3 号的姚家。

他现在不怕那漆黑的过道了，不过经过那间总是开着门的黑暗的屋子，哧溜一下就滑过去了。

厨房门虚掩着，桌上铺了一块一次性的桌布，上面有几碗凉菜，荠菜拌香干？拌萝卜丝，余得焦香扑鼻的花生米，是碌碌镇餐桌上常见的，装在白瓷碗里，另有一种家常的风味。

屋子另一头传来说笑声。罗伯特把饼干往桌上一放，走到客厅门口准备跟里面的人打个招呼。

男孩先看见他，迎了上来。一个剪短发脸型有点像马来人的老妇人笑着说他们都在等他呢，菜也洗好切好了，只等他来下锅。鼎鼎早上就不停地问他爷爷，担心罗伯特不来。他爷爷一直在安慰他，说罗伯特肯定会来的，美国人都讲信用。

罗伯特有点不好意思。他的确差点不想来了。不过幸好还是来了。

老妇人便是男孩的奶奶，他现在也知道了男孩的名字，问男孩是不是甲乙丙丁的丁。

鼎鼎说青铜鼎的鼎。

奶奶笑着说："你干脆说鼎鼎大名的鼎不就行了。"

鼎鼎不好意思地低了低头。

"你们都在看什么呢？"罗伯特也弯下腰。

"你今天来得巧，我们的昙花要开了。"

"这是昙花？"罗伯特很好奇。这昙花现在还只是一个花苞，弯着长长的花颈，让他想起湖面翘首的天鹅。

"本来有 11 朵，现在只剩 3 朵了。"鼎鼎小心翼翼拨开一片叶子。

罗伯特蹲下，叶子背后果然躲着两个稍小的花苞，像交颈的天鹅。

"为什么今天总是想起天鹅？"他说着笑了，"我的词语太贫乏了。"

大家都跟着他笑。

罗伯特问男孩，"鼎鼎，等会你用什么词形容昙花？"

男孩摇头，边摇头边笑，"我说 beautiful！beautiful！Very very beautiful！"

罗伯特也边摇头边笑，"我只会说 beautiful！"

"上次吉吉来，说来说去就是好到爆美到飘。"男孩说。吉吉是他表妹。

"这算是流行语言，我对面办公室的几个小姑娘也是动不动累到爆。"

奶奶说，"美丽的东西都是让人无语的。等它开了，你更找不出赞美的话。"

罗伯特听了这句话，不免仔细看了这满头银丝短发的老太太一眼，脸不是那么黧黑，像生过一场病，或受过什么刺激，会很优雅，问奶奶，"确定今天晚上开么？"

"你只管吃饭，准保不让你错过。"奶奶拍打着手上的泥，去洗手做菜了。

留下他们三个人又在外面站了一会，爷爷很有经验地说："到六点，花苞会涨大十公分呢。走吧走吧，还早着呢，我们进去先喝起来。"

罗伯特举起倒给他的酒，迎着灯光看了看，小心尝了一口。

"别怕，这酒跟饮料一样。你在美国不喝酒吗？"男孩笑他。

"美国人难道都是酒鬼？"罗伯特没说他许多年没有喝过酒了，九八年 LTCM 一家对冲基金倒下，才二十八岁的他也深受其害，接受不了投进股市的钱瞬间雪崩，得了幻听症。为了不刺激自己，他后来就滴酒不沾了。当下极慢地呷了口酒，把家里每个成员介绍了一遍。他外婆，他爸爸，他妈妈，他的哥哥姐姐，他们一个在西雅图，一个在休斯敦，他和爸爸妈妈住在旧金山对面的圣莱安德罗。他数年前离了婚，一个女儿归前妻。罗伯特谈起女儿，来了兴致，说以前并不怎么在乎女儿，因为一直是前妻带女儿，他要忙工作，女儿很小知道不可以随便打扰他，现在每天都要在手机上跟女儿聊天，问他们这是否说明他老了。

奶奶说这不是老，是成熟。

罗伯特刚想说成熟的另一个意义就是老啊，门"哗啦"一响，进来一个人。很魁梧的个子，脸色悻悻的，一幅赌输了钱的样子。听说今天有客人，而且是美国人，先诧异了一下，好像在说"这明明是中国人嘛！"朝罗伯特勉强笑了笑。

"我爸爸。"男孩说，跑到里屋搬出一只凳子，仰头看着并没有马上坐下的父亲。罗伯特感觉到这个男人让屋内暖洋洋的空气遭遇到了寒流。

他自己显然也感觉到了，说店里走不开，倒了半杯酒，跟罗伯特碰了碰，一口喝下，匆匆吃了碗饭，低着头快步走了。

屋里仍荡漾着寒流。

静了约摸五分钟，奶奶说，"来，罗伯特，别放筷子哟，吃菜吃菜。"

爷爷就像扯着领带给脖子松绑，拖着椅子往后退开一步，说，"罗伯特，别管他。我们吃。"

罗伯特斟酌着问，"他是自己创业？"

爷爷说，"别提了，这孩子这几年实在不像样，不愿意去厂里做，自己开棋牌室，整天招一屋子的人打牌打麻将。"稍稍一顿，又说，"他跟你一样，也是几年前离的婚，那时鼎鼎只有十岁。"

罗伯特恍然明白了四把折叠椅的奥秘，"我和我前妻也是志趣不同，我做的任何事她都要反对。"

"他们是因为，因为我，"爷爷说。

奶奶看了眼鼎鼎，又看了眼爷爷，似乎想提醒他孙子在这儿呢，又有客人，别提这些。爷爷说，"让我说，罗伯特是美国人，讲讲又没关系，他们离婚是因为那年我出了桩事情……"

奶奶立刻说，"今天昙花开，我们不说不好的事。鼎鼎，去看看昙花怎么样了。"招呼罗伯特，"来，吃虾仁。"

男孩不声不响跑去看了，不声不响回来坐下。

第三次跑回来，报告昙花开始"动"了。

这是罗伯特第一次看见会"动"的花，花苞明显长出来一截，看着沉甸甸的。大家围着花舍不得走开，目睹花苞顶端现出一个圆形的开裂。

裂口几乎不见变大，娇黄的花蕊却慢慢的明显起来。罗伯特表示太细微的变化人的肉眼捕捉不到，爷爷感叹说人的眼睛只能看见看得见的变化。

男孩不时用手量一下花的直径，估摸花开到一半了，拿出一段蜡烛，点上，关了灯，小声告诉罗伯特，每次昙花开他们都这样。

这算是姚家的特别节日。家常的，也是隆重的。

房间里有了香味，越来越香，又仿佛始终离他们很远。就在这悠远的香味里花一点点开足了，开圆满了。

罗伯特惘然若失地说，"一个小时二十分钟，真令人难忘。"

老头说，"我们来说说刚才都在想什么？"

男孩刷地把目光投向罗伯特。

老头说，"哎——鼎鼎最关心罗伯特说什么。罗伯特是客人，我这个老头先来说吧。我想的是娶你们奶奶的时候，你们不相信吧，我们可是西式结婚，你奶奶穿白婚纱，就像这昙花。"

奶奶说，"可不是，然后生下你大儿子，再生下你二儿子，我可不就像昙花，一眨眼焉掉了，灰掉了。"

老头说，"瞧你，你知道我说的不是这个。"

男孩说，"罗伯特说，罗伯特说。"

罗伯特说，"我什么也没想，要这么说好像也不对，我还是想了一些的，可是看着花，我就忘了，就觉得那些想的东西都没有眼前这朵花鲜明，这么真实。我什么也没想。"

大家互相看了看，想起奶奶关于"无语"的话，不约而同笑起来。

"我想的是我妈妈。"男孩说，"我妈妈结婚也穿白婚纱，我想的是我小时候她抱我玩，我一跑，她就在后面追着我说'跑慢点跑慢点！'我就跑得更快了。"说着笑起来。

奶奶说，"我不说了，爷爷已经替我说了，我美丽了一下子，然后老到现在。"把碗筷收拾好搬到厨房，爷爷也跟过去帮忙，男孩凑近罗伯特，悄悄说道，"要是你真想赞美昙花又找不到词，可以问我妈妈。她开过书店，读过很多书。"

"你能告诉我到哪里找她？"

"下下个礼拜—我在医院实习，她也在那儿。是县里的医院。可是你有时间吗？"

"我可没你想的那么忙，很多时候，我只是个样子，是个POST。"罗伯特说。

罗伯特没等昙花完全凋谢就告辞走了。他说看到昙花开就可以了，昙花谢总是令人伤感的。而且，对于这个老巷子来说，时间实在不早了。除了夜风，他的自行车发出的喀啦声，没有别的声音了。

四

外婆晚年总是跟罗伯特唠叨"我在这儿是没有根的"。同样的话，爸爸妈妈哥哥姐姐从来没有说过。似乎他们是一群不需要根，有没有根都无所谓的人。罗伯特跟父母关系一般，他们住得相隔不远，不接到父母第三次四次打来的电话，他是不会去看他们的。有时父亲给他送来母亲做的炖菜，她一直喜欢"芋艿炖小排""腌笃鲜"这些上海家常菜。母亲始终视自己是上海人，而不是她母亲出生的碌碌镇。她始终有点瞧不起这个镇，说这个镇的人很怪，穿的怪，吃的也怪。罗伯特在上海一家外贸公司呆过一年半，他倒是觉得上海人太多，太吵，到处都是不够厚实的西方建筑。是他奇怪吗？"需要根"并想"找到根"仅仅落在他心里。那真是一个奇怪的种子，它飘下来，飘下来，飘过爸爸妈妈，飘过哥哥姐姐，忽然长到他心里了。也不管他是不是想要。给他造成的后果就是心里始终有一个空洞，他几乎能看到它多边形的外壳，却无能为力，不知拿什么填进去。

他只能接受自己跟父母、跟哥哥姐姐不太一样的现实，除了拥有一套庭院足够大的平层住宅，能维持到过完老年的基金股票，他还有这一点私人追求。

既然鼎鼎的妈妈读过很多书，或许聊聊也可以，也或许未必比之前跟他谈过同样话题的人更理解他。

不过他还是记着"昙花之夜"的约定，去的那天已是鼎鼎那一周实习的最后一天。卫生学校安排的实习是每月一周，罗伯特再不去，得拖到下个月了。

吃了午饭，罗伯特稍稍休息一会，从公司直接去了县里。

去县里的便捷巴士车次很多，路程也不远，不到四十分钟，已经到了鼎鼎电话里跟他说好的车站。

这是县里的新区，四周新楼林立，简直不像一个县。县中心医院是一幢扇形的建筑，新建不久，屋顶竖着霓虹灯牌，罗伯特在上海、苏州也没有见过这么大的医院。

看病的人很多，把挂号厅挤得水泄不通，每个人都急急忙忙挂号、付款、领药，除了遇到熟人，互相之间一脸漠然。这团团转的场面，让罗伯特的脑子里响起一支华尔兹乐曲"雪绒花"，这不太应该对吧？他们终究是病人呀。问了身边的一个保安，也急急忙忙转着去输液厅了。

他实在想不到一个县的输液厅有标准篮球场这么大。可能陪客太多，人声鼎沸。

要在这里一眼找到鼎鼎有些困难，向边上一个小护士打听，小护士笑着朝近处一指，"喏，这不是。"

原来就在五六步外，躬着背，在给一个六十多岁的老太太输液。他似乎遇到了点问题，找不到那老太太的静脉血管。老太太嚷着要换一个护士，不要他这种实习护士。一个老护士敏捷地赶过来，一针解决问题，麻利地摘掉近处一个空置的输液袋，三步并作两步地走了。

鼎鼎推着推车走了。他的背一直没有挺起来，罗伯特看着他把推车推到护士台前，边上有个开放式小屋，里面有几个穿白衣的护士在处理医用垃圾，他走过去加入了他们，埋头整理着空输液袋、废弃的一次性针头。

罗伯特等了一会，走过去，喊了他一声。

露在口罩外面的半个额头和两只眼睛瞬间流露出惊喜。

"你等我一下。"他跑到护士台前说了几句，一转身说，"我妈妈在等你，我们快去吧。"

在电梯里，罗伯特问他，"你妈妈一定不放心想来看看你怎么当护士？"

"不是，她在这儿住院。"

"她身体不好吗？"

"呃。"他说。

罗伯特跟着他走露天通道进了另一幢楼，乘电梯上了十一层，往左转了两次，一直走到尽头的落地窗前，对罗伯特说，"你在这儿等一下，我去叫她。"

罗伯特看着他小跑着消失在一间病房门口，猜想一个满脸病容的女人走出来。之前他想当然地以为她是因为儿子实习才来这儿的。他站的位置望出去景色很好，可以俯瞰到连片的欧式洋房，远处像白宫一样伫立云间的建筑是这里的法院，来的车上，他打听过了。

他出着神，忽而觉得有人向他走近，一转头，看见一个年轻漂亮甚至带着点青春气息的女人，还在十几步外就微笑起来。她的眼睛是被人称作笑眼的那种，迎着这双笑眼，罗伯特不由得也微笑了起来。

又走近几步，她招呼他："你是劳先生吧？"

她说的是方言，"劳"字听上去介于"劳"与"挠"之间，和外婆接近的柔和的嗓音让他觉得亲切。他略微诧异地含笑看着她。

病房不冷，她随意地披了件藕色的毛线开衫，浅米色的裤子长长的一直盖到脚面上。

她实在不像病人，一开口，更是笑容可掬，说鼎鼎小孩不懂事瞎说，"怎么说我读过很多书？我读的那几本书还放不满一个架子呢。"摆手示意跟在她身后的鼎鼎先回输液室，"等会我把你的罗伯特先生给你送过去。"

鼎鼎朝他招招手，小跑着走了。

目送他消失在电梯里，罗伯特笑着说，"鼎鼎说你开过书店。"

"哎呀，那书店还值得一提吗？十来个平方，几百本书。买书的人实在少，开了不到一年就关了。"

罗伯特表示理解，他看过一个官方统计，美国人均购书量50本，平均一个月4本多点。中国还不到5本，以色列最多，达到64本。

"所以根本开不下去，全靠教育书和外国童话撑着。"

罗伯特说他现在书也看得少了，不过每月都会买几本，算是在统计的平均值内。

两个人都笑了，认为这是互联网时代的特点。

"不过，"罗伯特说，"我还是喜欢看纸质的书，喜欢边看边在书上写写划划，手机就不行啦。"

"我也是。"她说，抱歉这里没有舒适的地方可坐，只好让他站着。

罗伯特说没关系，他经常站。

"鼎鼎说你在这儿工作。"

"是啊，在富力达，他们薪水不错，我想我还可以在这儿做几个月外国专家。"他调侃自己。

她也笑，"那么之后你就离开这里了？"

罗伯特耸耸肩，不是不好说，而是确实如此。

"鼎鼎说，你的外婆这儿出生的，你从小记着这里，很念旧。"

"不过现在我已经没有亲人在这儿啦。"罗伯特说到这里，陡然感觉已经说到他为什么"需要根"，又为什么想"找到根"的边缘，愈是因为接近，他也愈加觉得这不容易说清楚。

"鼎鼎说你要找好词，我想我可真提供不了几个好词，不过，开书店剩下的书还有很多在家里放着，要是有兴趣你去找几本。"

她继续微笑着，"我下周二出院，叫鼎鼎陪你来。在家里聊天比较轻松，你不知道——"她忽而扬起脸笑着说，"我是个爱瞎想的人，你来了可以听听我瞎想的有没有道理。"

这未尝不是一个深谈的机会，可以说说自己那个多边形的空洞。还因为她的笑让他没有办法拒绝，笑着说打扰她了，请她快回，他认识去输液室的路，不用麻烦送他。

五

下午，罗伯特从一个极其长的午觉中醒过来，天下雪了。

他的床头紧挨着窗户，头一抬，雪花扑落下来。

加州全年阳光明媚，降雪的机率绝无仅有。哥哥姐姐都没有花粉病，或者说都没有他严重，每年春天，父母（或父母中的一个）都会带他去阿拉斯加度假，避开开花的高峰时期。每次他都很兴奋可以坐狗拉雪橇，关在笼子里看北极熊，还没有这么静静地躺在床上看过雪。

他的第一感觉是惊喜。

"啊"了一声之后，长时间地注目着。

这样的角度，雪像灰尘，天爷爷倒的灰尘？

也像白糖？

一丝寂寞像窗缝渗进的凉意。德国进口的密封玻璃窗（一个小镇有这样的玻璃窗，美国人一定不相信。）性能很好，这凉意可算有可算无，这寂寞也可算有可算无。他不由想起住在红木城的桃丽丝，马上也想起住在千橡的蕊莉——他的两个女朋友。他一年多没跟她们联系了。他给桃丽丝的最后一个电话说他刚刚度假回来，挺累，患了感冒，要休息几天。给蕊莉的最后一个电话是问她复活节怎么过。他在手机上看到她们俩打来的电话，最初，他只是想过几天再回复，如果那时他能有点兴致，花时间和她们吃饭，把她们拧到身下——这种冲动他变得越来越少。几天变成了几周，几周又变成了几个月。他完全忘了怎么把她们从陌生人变成熟人的。

他还想起女儿。他拿出手机，翻到女儿的号码。他当然知道那边这会是午夜。看了号码一会，把手机放回床头柜上。

他索性把胳膊垫到头底下，更高地仰起了头。

有时他盯着一片雪，盯着它从极高的地方缓缓地降落着，像小步舞者走着斜步，有时它被风吹上去，重新进入上升阶段，然而不等稳

一切都还好

住便又被一阵风吹下来，飘飘停停，停停飘飘，直到看不见它。

有时他毫无目的从一片雪跳到另一片雪。

他的脑子里又响起那支华尔兹舞曲"雪绒花"。其实他只有大学一二年级跳过几次舞，大三抽过大麻，只差没有群交、剃朋克头。旧金山这样的人很多。还是有人说他内向。就算是吧。可他心里很丰富呀。

他心里很丰富。

惬意渐渐代替了寂寞。

他重新感觉到充实，就像这么一会使他吸够了能量。他打算起来了，从床上一跃而下，脚拖进拖鞋，把午睡前脱下的衣服一件一件穿回身上。

去阳台上喝杯热巧克力？

巧克力捧到手中，他又冒出新的念头。

去哪里走走呢？戴上围巾帽子。鞋也换了一双带翻毛的，去年感恩节大降价买的。

一年过去居然大了一点（当然是他瘦了，连脚也瘦了。）踢踢踏踏在新世纪影城那儿逛了逛。在美国，或者说在圣莱安德罗，这样的下午，他不是在常去的日本餐厅看报，就是去影城看一部电影。

反反复复看了四五遍海报，依然找不到一部吸引他走进去的电影。

雪不下了，树枝上略微能找到一点积雪，别处已看不见哪里还有雪的踪影。

有人在吃烘山芋，闻着香得不得了，刺激他回味起花生米的香。姚家的花生米。

这雪天，他们不知道在做什么，会不会又炒了花生米，又有昙花今晚要开？

他四处看了看，发现可以走另一条路去。哈哈。就这么定了。

这是他第一次步行去姚家。风不大，尽管下了雪，却不是那么冷。他的眼睛一直望着新楼林立之间那一抹矮的微小的土黄色。

早有人呼吁要拆掉这片土黄色。干脆爆破掉。又有一群老头天天去市政府找市长要求保留。

公司里的人都倾向拆。有人问罗伯特，罗伯特说倾向局部保留，立刻招来反诘。你见过唐朝的建筑？明朝的呢？民国的？算了，你去看看，没卫生间，上厕所用马桶，一下雨就泛潮，怎么没人去查查那群老头有谁住在那里？

·鼎鼎就不想住。他喜欢楼房，大阳台，抽水马桶。

可这个雪天，这片土黄色让罗伯特觉得温暖。

一个老太太也在看雪，坐在一只旧水泥洗衣台边上。斜后方有口井。

镇上的井，都是干掉的，没有水。

他继续看着她。扁扁的发髻，立领蓝布衫滚着暗红的边，她像坐在民国一样坐在自己家门口。

她在怀旧吗？想念民国时候年轻的自己？

年轻时绝不会有宽得堕下来的下巴。塌下来的眼皮，使她的眼睛看上去不那么友善。

她也在看罗伯特。

而且叫住了罗伯特。

"你去姚家？"

罗伯特点头，微笑。也可能先微笑，再点头。要不要跟她说外婆是这里出生的？没准她还有印象。直到外婆过世，母亲还爱带一点轻屑说外婆年轻时是镇上的美人，人人认识。他三十多岁才弄懂母亲的意思是外婆有点土气。

"你是他家亲戚？"

"不是，我是鼎鼎的朋友。也算老姚的朋友。"

"朋友？什么朋友？姚立民坐过牢你不知道吧？嘿，他们不会跟你说的，他贪污钱，养女人。城里住不下去才到这里来。当过镇长怎么啦？这种人能做朋友？"

她的眼皮塌得更厉害了。

罗伯特看着她，没有点头也没有摇头。

"你不用这么看着我，我没有病，也没有冤枉他。我劝你趁早别去这种人家里。"她说着，头忽而转开了。

罗伯特一回头，看见奶奶，手里拎着满满两个马甲袋。

"下雪了，我过来看看。"他说，想伸手接过那两个马甲袋，一阵突如其来的不自在没有让他伸出手。

"哎，我怕雪大，出去多买点菜，不知道这一会就不下了。"

"天气预报明天还要下。"

罗伯特从民国老太婆身边走过去，看到一个泥塑一样的侧影。

奶奶开了门，把菜放到水槽边。罗伯特朝客厅望了望，"鼎鼎呢？"

"去外婆家了。"

"老姚呢？出去了？"

"他说要去看雪，出去了。"她掸掸身上的水渍，很坦然地笑着说，"刚才汪老太跟你说老姚了？"

他微笑着点了下头，他想他是不会在意那些话的，还是笑得稍稍有些局促。

"要是说坐牢，那没有瞎说。贪污，养女人，也不算瞎说。拿了人家五万块钱——当时想别人五十万五百万都在拿这算什么——判了十年，实际呆了六年半，在里面做了六年半雨伞。开始手脚笨做不快，老完不成任务被人骂，后来好了。"

她说着，抬头朝四面看了看。

罗伯特看见客厅墙上的画。是一朵倒悬的水墨莲花，他去过的人家多数挂的都是油画，从前他来那两次，没觉得这莲花好，现在再看，有些说不清楚的味道。

外面传来扑沓扑沓的脚步声。是老头回来了，风把他的脸吹得通红。进门就嚷"饿了饿了。"问他们怎么不点灯。

灯一亮，三个人都没动。

奶奶说，"汪老太刚才跟罗伯特说你呢。刚刚我跟罗伯特说了。罗伯特是美国长大的，考虑问题跟我们不一样。我还说你现在精神不错，天天骑自行车，人也年轻了。"又说，"天不好，晚上路滑，罗伯特，你早点回去吧。"

爷爷说，"瞧你，总要吃了饭走的。对吧？罗伯特？吃了饭走吗？"

这情景让罗伯特尴尬。在美国他说"不"很容易，在这儿就很难。这天他还是走了饭走的。一盘新炒的花生米，他和爷爷分吃光了，却没吃出味道。

爷爷送他出巷口，跟他说，"我现在是知道了什么叫一身轻。人呀，活得最好的就是一身轻。"

六

罗伯特去欧阳家那天天很好，雾霾开始笼罩这个小镇以来，难得有这样蓝的天。

他心情很好地走着，经过水果店，进去买了一盒樱桃。给欧阳的礼物，他最先想到的是百合花。白百合花。上次那短暂的一面，欧阳给他的感觉就是一支白色的百合花。

这说明她留给他的印象很好。

不会再有别的了。

那么他在顾虑什么呢？水果拎在手里更自然？

他照着手机设定的线路快步走着。

欧阳现在的家在一条小街上。这街的名字有点奇怪，叫坛仙弄，街两边一溜矮小的店铺，卖的都是些扫帚畚箕水桶鱼网之类的杂物。欧阳住这样的街区，他有些意外，正这儿望望，那儿望望，忽而看见鼎鼎。

他在阳台上看见罗伯特，所以跑下来了，脸上带着笑意，当然这笑意更像是罗伯特感觉出来的，而不是看见的。他的眉毛仍然习惯性地蹙着，因为太阳照着把汗毛照出许多条影子，看上去更加浓密。

可他确确实实在高兴着，告诉罗伯特他妈妈昨天就开始准备了，她因为住院，好些天没打扫房间，虽然叔叔天天打扫，妈妈总说叔叔打扫得不干净，她是地上有一根头发也要拣起来的。

听他谈到"叔叔",罗伯特问他,"今天你叔叔在吗?"

鼎鼎说他们都在,领他进了楼道。

欧阳在门口等他们,罗伯特一拐上去,看见她笑着的脸。她今天穿得很随意,白毛线衣,布裤子,头发用橡皮筋梳着简单的马尾,依然充满了青春气息。

看见她的笑眼,罗伯特不由自主也跟着微笑起来,不快从心里一扫而空,他也不知道之前有什么不快。

欧阳的丈夫小纪听到声音从厨房里钻出来,他已经尽职地做好两道菜:一道盐焗虾,一道鸡炖栗子还在煤气上,另有一锅松蘑汤。罗伯特没想到还要吃饭,"说好来借书的……"

小纪瘦瘦高高,很健谈,不过他今天还有别的事,只能陪罗伯特稍稍坐一会。谈了富力达这两年的发展,小纪说,"你可能还不知道这几年这里污染多严重,你们富力达也没少往河里排污,你去镇北那条河看看!你可能不相信,这里的地比水还要毒,镇长自己都说这地过一百年都干净不了。什么创全国田园小镇!为什么不说说这里大肠癌高发,田里毒到连蚊子苍蝇都没有了。"小纪说到这里跟罗伯特抱歉,说他是个直性子,有什么说什么,对事不对人,而后站起来告辞,说他要去看母亲,他母亲身体也不大好,平日都是哥哥妹妹在看护,欧阳住院,他实在照顾不过来,今天一定得去看看了。他请罗伯特随意,说他自己就是受不了拘束的人,也请他别拘束,尝尝他的厨艺。

小纪一走,鼎鼎马上带着告密似的语气说:"他当过炮兵。"

"他很英武,"罗伯特思索着说,"有一种常人没有的气质。"说完自问自答似的又说,这就是军人气质?这种气质是他最陌生的。

欧阳笑,"你不如说他说话像放炮,咱们别谈他啦,过来看看要哪几本书吧。"

欧阳的书一部分在客厅书柜里,一部分在阳台改造的书架上,说着,把罗伯特带去阳台。

欧阳说她最向往坐在阳台上看书,特意去杭州买了这只藤榻,结果很少有机会坐,以前是因为忙,现在是因为生病,人经常很累。

"可是你看上去真的不像病人。"

"谢谢你谢谢你，这是我听到的最好的赞美。这是美国式的赞美吧？你心里并不这么想？我不相信我真的看不出病容。"

"真的。"罗伯特说，"我是有什么说什么。"

欧阳笑着说，"我相信，你觉得我不像病人，是因为没看见过我以前，你要是看见过了自然不会这么说。"说着，看着罗伯特，摇头笑道"你看我，我们才认识，你当然不会看见我以前了。"

她说完这句话，眼睛往墙上看了一眼。罗伯特跟着她的视线一看，看见一张照片，尺寸颇大。

"这你以前的照片？"罗伯特说，他现在发现，在欧阳面前，他会不自禁地露出一些原本不太会流露的东西，但显然这时的他更接近他本质一点。

"别开玩笑了，这是我去年拍的，拍得太好了，是我最好一张照片了。女中学生时也没有这么好的照片，叫拍照的人帮我放大了。我想，我想，可以用作遗像。"

罗伯特想不到她会这么说。这好像有点过头了，他想，遗像？生了几天病就遗像，这也太远了。不过至少表明现在中国人不忌讳谈死了。

"你在美国长大的，美国人很多人信教，你信不信？"

"我？我们一家都信新教，你知道新教没那么多规矩，什么吃饭前祷告，这些都没有，我也很久不去教堂。"

"那，你相信死后有天堂吗？"

"天堂？"罗伯特耸耸肩，他不知道欧阳干嘛提这个，他虽然没有回答，但其实已经用他的表情和肢体动作表示他很难相信真的有没有那样一个地方。

发现欧阳有些失望，罗伯特问她，"你信吗？"

"我信。"

罗伯特颇感意外，又问，"那你觉得你有根吗？让我想想，怎么说呢？你认为你属于哪儿？你能不能找到这个地方？如果找不到，你会不会一直失落，而且始终想着找到它？"

"以前我也这么想过，没你说的复杂，我就是觉得自己需要一个东西，我说不清它是不是根。但是牧师把我领到主面前，叫我跪下，我觉得我找到了。这就是我要找的，不需要别的了。"

"我说的不是信仰，比如我外婆，她出生在这儿，五几年先去香港再转美国定居，她始终找不到自己的根，信教也没有用。"

"你外婆要的是乡土吧？你在找的也是乡土，那是因为你们在美国。但我信了上帝，我就觉得无论我在哪儿，上帝都在我心里。那我无论在哪儿都是一样的。"

眼前恍若有亮光在眼前闪过，罗伯特在那一霎那抓住欧阳话里的意思，诚服地对欧阳说，"难道是我只把上帝看成居住在旧金山或者圣莱安德罗教堂的一个神？你说的神意义要广大的多，看来是我想的不够广大，所以这儿才有一个空洞，多边形的。"

欧阳想不到引出这么一番话，"什么叫多边形的？"

"我也说不清——"连说带比划，"你见过树被连根拨起之后？地上留的就是一个多边形空洞。"

"好像是哎。"欧阳说。又说，"你还是需要有个神，神会照亮你的空洞。我这么说你不介意吧？我觉得你并不十分信神。"

"也许吧！"他只有摇头，一种像沮丧又不是沮丧可能还是沮丧的情绪让他谈不下去了，就像走得好好地闯进一条死路撞到一堵墙上，谈这种东西可能本身是愚蠢的，应该跟神去说而不是跟人。

"那——我们先来挑书吧。"她蹲下，拉开一只暗柜，说，"这里的都是我自己比较喜欢的，你要的都拿走，看完了，谁要给谁。"

罗伯特浏览着书名，《西窗夜话》《老子的智慧》《沉思录》《菜根潭》《娜娜》《春潮》……

"《沉思录》我有。"他说，在这个小暗柜里看到自己喜欢的书，他很高兴。

翻了一个多小时，他挑了八本书，再三说够了，他看书慢，这几本够他看了。他半年的任期只剩一半了。说不定这几本只能打在行李里带回美国看去了。"

他说着笑。

欧阳说她吃的是病号饭，小纪的手艺只好让他和鼎鼎两个品尝了。罗伯特因为还没到吃饭的点，只浅尝了两口菜。欧阳微笑说她每天要午休，不留他了，叫鼎鼎送他下楼。他出了楼道，想起之前查地图这儿有座石桥是老古董桥，叫紫微桥，元代建的。来的时候也没看见。

"那不是！"鼎鼎指着一块青绿色的栏杆。

罗伯特笑自己眼拙，来的时候走过的，居然没看见。桥的一头位于七十年代建的两幢老公房之间，一头被买袜子内衣裤的摊子占得看不出来。只有桥栏上残留的四只小石狮还有点过去的味道。他摸着一只石狮子，望了一会河面，笑着说，"我刚想起来，你妈妈是不是胆子特别小？我看她很好嘛，怎么会说到遗像的。"

鼎鼎跟他一样望了一会河面，说，"她得的是癌症。医生说她还有两个月。"

七

碌碌镇的地形像一只鞋底，镇上的山集中在鞋头处，山前又有河，这是聚气的地方，山与水之间陆陆续续盖起不少厂房。罗伯特上班的富力达也在其间，白墙、蓝色大屋顶，很有些日本风。日本风也就是唐代遗风，大边因此总说自己爱国。厂房一侧的山湾有个很美的名字叫冷冰坞，山坡上下种了桃树桔树杨梅，罗伯特来的时候桔树刚结桔子，几个月了，桔子依然挂在树上，也没有人去采。这天早上罗伯特像往常一样出了宿舍，在路边的店里慢慢吃完一客小笼包子，喝完一碗豆浆，便起身去公司。

自他听说这镇的地和水污染严重，就觉得包子豆浆的味道没过去好了，多半是他心理作用——这点心店因为东西做得好吃，每天早上挤满了人。让他颇觉奇怪的是，走了一段路，身边仍有很多人。通公司的水泥路很宽，员工多是骑电瓶车自行车，步行的人很少，走在他身边的这些人也不像去上班，都在交头接耳说着什么。碌碌镇的方言，和上海口音接近，罗伯特本来能听懂一点，现在他们说得又低又快，他就完全不知道他们说什么了。不过从这些人又惊又喜的脸上，他还是看出出了事。

到了岔口，这拨人纷纷转往另一个方向。那边是一家能源公司，平日两家公司也有来往，老板大边和那边的老板关系不错。罗伯特仅知道这些。

在公司门口他遇到熟识的同事，都在说能源公司出事了，冷冰坞的居民上一个月里生肠癌死了五个人，加上之前死的二三十个，现在他们认为是能源公司的污水直接流进河道造成的，一早闹到那边去了。

听是这样，罗伯特和他的同事都有些心神不定，不时到窗口望望那边的动态。闹事的人越来越多，堵在公司门口，像两撇长长的七扭八咧的胡子，在这初冬的寒天里，既有几分诡异，也有几分好笑。

不久有人探来确凿的消息，说那些人把尸体抬进公司了，五个死人，连家属一块总有一百来个人，全都披麻带孝带着花圈，把一层楼的办公室也砸了，真是吓人。

很快又传来消息，省电视台的记者被保安扣下，摄像机也弄坏了。听得人瞠目结舌，说这镇上还从来没人敢砸省电视台的摄像机，这下碌碌镇想不出名都难了。

罗伯特看他们的脸都是笑嘻嘻的，并不十分惊恐。

中午吃过饭，公安局派来特种部队，十来个事主被抓进去了。还有压根儿跟事主没关系，不过是镇上的混混，趁乱闹事的，也抓进去不少。

罗伯特坐在办公室里也感觉到大兵压境的气氛，空气格外沉重，点支烟，都像能引爆似的。他去找老板大边，大边说那些人还不是为钱。罗伯特问他污染是不是真的，大边说是啊，真的。还说这是没办法的，排污费用那么高，谁花那个钱。叫他等着，这种闹法，晚上这群人该散了，最迟到不了明天中午。

大边的办公室是全楼最大采光最好的，他把房间收拾得像美国总统用的，说美国总统也没他讲究。他说这话脸上毫无炫耀，也没有讥笑的意思，就像他说自己是农民，小时候别人读书他割羊草一样漫不经心。仰面坐在老板椅里，时而拿起手机刷几下，太阳照在他大大的长方脸上，扫去了平日的青白，让他看上去气血很好，说"最迟到不了明天中午"也是一幅淡漠的事不关己的口气。

大边在这镇上算首富，他还拿着一袋黄豆去人民大会堂开过会，这事报纸登过，报上的大边在会议上把"没经过污染"的黄豆拿出来，表明他这些年在环保上下的功夫。

罗伯特早觉察大边说一套做一套，也知道这行径已经到了令人可恶的地步。他之前不说固然有他的道理，现在却忽然连隔夜饭也要呕出来似的，一刻也压不下去了。

大边倒不生气，玩着手机还笑了两下，说一个国家有一个国家的国情，可别把这儿当美国。

罗伯特心里那根很低很低的底线不知怎么就给碰到了，那根平时总是闲在那儿的东西一旦被撞击到，迸出自己也意想不到的火气，一下子火冒三丈地说他还没有无知到把这儿当美国，可这儿不是他大边的出生之地他大边的老家吗？他就不怕为了省这排污费把这里的地这里的水搞坏了，搞毒了。

大边瞥瞥他，叫他淡定点。

大边的女秘书从隔壁房间走进来，笑着问他俩争什么争得这么 fun。

这女秘书爱戴黑框眼镜，披厚羊毛黑披肩，说一口网上流行的外企行话，大家背后常学她娇声训斥"George 啊，你是个 sales，有点 sense 好么，要更 aggressive 一点好么？多打点 coldcall，hunting 些客户回来好么？"此时和大边一道笑嘻嘻地看着他，像看不懂事的顽童。

秘书还带了个人进来，是卫生局的，落了座，劝罗伯特别这么激动，现在还不知道那五个人的死因，事情总会搞清楚的。是坏人，一个都不会冤枉。他说的是带碌碌口音的普通话，说到最后斜起嘴角一笑，使这句本来很公义的话变得戏谑起来。

罗伯特沉默了两分钟，冒出走的意念，他是可以走的——他平静了下来，礼貌地朝他们点点头，回办公室了。

下班经过岔口，看见持枪的特种部队依然严守在那儿。显然怕枪的人很多，只敢伸头看几眼，没人敢走近那几个五大三粗的兵们。

罗伯特第二天上班，这些人还在，到了下午，把守岔口的兵们已经不见了，通往能源公司的水泥路静悄悄的。

这事正适合拿来当会议的开场，大边说闹事的人笨，这么闹要有用，这个镇谁来纳税？尤其带着安抚的语气说罗伯特不理解很正常，拿看美国的眼光看这儿，还不到处都是问题。叫他过一两个礼拜再看。

罗伯特提起的气慢慢地沉了回去。

他能改变什么呢？

十来天后，罗伯特在本地日报上看到能源公司的名字已经挤进省年度创利税大户的光荣榜。富力达当然也在其中。

大边私下说别说五个死人，五百个死人也不抵用。

那天晚上他们在县里的歌舞厅唱歌，时间已是一点，大家灌了不少啤酒，大边请来的一个老头（听说从什么机构退下来的老大）往一个女同事的脖颈吐了口唾沫。那女同事一脸惊愕，她大概觉得不声张更好，悄悄抹了，还是摇着头和屁股唱着，不过坐到离那老头远一点的地方去了。那老头却又追过去，朝她竖起大拇指。

罗伯特什么话也没有说，大边给他的奖金还揣在口袋里。那钱其实是一张卡，罗伯特把卡和别的卡放在一起。大边很大方，没少给他，同去唱歌玩儿的同事也没少拿，钱，加上酒，大家都有点兴奋，语无伦次，发誓为大边效力。只有罗伯特说，"你们还有机会，可我没有了。"大家起哄叫大边再聘他半年，当然，钱可得多给点。大边果真说加他百分之五十，问他干不干。他第一次觉得那卡也很沉重，它一直拉着他的口袋，简直要把他的口袋拉出一个角来。

八

罗伯特答应女儿四月花粉期过后一准回美国，他的聘期实际上是在二月底结束，回国前他想去苏州的朋友那儿呆半个月到一个月。不知不觉，他也在为回去准备起来。他答应过女儿送件碌碌镇的小玩艺儿给她，每到礼拜天有集市，就在那儿逛着，想找件好玩的东西。

这天他在集市上，正反复拨弄着一个手掌大的藤编的小鸡，决定不下是不是买这个，忽然接到男孩的电话，又窘又急地问他能不能去一下坛仙弄，他母亲有几句话要问问他，想跟他说好一个时间。

他看看表，"下午好吧？下午两点？"男孩如释重负，说等会在桥上等他。他放下电话。摊主是个一头灰白头发的瘦老太太，拿两只有着深青色眼袋的眼睛牢牢地盯着他，企望他能买那小鸡。

他迟疑一下，付了钱，捧着小鸡往回走，心里交织着飘忽和沉重两种情绪，他挺想再见见她——在碌碌镇，能和他谈到信仰的只有她。可男孩关于她只有两个月的话不亚于一个惊雷。隐隐觉得欧阳这么急找他，必定是有什么事要关照他。临终遗言？他也不解她为什么非要跟他说？他只是个没什么用的人。他担不起人情上太重的东西。

他真的是没什么用的，他现在既不算碌碌人，也不算上海人，和他的哥哥姐姐比起来，他也不算加州人。他就是个迷失了的人。他一直是个只会东找西找却找不到什么的人。

去坛仙弄的路上，他依然这么想。路两边还是摆着扫帚畚箕水桶鱼网，它们都不如上次看见时那么家常，那么于家常中又带着欣欣的东西。在这里进行交易的物事实在旧，这马路也旧，还有走在这里的人，还有他刚发现的棕色的麻绳，黑色的遮阳网，都被陈旧不祥的气息笼罩着。

当然这只是因为他今天的心情。

还有十几步远，鼎鼎朝他举起了胳膊。

见男孩的脸并没有什么异样，罗伯特松了口气，问他，"你妈妈这两天情况好吗？"

男孩说，"还好吧。"

罗伯特发现他今天走路有点异样，每走一步，都格外用力地摆动着他的屁股。他答完这句看看罗伯特，又说，"我没见过她情况不好的时候，她会不让我看见，也不让外婆叔叔看见，她不好过的时候让我们走开。她说，'你们都走开，让我一个人'，我们就知道她情况不太好。但是昨天她没有，她问我能不能找你来，我说不知道，我说你很忙，你有段时间没去那边了。你答应来她很高兴。"

罗伯特依然没有说话，又注视了几秒钟那男孩的走姿，他知道男孩是急切地希望马上把他带到家里，带到他妈妈面前。在他走进那个房间之前这男孩不能放心，比如他接个电话，比如他忽然想起什么事，必须马上去办，这男孩会比他妈妈遭受的失望还要大。

在这一刻，他心里对这男孩充满怜悯，如果医生说得没错，这男孩马上要失去母亲了。很多年内，都会在失母的痛苦里。

欧阳和上次一样，他们刚上楼，她就开了门，依着门迎接他们。除了瘦了点，和之前没有特别大的变化。看到他，她微笑起来，也依然像之前那两次，充满青春气息。

"哎呀，你看，都是因为我，又要浪费你一个宝贵的休息天。"她说着，拿起准备好的纸杯给他倒茶。

罗伯特叫她不用客气，解释自己的休息天并没有那么宝贵，不工作的时候一个人也挺无聊，他很高兴再来这里。

"啊！你这么说我真高兴。你知道为了叫你来，还是不叫你来，我犹豫了很久才下的决心。"她自嘲地摇摇头。

男孩看着他们，时而眨一眨眼。

罗伯特朝男孩笑笑，坐到铺着旧棉坐垫的单人沙发上。她这种神态，完全瓦解了他来之前的不安，以及莫名的沉重。他面对的不是一个哭哭啼啼找一个陌生人交代后事的人，她实在挺强大的。罗伯特意识到这点，微笑着看着她，也是提醒她可以说了，为什么找他来。

"鼎鼎，你不是要上网做作业吗？你到里面去吧。妈妈和罗伯特叔叔说几句话。"

男孩进去了。

欧阳给自己添了茶，把男孩没拉紧的门推上，回到座位上。

"你一定挺诧异，这也是我之前为之矛盾的地方——你是个好人，刚听鼎鼎说起你，我就知道。"

罗伯特既不想承认这好人的称谓也不想否认，没去打断她。这房子的设计很不科学，客厅没有窗，卧室门关上，客厅只能借厨房的光。欧阳开了四角的顶灯，和沙发边的一只大落地灯，这些光源既不让他们完全处在私密中，也没有让他们硬生生地被隔开。他必须承认，欧阳很懂得利用光线，她此刻就坐在光的前面，光成了她的背景，勾勒出她柔弱的肩膀——他其实已经知道她并不像看上去这样，她挺强大。她真的挺强大的。

她低垂着眼睛沉默了一会，开始她的叙述。

她这一次的语气跟刚才不太一样。

如果说刚才那是她混世多年的聪明，现在她更坦诚一点，因为她需要罗伯特的帮助，她需要他替她传一个话。

九

欧阳说她其实根本算不上有什么经历，在碌碌镇这个小地方，她有做会计师的父亲，两个在县里身居要位的表兄，她并不真的那么坎坷。二十二岁时，一个表兄介绍了朋友的儿子给她认识，那男人姓姚，比她大一岁，一表人才，有个令人羡慕的做镇长的父亲。他后来成了鼎鼎的父亲。他的诸多毛病或者说缺陷都是在婚后暴露的，尤其是懒，什么也不愿意干，也不能怪他，在一个小镇上，要什么有什么，他习惯了这种环境。

"我们不能什么都靠他父亲靠我父亲和表兄？是不是？每次我劝他做点什么，他就气急败坏，问我'那你说我做什么？'我们结婚第二年，我工作的服装厂倒闭了，表兄刚解决了我妹妹的工作，我实在不好意思去找他。书店就是那会开的，不只卖书，还出租录像带，卖童装，一个人坐火车到广州进货。再后来，我开了化妆品代理店，店里生意很好，很多客户跟我成了朋友，这些客户又带来更多的客户。那是我过得最好的一段时间，晚上关了店就和那些既是客户又是朋友的人一块出去夜宵……我后来得病，也跟这段日子过得太没日没夜有关，现在想想，吃的都是垃圾食品，那时却不知道，乐在其中。然后他父亲出事了。有人举报他贪污，我们不敢相信，恨不得他出事的人太多了，他母亲到处找人为他求情，他父亲还是进去了。"

欧阳的手机响了一下，"是微信。"她说，拿起刷了刷，放回到茶几上，说，"不管它。你知道吗？我真感谢手机这东西，没有它，真不知道我怎么过下去。我微信圈朋友很多，可每次病加重了，我就觉得它毫无意义。"她笑了笑，垂着眼睛继续说，丈夫的父亲出这种事让她觉得特别丢脸，走哪儿都抬不起头，都有议论她的窃窃私语。

"连我妈到菜场买菜，也有人跟在她后面说她。她再也没脸说我们海波怎么怎么了。我从来没觉得这么丢脸过。每天去店里看看，就呆在家里。一天，我婆婆忽然来了，说要跟我商量个事，她想搬来跟我们住在一起。她说过几次了，实在不愿意一个人住在县里。我知道她怕那些邻居，她平时没少给他们好处，丈夫一倒，说什么话的都有。我们那时的房子也不大……不过我当时确实不想让她住进来，不想见他们家的任何人……我知道这不对，可我没办法，劝她住到北京去。她还有个儿子在北京，已经结婚了，有房子，这些年他们没少给他钱，比给海波的多得多了。她没想到，她说北京太远了，我公公每个礼拜二监狱开放都等着她去，住到北京她就不能去了。她反反复复说着，我很烦，最后我叫她走，我真的没办法让她住进来。"

"说真的，我心里也不好受。可我当时也没办法。我不能让他们家的阴影再进入我的生活。再说我丈夫，他父亲一倒，更是什么都不想做，整天睡觉打牌，整晚不回来。我想这已经过不下去了，我跟他说我们离婚吧，也别拖到过年了，他说行，孩子和房子归他，存款归我。"

她换了个手捧着茶杯，几乎把脸贴到了茶杯上，像是在亲那个茶杯。

"我还有一个表兄是画家，在省里名气很大。海波父亲出事后，他看我情绪不好，带我去看了几次画展，他有几个朋友，我家的事大致都知道，对我特别好，我也很乐意跟着他们去画室，去太湖边写生。他的朋友还有人要给我介绍男朋友。"

说到这里，她终于抬起一直垂着的眼睛，看了一眼罗伯特，"这个人就是小纪，我真不知道他当时怎么想的，非要我去见他的一个朋友，说那个人去美国留过学，在凤凰城，很优秀。我去见了，见了两次，他是很优秀，长相，学识，可是我没感觉。"

"罗伯特？你能告诉我你相信感觉吗？"

她问得这么直白，罗伯特愣了一下，说，"相信。"为了表明他说这个并不是信马由缰，而是有出处的，他插了一段话，说起他在上海工作时去苏州度假，遇到过一个禅寺的住持，有过一次长谈，住持告诉他人有八识，前六识是"眼耳鼻舌身意"，意是意识，就是常说的"第六感"，第七识是末那识，第八识是阿赖耶识，阿赖耶识差不多等同于"灵魂"，人的感觉来自前五识，如果你认为一样东西跟你合拍，那是因为无论"眼耳鼻"还是"舌身"的触觉都能得到相应的缘故，所以有没有感觉是有着身体的内在基础的，并不是盲目的无缘无故的。

他这番话欧阳听得很认真，她先是有点瞠目结舌，再是恍然，最后脸上显露出遗憾，"我要是早点知道这个就好了。当时我对那个从凤凰城来的男人就是没感觉。反而是小纪让我来电，无论他在哪儿出现，都是在那个群体里最出挑的，最让我心动的。"

"可是，小纪是有家庭的，我们苦恼了很久，闹别扭，闹分手，最后他还是离了婚，他女儿很憎恨他，这都是事后他的朋友告诉我的，他们要我对小纪好点，因为小纪为了我什么都没有了。房子，钱，女儿。我父亲贴了一点钱，再加上我离婚拿到的存款，我们买了这里的房子。现在你知道我怎么会住到这儿来的。这儿房子便宜。我们当时急着安定下来，也没有多余的钱买家具，一切都是从简。"

欧阳说着，环视了房子一眼，每个角落都没有拉掉，她也没忘记看天花板，她的目光停在空无一物的天花板上时，罗伯特觉得她的目光像穿越到了房子之外。其实她只是沉浸在那段回忆里罢了。

"他女儿找过我们一次。那天鼎鼎也在，他听到敲门声过去开的门，她走进来，小纪吓了一跳，抢上去，站到她面前。她很沉着，一点不像十二岁，说，'爸爸，我来告诉你，这是你最后一次看到我，你放心，我和妈妈会活得很好的，我们不会死的，我是说我们不会傻到自杀。我今天来，是请你不要再来找我们了，我们不想见到你。你听明白了吗？也请你妻子帮忙作证。我永远也不会原谅你的。我活多久多老，我都不会原谅你。'她说完头也不回地走了。剩下我们面面相觑。我想我们同样永远不可能忘了那天，忘了那些话的。"

她放下了茶杯，把那个造型优美的粉色茶杯孤零零地竖在茶几角上。她的手捂住了脸，罗伯特看见亮晶晶的东西从那淌出来，她的声音变得颤抖，而且哽咽了起来。之后的话，她说得很快，她说，她应该说实话，尽管一直以来，连她身边最亲的人，也只知道她是和鼎鼎的爸爸离婚的第二年才认识小纪的，其实她是先认识小纪，下决心要和小纪一起生活，才离婚的。上帝会埋怨她吗？她那时一心开始新的生活，她就是那么想的，一切都重新开始。她要扩大她的化妆品店，她要多挣一点钱，她盘下隔壁的店面，使自己的店面大了一倍，她又招了两个女孩，就是那时，她觉得累，觉得乏力，她开始大便出血，再然后她被确诊得了癌症……那已经是五年前的事了，医生很明白地告诉她最多还能活半年，她并不怕死，人终要死的，尽管她也舍不得离开儿子，离开丈夫。她已经多活五年了，她应该知足，是不是？这一次她是真的要走了。她挺对不起婆婆，挺对不起小纪的女儿，不过，因为她的死，小纪的女儿终究会原谅他，他们将来总会有和解的一天。她最对不起的还是鼎鼎的奶奶，在她最痛苦的时候，她没有帮助她。她再也没有这个机会了。

罗伯特听懂了欧阳叫他来的来意，他还是有点疑惑，她可以自己去找鼎鼎的奶奶说的，如果她心里真的因此歉疚的话，她也可以叫鼎鼎转告，这是现成的最好的媒介。

但是她说她没有脸面去，没有脸面让鼎鼎知道她以前是这样的。他没有坚持，他最后也没有很确凿地答应一定去传这个话。当然，他会尽量。他是这么说的。

她一直在哭，哭得像个小孩。罗伯特说要走了，她也没抬头。他让鼎鼎陪着她，自己下了楼。

走到桥头卖袜子的地方，他和上次一样站了一会，看了一会河水。暮色已经吞没了大半河水。

他站了不到一分钟就走了。

回到家，保姆已经在给他准备晚饭。他叫保姆把菜端到桌上可以走了，不用等他吃完，他今天也许要晚一点吃。

保姆走后，他放了一浴缸热水，脱掉衣服坐进去——那是他解压的习惯。很小的时候，母亲总是把他丢在热水里就去忙别的了，丢一只小黄鸭陪伴他。后来黄鸭变成浴球；再变成烟，雪茄，啤酒，红酒；再变成杜松子酒伏特加威士忌；变成大麻；直到变成现在的茶，清淡的琥珀颜色的茶。

他的头上冒出了汗。他把后脑靠到浴缸边沿，让自己躺得更舒适点。他还开了手机音乐，选了一支霍夫斯泰特的 F 大调弦乐四重奏，可是耳边依然响着欧阳的哭声，好像他的大脑从下午走进欧阳家开始成了一架录音机，而一个奇怪的按键不受他控制的不停地按着重播键，把她的哭声源源不断地复制出来。

十

老板大边的侄儿定在 1 月 29 号结婚，请风水先生挑的日子。新房买在杭州，酒还是要回祖屋摆，公司中层以上都要去。

罗伯特的请柬大边亲自送过来的，罗伯特知道那意思，就是让他一定要去。大边走后，罗伯特看着桌上的请柬，又拿到手上看了一看。其实刚才出于礼貌他已经看过一遍了。请柬做得很精致，尤其是封口处的玫瑰，他这时着注目的也是这朵玫瑰。有一刹那，他想起自己结婚时的请柬，想起他父母打电话通知所有通知得到的亲友时的忙乱，他还揣想欧阳两次结婚的请柬。至于新郎新娘的名字，邀请人大边弟弟夫妇俩的名字，以及酒店的名字，他也认真看了，却并没有留下鲜明的日后回到美国、回到他的阳光加州也不至于忘记的东西。

他见过一次大边的弟弟，看上去跟大边一样老实厚道，相比之下，大边的妹妹和这兄弟俩毫不相像，不仅因为她穿着时髦，脑子精明，在富力达占着一个副总的位置，公司在国外那一块业务都是她在做，培养了几个得力的手下，有一个做着设计部的主任。听说罗伯特单身，她立即热心地要把跟他一样离异单身的设计部主任介绍给他，为了他们能多一点了解，给他们制造了两次出游的机会。罗伯特只能承认那是个挺聪明挺有主见长相也挺美的女人，走路沉着屁股，让人想起沉甸甸的熟透的热带水果，他谈不上欣赏，也有好几次不由自主看着那儿移不开眼睛，可还是来不了电，就像欧阳对小纪介绍的那个凤凰城回来的海归？

他合上请柬，把请柬放到抽屉里的一叠文件底下。他现在不能想起欧阳，一想起整个人会低落下去。

他实际上不愿意去任何人多的地方，在美国的时候他就是这样。他是个找不到根的人，他是个奇怪的不止朝前看同时还朝后看的人。他从小是个怪人，连爸爸妈妈都这么说，说他不像他们，也不像他的哥哥姐姐。

也许他像外婆？他为什么要像外婆呢？也许他是代外婆来这儿看一看，圆一圆她活着时的愿望。

找个什么借口不去呢？酒宴上势必要遇到大边的妹妹，还有那个设计部主任，她们好得形影不离，走起路来互相伴着一路婀娜多姿。当然，去也没什么，他可以毫不在乎。

罗伯特想是这么想，转眼到了29号，应付着去终究占了上风。那天是礼拜六，按照前一天计划好的，去的人九点以前在公司门口集合，一辆大巴载上他们，把他们送到十几公里外大边家的祖屋。

大边提过好几次这祖屋了，对这祖屋颇感自得，说再干几年不干了，把公司留给儿子，儿子如果不愿意回国，还想呆在美国，就把公司转掉，把钱全转到儿子名下，他自己回祖屋养老，他可不想顿顿吃美国快餐，他吃不惯那玩意儿，还不如酱瓜过粥来得好吃。

车子停在一处庄园门口，从门口望进去，只能看见通道尽头的假山，屏风似的挡着后面的房子。

大家下了车，嘻嘻哈哈笑着往里面走。拐过假山，是一块并不太大的草坪，草坪尽头是一幢灰色的四层小楼，和附近的民居在外观上并没有太大的差异，当然看上去豪华一些，但一路过来的房舍也都在豪华上做文章，区别只在于里面的设施，据说大多数居舍内都是空荡荡的，而大边家的这一幢不仅在客厅装了两根罗马柱还有全套欧式的家具。

他们这群人一进来，屋内冒出七八个男男女女，招呼他们坐，给他们泡茶，人多，茶一搁到几上，立刻认不出哪杯是谁的了，没人真心喝那茶，吃那瓜果，大家很清楚给大边捧场，好话说足就行了。

这些男男女女里，也有大边的父母叔伯和叔伯们的后代。罗伯特感到不能理解的是大边的父母并不住这里，他问边上的同事，同事像没听见，稍后才小声说大边的父母住在后面，那儿还有一个屋，至于这屋，乡下人眼里只不过是一个象征，不过有时间过来开开门窗、通通风，大边和大边的太太没空，他父母会天天替他们干这事。

罗伯特转到屋后，果然看见那儿还有一个矮矮的三开间的旧屋，堂屋的门开着，可以看见旧得快散架的几把藤椅，大号搪瓷茶缸，上面还印着"为人民服务"，口上一圈磕得只剩铁灰色的搪瓷芯子。

一根绳子上挂着两床旧棉被。

罗伯特扫了发黑的被口一眼，不忍心再看下去。他回到屋里，刚才他坐的地方有人坐了，看见他，站起来要让给他坐，他忙摇手说去前面院子看看，那儿种了不少树，他在加州的家里也种了不少树的。

他笑着，正准备走出去，手机在裤袋里响了——报丧的电话，他每天不安等待的时刻，是这么一个时间！

欧阳死了。前一天晚上死的。

打电话的是鼎鼎，他一直在犹豫，一直到刚才，殡仪馆通知火化十一点开始，他才觉得再不打来不及了，带着哭腔说他不用过来，就是告诉他一声，他妈妈再过一会马上要火化了。

罗伯特说他马上来。他没有安慰那带哭腔的声音把电话挂断了。

他知道没法安慰他，他没办法让一个失去母亲不到 48 小时马上要目送母亲进入焚化炉的孩子不哭。

可他怎么去？在这样一个时刻，在到处贴着大红喜字的地方，怎么跟大边说？他们知道他要去哪儿，背后准骂他不可。

他悄悄跟一个同事说他心脏不大好，忽然想起忘了带药。这可不是玩的，同事马上打电话帮他叫了辆出租车。车来之前，他看似在草坪上若无其事踱着，心里却争分夺秒一般焦急。担心被大边看到，准会派司机送他，可他怎么能在今天让车开到殡仪馆？

一团淡绿色飞奔而来，在路边戛然而止。罗伯特三步两步跑出去，同事在后面追着他喊，拿到药赶快回来啊！

十一

小镇是没有殡仪馆的，镇上的人死后都是送县殡仪馆，那地方在县的最西边，花了五千多万新造的，跟大边家的祖屋两个方向，车得开回镇上，从另一个方向再往那地方去。司机拨浪着大头爽直地说，给美元也没用，现在的人拿冥币当欧元呢，还是给人民币的好。

从接到电话，盼到车来，直到现在坐在车上，罗伯特一直咚咚剧跳的心平静了一些。

欧阳死了。

现在，罗伯特的脑子里只有这一个念头。急也没用，他挽不回什么，不过是跟她告个别，见最后一面。不会超过三十分钟。

司机答应等他三十分钟。

他跑到接待大厅，查到欧阳所在的告别大厅的位置，再跑过去，掠过十数个人，先看见欧阳的照片——正是上次在她家里见过的那幅，可是乍然之下面对照片上的欧阳，他还是说不出来的震惊。

围着她的是一个烫卷发微胖的女人——她母亲？一个瘦削的头发全白的男人——她父亲？欧阳的丈夫，那男孩，都在，还有一个梳日本娃娃头的女人，一个个子很高肩膀略往左边倒的男人。

他的出现让他们意外了一下，从定住他们的那个巨大的东西中迷茫地醒了一下。

小纪走过来，说替欧阳感谢他来。转头跟两个满脸诧然的老人说，"他是欧阳的朋友，从美国来的。"指着梳日本娃娃头的女人说是欧阳的妹妹，那个个子很高的男人则是他的哥哥。

"噢。你刚从美国来？"老妇睁大哭红的眼睛看着他。

罗伯特知道这会解释不清，含糊地应了一声。

那男孩也黑着脸走过来，咬着嘴唇看了他一眼，立刻又低下头去。

他不知道说什么，在男孩肩上按了一按，只觉得那男孩在手底下毫无份量的摇晃了一下。

老妇向他哭诉着欧阳这几年的痛苦，他真的不知道她受了这么多痛苦，他没见过老妇说的满屋子的药瓶（难道因为他要来，她把那些药瓶都收了起来？）"她就是太要强。"老妇继续哭诉着。他真怕再站下去，她会一直说下去，那么多痛苦的事，临终前的每个喘息都带着活着的人难以想象的痛苦。

可是她现在躺在棺木里却无知无觉。那根本也不是棺木，而是一具纸棺，暗红的底色上若隐若现闪着金色的如意云纹。透过上方开着的方形的孔，能看见欧阳的脸。

罗伯特没有很仔细地去看她，他只是隔着一米远看了一眼她合拢的眼皮——这已经不是她了，连同她独有的曾强烈地让他感受到过的青春气息，都已经被脱出躯壳的灵魂带走了。

他叫他们节制伤情，表示不目睹她最后的时刻了，这个时刻仅只有她的家人在场更好，她会因此而走得更加安心。这是他讲得最坏的一次普通话，嗑嗑绊绊，疙里疙瘩，不过他们都听懂了。

小纪送他到门口，欧阳的母亲也跟着走出来送他，告诉他，"小纪是真的对欧阳好。"

他说是的，虽然跟他们接触不多，还是能感觉出来。

"刚才个子很高那个你看到了？他是小纪的哥哥，他在县里的法院，是法院的副院长。他老婆也是法院的，做审判长。"

罗伯特应着，回头看了一眼，正好看见小纪的哥哥往小纪那边走过去，肩膀往左边倒得比刚才更厉害。

坐到出租车上，罗伯特抱歉地说，"不好意思，耽误了十分钟。"

司机说没事，问他到哪儿，倒把他问住了。是啊，到哪儿？他这会哪儿也不想去。叫司机先往镇上开，拿手机出来拨了大边的电话。他决定实话实话，那个婚宴，他是真不想去了。

大边听明白后，叫他别想那么多，马上过来。

他心里总觉得有物梗着，既然他说不出反驳的话，如果一定要他说，他现在能说的只是在这个世界上他谁也不爱。他谁也不爱。那么他也无所谓是一个人还是跟很多人在一起，是把自己藏到没有人找得到的地方，还是站到人最多的地方。

大边的司机在祖屋前等他，说大边关照的，中午的酒席已经开了，先带他去吃饭。

酒席在村里新建的大礼堂里，望进去一桌一桌挨着，也不知道开了多少席。罗伯特在人堆里挤着的时候看见了大边的妹妹，设计部主任也在边上。跟他打过招呼，她们只管吃着，说笑着，罗伯特也不知道为什么，看见她们，总像有愧似的。找到他那一桌，大家知道他不喝酒，给他倒了一杯椰汁。到了这里，他的脸上自然挂上了笑容，心里却一阵阵的恍惚，忽然耳朵边有人跟他说了一句什么话，他吓了一跳，一回头，看见大边妹妹的脸。

她猫着腰，嘴巴凑近他的耳朵，好像要跟他说一件极其要紧的事。同桌的同事们笑嘻嘻看着他们，他努力听着，也没听清大边的妹妹在说什么。

"我们在县里还有幢房子，二百多个平方……我们想把房子送给你……你住到那里去……送给你……要不要？要不要？"

罗伯特不敢相信她真要送房子给他，是他幻听吗？他因为不知道怎么回答索性什么都没有回答。

她直起腰走了，把背板得直直的。

一次大边带他泡温泉，可能两个人都赤身裸体只裹了一条毛巾的缘故，他说过一次设计部主任的事，很抱歉这件事让大边的妹妹失望了。大边说她离过一次婚，神经有点问题。他当然也没认为她真的神经有点问题。

可是，她为什么要拿房子的话来戏弄他呢？

罗伯特追着她的后背又看了两眼，只见设计部主任站起来，跟她一块走了，两人都把背板得直直的，连看他一眼的意思都没有。

十 二

梅花正开得好，忽然风夹着雨刮来，谢了一地。罗伯特在碌碌镇的聘期也到了。同事撺掇大边续聘他，想办法给他找个老婆。他笑，说他这半个外国人就算了。他也没有按原计划先去苏州小住再回美国，而是准备直接回去了。

他是订好机票，行李也差不多收拾好了（他准备把书和大部分东西用航空邮件寄回去），才去北关巷完成欧阳的愿望，同时跟那男孩一家告别。

这是男孩开学前的最后一个星期六，他事先跟男孩打了电话，他到的时候，男孩和奶奶都在家里。

他没看见老头，问，"爷爷呢？"

奶奶说他出去了，很快回来的，他知道他今天来。

他告诉他们他是走路来的，他的自行车卖掉了。他因为那辆二手车跟他们认识的。所以人跟人的认识挺有意思。

他不时看看鼎鼎，想着怎么开那个头，传那个话。奶奶说她要去隔壁裁缝店里借一把镊子，穿了一冬的棉袄也该拆了，上回他不是想去看看那房子的圈梁吗？是不是一块过去？吩咐男孩，"你在家等爷爷，告诉爷爷我们去看83号的老房子了。"

他跟着奶奶一块走了过去。

他们走的是一条夹弄，最窄处不到一米，从那儿望上面看，那天也是奇高奇窄。

裁缝四十来岁，穿一件月白色的棉袄，蹲在院子里给一只鸭子拨毛。刚杀的鸭还有一股温润的气息，血腥气也很浓，地上还有血迹。

奶奶说了来意，不急拿那镊子，先带他进了里屋。奶奶说这原来是客堂，半边已经倾塌了，不过还留着很好的木格子窗，又指着圈梁叫他看。

梁上半缕空地雕着复杂的图案，不是奶奶一一指着说这是仙鹤，这是背葫芦的仙翁，这是凤鸟、五针松，他也认不出来。

他们讲了几句诸如还是以前的房子好、以前的房子讲究、现在的房子用旧了是什么价值都没有的话，又从房子讲到人。

罗伯特先说起去殡仪馆送欧阳那天。

"那天我也去了。"奶奶说。又说，"我去送送她。我们总是做过婆媳，我其实是很舍不得她，她走得也太早了点。"奶奶说着抹起了眼睛。

罗伯特看着石灰墙上的字，他知道这是草书，怎么也辨不出这三个是什么字，问奶奶，"你不恨她吗？"

"恨她？为什么？"

他于是说起欧阳叫他去的那个下午，说起欧阳要他转告的话。

奶奶抬起手，却忘了去擦眼睛，眼泪从她衰老的深陷的眼窝里淌出来。"事情都过去那么多年了，欧阳也走了，这些事让它过去吧。"

罗伯特也附和说，"是的，让它过去吧。你们都健健康康的，这样最好。"只是，从裁缝店出来的路上，他还是说了心里的疑惑，他来碌碌镇，是想来找自己的根的，可是他没有找到，而且以他来看，就是他们这些生活在碌碌镇上的人，也不知道自己的根在哪里。

奶奶沉默了一会，说她十几岁的时候母亲就去逝了，有一年，正好遇到母亲的忌日，她却在外省，不能给母亲上坟，一个人去了附近的一座道观。在道观里，她遇到一位老道士，老道士告诉她，人的根和草木的根是相反的，草木的根是在地下，拼命往土深处扎；人的根是在头上的，所以人总想着要往天上去。也不知这老道士是狂是狷，是神是人，是智是愚，这以后，她心里难受了，总是看看天，心就不飘浮了，就像有根了。

他们说着话，出了小巷，看见爷爷和鼎鼎，原来他们等不及，找过来了。爷爷送给罗伯特几朵宝石花，说这东西好长，一片叶子会长出一串来。鼎鼎送给他美术课上做的一本"绘本"，说里面画了他，让他回去了看。

奶奶说，"我就不送给你什么了。"

罗伯特笑着说，"你已经送给我过了。"

爷爷和鼎鼎纳闷着，也不知道奶奶送了什么给他。

罗伯特和这一家人告别后，往自己的住处走去。经过那间漆黑的开着门的屋子，他看了几眼。

生活中总是存在着这样黑暗到别具一格无法想象的空间——他可以躲过这个，也有的，是他躲不过的。他很想朝那黑暗走近一步，可同时心里仍对这黑暗心怀恐惧。

他还是选择了走开。

他也不急着马上回去，而是走了一条远路。

镇政府广场前，已经有性急的人在放风筝了。借着微寒的小风，一个个追前追后，乐呵呵看着天。

他也抬起头，看着天。他要很仔细地看，很仔细地感觉一下人的根是不是真的在头上，这个根是不是真要往天上去，目光跳跃着从云看到天，从天看到云。

天不太蓝，现在连江南小镇也有雾霾天了。太阳也没有填满他心里那块多边形的空洞，不过他还是觉得从那空洞里多出来一点什么。

他不知道那是什么，不过那感觉很好。

一切都还好

兔子、通讯录和少女米萧的宝石

兔 子

和预想的完全一样，中午时分，车停在了洪村。

几年前，我来过一次这儿。在洪村，到处都是两三百年的老房子。春天吹着风的下午，时间好像凝固了。我不知道怎么走进那条巷子的。很窄的巷子，两边各有一道坚固的石墙，墙上还有没剥落干净的玉白色浮雕。

一户人家开着大门，门口坐着一个年纪很大，正织布的女人。

我叫她老妈妈。我说，老妈妈我胃疼，想喝口开水。她端出来的是个青花小盅，问我怎么一个人来。我说是的，我一个人来。

我蹲在她脚边看了会，又用她的织机织了几下，看看时间，只好惋惜地说我要走了，也不知她听没听见。她好像很糊涂，只顾低头拉着织机。我又说我肯定还要来的。不知哪来的眼泪，滴滴嗒嗒，把下巴弄得很疼。走出好几步了，背后听她小声地嘀咕，"来吧，来吧。来了就住这儿吧。"

可是我下了车，又找到巷子，只看见挂在门上的大铁锁。

墙太高，根本看不见里面。我在门口扒拉了好一阵，总算找着一道砖缝。天井里到处是草，织机孤零零贴墙摆着，好像很久不用了。

我很失望，受了骗似的，只好去新街区的简陋旅店找地方歇息。店主女儿，梳冲天辫的小姑娘，好奇地问了我许多问题，包括我抱的小宝宝叫什么。我见她手里拎的竹笼关着一只活蹦乱跳的兔子，随口说就叫兔子啊。那小姑娘愣怔一下，突然捂嘴大笑，说，"他那么黑，我看叫黑兔子才对。"

我又低下头去问，"是吧？我们就叫兔子是吧？"

恰好这个时候，兔子扭了扭身体，我觉得他认可了这个名字。

我不知道如果他不叫兔子，我应该叫他什么。

看见兔子时，我独自走了很久了。

我相信拐进医院之前我已经有点慌不择路，还有个不太好说的原因，尽管一天没喝水，也必须得去一次卫生间了。

门诊部很旧，就像时光倒转，突然倒回到二十年前，和那个年代比较相称的几个人排着队正在挂号。我不明白他们为什么看着我，难道他们也知道我要走了，只是在走之前妄想带走一个属于自己的纪念品。也可能他们认为我病了。一个人来看病总是让人同情的。

我不想被人观看，好在挂号窗口旁边是一块挺大的空地，连着一幢显然新建的楼房。

底层只是通道，我直接上了二楼。用完卫生间，我才觉察到自己不小心进了产房。婴儿的啼哭此起彼伏，有的响亮雄壮，有的羸弱轻柔。同时从门缝里钻出来的还有奶香，消毒水味，人们放得低低的说话声。我站在明亮的走廊中间突然有点失神。走进33号，差不多就是这个时候。

兔子睡在婴儿床上，正张大了嘴巴哭，小小的舌头卷得像一朵玫瑰花瓣。他那么小，生下来才没几天，也许还来不及有名字呢。我朝兔子拍拍手，兔子停止了哭，不哭的兔子眼睛又大又亮。

病房北侧突然传出一个愉快的声音。"你找隔壁那床吧？"我忍不住这声音的诱惑说了声是。"啊，你来迟了点，他们出院了。""是吗？"我心不在焉答道，"啊，多可爱的宝宝，多可爱的小娃娃。"我像个白痴似的说着，抱起兔子。

看不见的房间继续传出年轻妈妈的声音，"你喜欢，就帮我抱抱吧，我马上出来了。"

抱着兔子离开医院的具体经过，我实在记不得了。开始只是想让兔子晒晒太阳。走廊洒满幻觉一样的阳光，楼梯没有人，院子也没有人，排队挂号的人都不见了，甚至没有想象中背后追上来的撕裂心肺的叫喊。

来洪村的长途班车上，我一直在想，兔子的妈妈，她为什么相信我，就因为我跟她有一样的口音？或者她根本就是被我纯真的声音骗了。我恍惚记起有人说过我的声音纯真。

织布女人的消失打乱了我原先的设想。

忍着客房刺鼻的霉味，冲了牛奶喂饱兔子，我就和兔子一起昏昏沉沉地睡着了。

兔子使我原本轻松的旅途变得疲惫不堪，这是我醒过来想的第一件事。

我想的第二件事是怎么在洪村住下。如果不留在洪村，那么准备去哪，这第三件事，我没仔细考虑，因为实在害怕了长途车，害怕了兔子在长途车上的啼哭。

有三四点钟的样子了，太阳退去热力，窗子吹进的风不再燥热，宁静的灰红默默映照着床前的砖块。

睡醒的兔子朝我甜甜地笑了一下，又害羞似的朝枕头一边躲去时，我决定再去巷子碰碰运气。

和来的时候一样，还是要经过村子中央的湖。沿湖而建的房子都是早期的，墙壁布满时间累积的斑点。湖的存在使洪村更像一幅画，一幅湖水波纹的影响下，稍稍扭曲的画。影影绰绰，亦真亦幻。

原先寂静的村子忽儿热闹起来。从田地里回来的人们纷纷打开自家房门，打牌，下棋，喝茶，聊天，吹吹清润的风。早做晚饭的人家，屋顶已有淡青的炊烟飘出。孩子照例闲不住，吵吵闹闹的，使傍晚的洪村充满祥和的味道。

兔子、通讯录和少女米萧的宝石

有浮雕的巷子深处，大铁锁依旧挂在门上。我轻轻推了一把，门开了。

屋子只有两进，像是从大宅子上硬被剔除下来的。客堂放了饭桌椅子，几个不知什么用的蒲草编的大筐。相比之下卧房小得多，很出乎意料的安置着几件用旧的西式家具，一只亮度微弱的灯泡，照着木器上的浮尘。

租借房子的事，我站在天井和房东商定的。

房东就是织布女人的大儿媳妇。起先坚持要看我的身份证和兔子的出生证，一连说了好几遍"你不拿证明出来我怎么好相信你"。后来见我呆立不语，兔子又老冲着她笑，就改了主意，表示既然她婆婆答应好的，她没道理不照办。她婆婆过世后，这房子也租出去过。不住人的房子烂得快，她解释说，出了一个不算高的价钱，让我对外说是她婆婆远房的亲戚，这样，她可以不用交税。我答应了。

屋子在洪村这幅画的西南部，光照充足，冬暖夏凉。

假使人果真有灵魂，织布的女人一定很为我实现诺言欣慰。我的花销一向不大，稍稍添置些生活用品，在洪村的生活就算开始了。

我这个常常把花给养死的人，像模像样养起兔子这个小孩。

奶粉，米粥，鸡蛋，兔子在我自以为是的调弄下居然长得很结实。

关于兔子长得像我，最早我听房东说的。"你儿子跟你很像嘛。"她逗逗兔子，接了我递过去的钱，数好，放进衣服口袋。

这是在洪村住下的第一个月。我剪掉兔子头顶的一撮头发，算给他行过剃满月头的仪式。顺带的，在镜子和兔子之间进行了几次对比，结果却不明所以。

第二次听到相似的说法，是在离开洪村二十多公里的小镇的医院。起因是兔子背上起了很大一片红疹子。在小旅店给兔子换尿布时我就发现了，当时没有重视，以为小孩子都这样，但事实是严重了。

我从药房领回一大堆药膏和喷剂。医生说，兔子是过敏体质，即使一丁点化纤的小线头，也会变成讨厌的发痒的红疙瘩，爬满兔子的小身体。看起来，兔子极有可能是在有害气体中成形，直至诞生的。这样的孩子，聪明，但比较累人。"不过，"医生突然笑了，说，"儿子这么像妈妈，有福呢。"

我真没想到兔子这样。敏感。在必须以越来越粗糙的体质和神经才能适应的世间，多少不合时宜。医生的话，我渐渐忘了，但我偶尔会想起另一个从没见过面的孩子。如果生下来，——我不知道，生下来会是什么样子。我不愿多想，对于我，他没有形迹，不可捉摸。只有拿走他后漫长的痛苦和不解，明明我爱的孩子——为什么就不能来到世上？

我也知道不会有谁答复我。我把兔子当成我的亲生儿子，住了二十九年的城市生给我的儿子。

在洪村，我是奇异的带小孩的女人。不管谁问起兔子的父亲，我都含糊其辞回答说，走了。

走了，可以是死了，也可以是离开了。

我不知道兔子的父亲是谁。

我到了洪村，就把过去的记忆带到了洪村。这让我失望，甚至比织布女人不等我来就死还要失望。我还以为我会忘掉那里呢。

那里指我出生以后住了二十九年的地方。一个人跟一个城市的关系，有时等于一个人跟一个房子的关系。如果我不离开那里，很可能永远不会产生这样的想法。

没怎么花时间，我就跟买主谈妥了。我走的时候，那人还在里面探头探脑呢。我没有嘲笑他的意思，他很快会知道窗外骤雨般的汽车噪音，邻居家电视机里滚出来的枪声和女人的尖叫。也可能这没什么。

卖掉房子之后我很轻松，想自己从此跟那个城市没什么关系了。我正是用的这笔钱来的洪村，但是那里常常变着花样出现在我被兔子惊醒的梦里。最近的一次它成了漆黑的厨房，里面摆满漆黑的烤炉，即使这样我也认得出它。

在洪村，我很少想到时间。只有看着兔子的变化，能抬头了，能抓东西了，能用手势表示再见了，才感觉时间一天一天飞快地过去。

兔子异常警醒，一点小声息也会让他惊恐不安。抱在怀里，他才能睡安稳。他还特别害怕孤独，要是醒来发现只有自己，立刻放声大哭。

我也骂兔子，累烦的时候，骂他不是好孩子，威胁说要送他回去。等到他用哭得湿漉漉的眼睛看着我笑，我便无声地抱紧他，用脸去摩挲他的小头顶。能送他去哪里呢？去找他曾经年轻而愉快却被我毁坏的妈妈？还是医院？33 号病房？每个从医院出生的人，是不是都能回到医院重新开始。

我很快想了个办法，用布条把他绑在胸前。不符合洪村的女人把小孩绑在背上的习惯。"这样他才能看见我，我也才能看见他啊。"我辩解说。无所事事的下午，我们像一对真正的母子，轻轻摇晃在阳光里。

吃过晚饭，我喜欢抱着兔子去外面随便走走。只要往人多的地方去，兔子总是高兴的。他尽管小，已经能捕捉声音和形状，他还很有想法，当他的眼睛长时间凝视某个地方，很像是在努力领会什么。有时候，因为说不清楚的情绪，我一直把他抱到村口，贴紧他的脸，看暮色中四散的行人，汽车开过后刮起的枯叶。

天色变得昏沉时，我们回来。我落下天井的门闩，扭一段蜡烛，点着了，搁在西墙的烛台上。天井没有安电灯，用的是烛台，和瓦片同一种材质，挖了些花纹用于透光。这么老的天井，不知道多少人借着也像花纹的亮光在夜里忙碌来去，得了闲的，吹着凉下来的风，大概也只能看看墙头一年比一年爬得长的藤吧。

我有时想，如果没有兔子，如果我一个人，是不是忍受得了这种寂静。

洪村经常下雨。白天酷似竖琴的雨声，到了夜里变得像人一样高深莫测。

旧电视机屏幕闪动的雪花弥补了室内光线的不足，我乐于沉溺棉被的温暖，听兔子吐着泡泡，说"嗯"，"啊"，"叭"，"吗"。

秋去以后，除了墙角那丛湘妃竹，所有的花草都在发黄枯萎。

再过几天，兔子就要九个月了。

中午，兔子说他要院子外面那棵苹果树上的苹果。兔子是用眼睛说的，他的眼睛一直看着高高的苹果树。我问他，"兔子，要苹果？"他也不理我。"兔子，你等着，我去给你摘回来。"

快走出天井时，我回了回头。被我放在椅子上的兔子，眼睛已经从苹果树上移开了。和往常一样，他甜甜地朝我笑一下，就把脸害羞地转开了。他的眉毛稍稍有点倒八字，那是我第一次发现兔子的忧伤。他看上去忧伤。

我朝兔子挥挥手，叫他等着别动。

我以为兔子会一直等在那里的，一直等到我摘到他喜欢的苹果。他还不会走路呢。

谁抱走了兔子？

我在兔子坐过的椅子上坐了一天一夜，徒劳地望着被我摘下的那个苹果。我说，"估计就是找竹竿打苹果那会，有人抱走的兔子。"我又说，"苹果树那么高，我想不出其他办法。"可兔子为什么要苹果？

每天都有邻居进来劝慰我，他们断定我的木然在兔子回来之前是无法改变了，一个个唏嘘不已。

一个人的时候，我揪着头发想，意外得到的东西，也会意外失去。

兔子的妈妈没有抓到我，我也不可能抓到拐走兔子的人。

四指是洪村的闲人。闲人就算没有很好的家境，一般生活得也都不错。四指就是这样，关于他怎么少了指头，可以不停嘴的说一下午。我并不十分讨厌他，在洪村，我和他也算得上同类。

四指找到我，兔子已经不见五六天了。

这段时间我经常白天出去，在洪村通向的村镇四处打听。无人可问时，就大叫兔子的名字，好像这样能把兔子叫出来似的。不管天多晚，我都会悄悄潜回洪村。入夜的洪村，更像一幅画了，而我则是这幅画里突兀的幽灵，脑中回荡着高空坠地般急速的风声，所有灯光都是遥不可及。我总是急急忙忙找到巷子，再用最快的速度打开门，我常常希望兔子已经回来了，就坐在那把歪斜的大椅子上，举着他的小拳头。可这种希望在天井向我袒露它的沉寂时没有一次不落空。月光在天井中央留下白茫茫的一团光，屋檐下却只有深锁的幽暗。

"我知道兔子在哪。"

听四指这么说，我好像已经看见兔子，可怜的躺在四指的床上吃自己的手指。我一点不怀疑就是四指偷走的兔子，再向我敲诈。我问四指打算要多少钱，他只是恍惚地看着我。

"那么，你把他抱来好不好？"我央求他。

在我的卧房里，四指渐渐激烈，我却麻木了。

扭钮扣时，我冷冷的提醒四指可以把兔子还给我了。他好像早有准备，一个转身，就又飞奔回来，把挟着的很大的一个东西朝我手里一塞。

他跟我说了很久的话。我听不太清，但是觉得高兴。兔子一动不动，脸凉冰冰的，怎么也焐不暖。我想他大概饿了，找出饼干放到他嘴边。我哄他吃的时候，一缕光突然照清楚他，不偏不倚照清楚他的脸，支愣着两只长耳朵，眯缝的小眼睛下有一张咧得过开的大嘴。

这不是我的兔子！我惊恐万状，把它光溜溜的身体拖出来，对准四指正往天井逃去的后背狠狠扔过去。

早晨，我拣回地上躺了一夜的塑料兔子。它的嘴依旧咧着，笑嘻嘻的，并没有怪我的意思。我在兔子穿过的小衣衫里挑了一套给它穿上。现在，它比较像兔子了，或者，它确实是兔子了。

我洗了脸，洗了手，梳整齐头发，确信自己比较干净了，锁上门，朝村口走去。

洪村正缓慢露出预示这一天开始的粉红色的霞云，薄雾像轻盈的初雪。这确实是一幅画，只是，并不是每个人都能在画里如愿吧。

车把我带出洪村，途经着仿佛没有完的热闹和荒漠。我做了很久的梦，以致，混乱中，好几次把胸前兔子的颠簸当作他小小心脏的跳动。

通 讯 录

通讯录是一本红封面的小笔记本。收存了五十七条记录。每个记录由姓名、私人电话、公司电话、移动电话、传真、电子邮件、通讯地址组成。

这不是传统意义上的通讯录，它贮存在手机里。某种意义上说，类似贮存在银行里的钱。

我的确这么想的。

打第一个电话之前，我看了看窗外。对面人行道上，有两个打羽毛球的人。一来一去，伴着不甚清晰却愉快的叫喊。经过的汽车不时淹没掉他们，又让他们起死回生探露出来。阳光和暖，又是星期天，这样安闲的时刻，即将由我来传递的消息可就没那么明媚了。

我姨妈红去成都旅行时，因为睡眠呼吸暂停综合症，过世了。

这件事是我跟母亲一起去成都处理的。

我那个姨妈，一个人生活很久了。听说谈过恋爱，不止一次，却不知怎么没有成功的。有段时间我们都以为她要结婚了，对方是个出手大方的建筑工程师，连带我也受惠不少。大家都松了口气，觉得她总算从上一次的征婚骗子那儿解脱出来了。但是一天深夜，她给我母亲打了一个长达三小时的电话之后，又恢复到过去深居简出的日子。

成都回来第二个星期，母亲让我去姨妈那儿找找，是不是有通讯录什么的。"总得通知一下吧？"母亲看着我说。

我对母亲的提议不置可否。

那个人从小心思古怪，为了避免跟人说话，可以装睡着装三四个小时。我母亲每次提起这桩旧事况且百思不解，我怀疑她的生活有多少可以牵连的人物。

我有意选了中午去，并且尽量把这件事想得平常一点，打开门的一霎那，还是感觉到一种异样。

但这种异样无非来自于我自己。虽然短暂的恍惚之间，我觉得又看到她，静悄悄从房间出来，站在门口，把手里的拖鞋一直放到我脚边，然后看着我，问几句路上有没有堵车，或者站着来还是坐着来之类的话。

等背心凛冽的寒意变得可以忍受一些，我就知道蛊惑我的黑影其实是客厅晃动的窗帘。窗开着，风还在吹进来，断断续续的。那个人，姨妈，红，冬天也要开窗的。我还能想起她说受不了房间空气浑浊时的样子，好像马上就会缺氧死掉似的。我们都认为她感觉不太正常。看来倒真误解她了。

我自觉的从鞋箱找出我那双专用的拖鞋，回头看了看依旧半开着的门，进去了。

粗看房间很干净，阳光透过窗帘，到处是耀眼的光斑。角落里的植物泥土仍是湿润的，再有几天不浇水也不会干渴致死。桌上没有一样杂物，所有生活中需要用到的东西都被收了起来，收进黑暗的抽屉或柜子。这是她喜欢的整洁的效果，现在依旧保持着，只是她本人再不会看到了。

一切都还和我住过那会一样，代替床头柜的凳子依旧放在床边，台灯也还是过去那一盏。

每个房间我都转了转，抚摸了所有的家具。墙上的钟后来证明这段出神的时间的漫长，而我完全遗忘了，过去，可能有的未来，仿佛飘移于一个空无的空间，直到看见粘在手指上的灰尘。原先我忽略了它们的存在，也忽略了来此的真正目的。

窗台下的暗柜里放着好几个纸盒，我拿出一个摇了摇，听到沉闷的撞击声。等看清楚那其实是一只手机时，我很意外。没想到那个人，红，居然也用这个。即使和她坐一下午，也没听见它响过。

手机还很新，挺漂亮的。我闭起眼睛想了想。那个人，静悄悄的拿在手里拨弄，一只手捋着落到前额上的头发，那样子突然让我酸楚。

这也是一个房间，人的生存之外的房间，虚拟的太阳的金光在虚拟的粉红色的树枝间闪烁，她居然选择那么粉色的屏保。

好像接通了不应该接通的地方，如果它这时突然响起来，很有这种可能——我的背心忽然凉了一下，记起那个人，红，已经走得很远了，从她喜欢的成都出发。谁知道，她去成都干什么。她倒是不止一次描述过，五六岁大时做梦去过的叫武侯祠的地方。也许她想去寻找她自己的朝代？

显示条目中，HBB 列第一位。黄白冰？汉堡包？还是好宝宝？干嘛不直接写名字？那个人，她就不觉得麻烦？纯粹出于无聊，我勾画出一个敦厚的中年男人形象，下巴长着稀疏的，和他为人一样温顺柔软的胡须。

我这样说的，"你认识红这个人吧？她上星期去世了。"我相信我的声音肯定很稳重，带着恰如其分的伤感。无论如何，这是件不幸的事。

HBB 显然身处在杂乱无比的房间，吐出来的每个字都带着另外人毫不相干的咳嗽和交谈。我不得不提高了自己的声调。然而我喂喂，他也跟着喂喂，老是接不上话。我心里很急，正嚷嚷着，电话断了，怎么拨也没人接了。好像 HBB 一抬脚出了门，留下一屋子密密麻麻的人，晃荡在寂寞的铃声中。

我希望接下去的 LIL 是个有修养的苗条女士，以弥补 HBB 带给我的郁闷。

果然，我听到一个纤细的声音，先"啊"了一声，接下来便是长长的沉默，类似鼻息的细微的颤动，很像压抑的哭泣。那个人，红，过世以后，我第一次听到这样悲痛的声音。我着急的接连喂了几下，那边就格格的笑出声来，同时，一个婴儿嗯嗯啊啊的叫声也钻了出来。

"对不起，你能再说一遍吗？我没听清。我孩子现在真太可爱了。"

我无法拒绝 LIL 的请求，只好又说了一遍。

"可是你说的这个红，我不认识呀？" LIL 女士用跟她孩子一样可爱的语调疑惑地说。但她终于想起那个人。她在电信局工作，那个人到她那儿买过电话卡。她给了那个人一张名片。如果没记错，跟别人搞混了，就是这样。

"后来那个人找你买电话卡了吗？" 我问 LIL。

"没有，倒是打过一次电话来，想让我帮忙查一个座机的通话单。"

"说了是哪儿的吗？" 我突然想起那个征婚骗子。

"只知道是异地的，我说这我办不到。"

为我不速的电话，我很诚心的向 LIL 道了歉。

M 回忆了很多那个人在学校里的事。

他们二十三年没见了。是 M 找到的那个人。事实上，这么多年，他一直在找。

我问 M 怎么找的，M 说每次碰到别的同学都会问一下，奇怪的是，没有人回答得了他。他后来把她的下落不明想成是嫁到外地，从此在外地生活了。

我问 M 怎么想到要找她的，M 回答说可能就是想看一眼她，过得怎么样，变成什么样了，好不好。

我又问 M 二十三年是不是把她折腾得特别不像样子。

M 沉吟了好一会，突然笑起来，说，"从前她像大人，现在倒像小姑娘了。"

M 带那个人出去了两次，单独的。那个人给他打了电话，告诉他她在哪里等他。

M 后来没再见过她，因为她后来没再打他电话。

搬来跟我那姨妈一起住之前，我母亲打过我一次。那时我十三岁，我母亲的第二个孩子刚出生。这是她第二次结婚了，家里充满了尿布味，奶粉味，小孩的哭声，和由这个小孩而起的乱七八糟的喧闹。母亲打我之前骂了很难听的话，因为我说她自私。离春节还有两个多月，他们在商量过节的安排。她从来没把我考虑在里面，这是我最讨厌的事情。

为什么不去你姨妈那儿住住呢？我母亲说，以为我被她说动了，而我只是认为这建议无非是一种驱逐。

当然我知道，那个人，红，她也一个人。只是不知道单独的人是不是都适合和另外单独的人绑在一起。我在她面前总不能自在，这和她热情不热情毫无关系。

看得出那个人为我的到来高兴。她肯定特意准备过，不时拿点什么吃的搽手的抹脸的睡觉穿的放到我眼前。我的不屑一顾常让她克制不住的失望。"你不再看看？这个真的不错啊。"她喃喃的说着。一会就重新兴奋起来，这是因为她又想到别的。等她再也想不起可以吸引我的，就仰靠在沙发里不动了。

我一点不怀疑，即使我要星星，只要这事能做到，她也会跑出去摘。我几乎恶意的看着她懊恼，并且因为她的懊恼生出狡黠的喜悦。每隔两三天，我就打翻一次可乐，把饼干沫子撒得到处都是，包括她最喜欢的新疆地毯，她也只是拿了扫帚抹布，一声不吭弄干净了。要是我母亲，这简直不能想象。

她不是什么时候都好欺弄。比如，她不容许同一个地方有两种相同的颜色，不管那是两条毛巾，两个花盆，还是两件衣服。不知道她怎么养成这种怪毛病的。必须，她必须置换掉其中一个，或者再加入别的一个，使颜色错杂开，才觉得满意，否则那种不好的感觉会搅得她没胃口吃饭。

我对她诸如此类的怪癖嗤之以鼻，就像她嗤之以鼻我偷看恐怖故事。

吃过晚饭，六点半至八点，空荡荡的客厅里只有我们两个人。电视机像第三个人，满足于我们并无很大兴趣的喋喋不休。反正八点一过就结束了。那个人，红，站起来。我紧跟着，走进她为我安排的，和她自己面对面的房间。直到第二天清早，我们才会重新坐到一起。

回到我母亲那儿后，我很少见她。一向都是她不请自来，出于她本人的意愿，说话不多，脸上挂着一幅不想辩解的微笑，只顾逗弄我那粗壮结实的异母弟弟。要是我母亲又提到工程师，或者再之前的那些人，她就露出讪然不屑谈起的样子。

QGA 是个水管疏通工。一开始，我既弄错了他的性别，又误解了他的职业。难怪电话一拨过去，对方先笑起来，问是不是老地方又给堵了。费了些口舌后我弄明白，那个人，红，每天洗澡，卫生间下水道经常塞满卷成团的头发。对一个独居的女人来说这是件很麻烦的事情。我不难想象能干的红，面对积水的地板却只有束手无策。

从外地农村来此谋生的人失去了一个固定的客户。我相信他的悲伤不是假的。我后来答应，如果我家的水管，或者我朋友家的水管堵了一定找他。

SF（宋飞？苏菲？）讲很漂亮的普通话，是仅有一个在电话里询问是否需要帮忙的人。

我说用不着了，寄放那个人的地方，我预付了一年租金。我没有说，我母亲想把她安葬到她们的父母亲边上，因为这事看起来不能够了。

SF 好像是一个相信天命的人。叙述了几件她认为异常的事。先是她自己无缘无故摔了一跤。再是她丈夫早晨出去跑步，回来发了两天高烧。说话间不停地叹气，她一直在等祸事降临呢。

我打断 SF，说我怕影响了她工作。她说不怕，她在家，已经好几年不上班了。

打第十四个电话时，我背包里的手机响了。

铃声是我自己设定的土耳其进行曲。

不是这样雄壮的乐曲，根本穿不透背包的面料，更不用说传进我的耳朵。

它果然再没耽误我及时接听电话，尤其现在，它巨大而无所顾忌的响声让我不由自主哆嗦了一下。日光明显已经开始西斜，把墙角那棵铁树的影子拉得又细又长，像一堆无所顾忌的芒刺。

我拿出手机，铃声停了，屏幕显示有一个陌生的来电。

我等了等，土耳其进行曲没有再响起来。

又拨了一次之后，再次响起来的土耳其进行曲让我恍然醒悟，这第十四个人，原来是我自己。

在通讯录里，我的名字是 XM。这是我的小名。一定要写成中文，应该是小妹这两个字。我不明白母亲为什么叫我小妹。

发现了我自己，我也立刻发现了我母亲，在通讯录里，她也是两个字母。XJ。

第十七个人联系不上。第十八个人停机。第二十个人无人接听。第二十四个人没有应答。第二十七个人关机，第二十八个人忙音。其余的则是雷同的意外和震惊。

活着的人习惯了活着，常常忘记自己也是要死的。这种被死亡勾起的通往死亡的想象让人坐立不安。然而再惊心动魄的话，说多了也只有麻木不仁。

直至捧着骨灰盒走下飞机，我也没有真正为那个人的离去伤心。

医院的意思，如果她身边有人就好了。在她呼吸开始急促时，有人及时推醒她，或者及时送进医院。危险解除了，她的呼吸回复了。

说得像真的一样。我不以为然。

人难道不都是一个人走的。谁能拉回一个欲走的人。

氧气终于成为无用的气体时，她开始轻飘飘地脱离自己。她变得很轻很轻，看不见自己，也看不见其他人，感觉到的只是悠然的轻快。在这种加速的轻快中，缓慢上升，凝固，再散开，直到失去和大地的全部牵连，形成发白的移动的云朵。

兔子、通讯录和少女米萧的宝石

只有 Y 问我,睡眠呼吸暂停综合症是什么?

我说好像这是睡眠过程中呼吸停止导致人猝死的病,症状就是打呼噜。Y 说打呼噜有这么严重?我说也许吧。我听过这方面的解释,还听说德国生理学家发现,诵读《伊利亚特》能协调心跳与呼吸,使它们保持同步。Y 问我《伊利亚特》是什么,我说可能是本诗集吧,跟荷马有关。

Y 沉默了一下,怏怏地说,这世界真让人越来越看不懂,挂断了电话。

我和 Z 讨论了好久和呼吸有关的话题。根据声音判断,Z,男性,年过五十,说话有轻微的口吃。他似乎不能发"a"这个音节,碰到了就必须重复一次,否则谈话就无法继续下去。正因为罗索的 Z,我知道了那个人,红,给我母亲打电话的那个晚上。

她那时刚刚从机场回来,下了车,在路上打的电话。建筑工程师应该还在天上,等着降落。导致他们分手的起因是她提到了一句台词,哈姆莱特那句有名的存在还是不存在。建筑工程师说她有毛病。那是上半夜,一点钟之前的事。一点钟之后,Z 登场了。拎着他从自家冰箱里搜刮出来的食物。他自己也不清楚这是第几次了,他在那个人的厨房忙碌出一桌子热气腾腾的饭菜。

他带着歉意强调自己抽烟太多,迟早死于肺癌,那个人最讨厌他的也是这一点。这让我想到在成都的最后一夜,我跟母亲呆在酒店客房检索那个人遗留的物品。

除了生活用品,唯一离奇的是一个信封。信封很普通,邮局监制的白色信封,我用了不少时间猜测出信封上的图案是人的名字。里面装着一份过期的报纸,占了两个版面的是一篇人物专访,报道刚刚去世的不大为人所知的女钢琴家。

秘密在于报纸过分强烈的烟味。那个人,红,不抽烟。她身边没有烟,也没有打火机。

相对于把报纸装进信封中随身带着,我更愿意想成把烟味装进信封中随身带着。也许她想留住那些气味。

至于气味的主人,有可能是 Z,有可能是通讯录收存的五十七个人之中的任何一个，也可能是根本不存在的第五十八人。

接近四点钟，土耳其进行曲终于响了起来。电话是同事打来的，问我跑哪里去了，到处找不着我，说晚上给一个同事饯行，去山顶餐厅吃海底椰煲鸽子汤和红烧大雁，Happy 一场。

我放弃了原先打完全部号码的打算，看了看窗外。打羽毛球的人换了两个，仍在继续，戴棒球帽的小男孩，原先没有的，在离他们不远的地方滑滑板。

我很想说，我在一个被房间套着的房间里。我还很想说，如果外面的房间没人，里面的房间也不会有人。

可是不知道为什么，这个昏沉的下午，我跟那个人一样，找不出可以打过去电话的人。

少女米萧的宝石

——如果没有被人偷走。米萧没有想过——如果没有被人偷走。

至少离开学校的时候，十一岁的米萧并没有觉得那一个傍晚和之前的其它傍晚有什么不同。

无非是沿着早晨走过来的路再走回去。

开学第一天，母亲领着走了一趟，米萧就记住了。记的是小旅馆门口发黄的红灯笼，电影院，一棵香气扑鼻的栀子，医院旁边没有盖子的大垃圾箱。

米萧的记性很好。第二天放学，米萧回到家，母亲转过头来说，两只眼睛被烟气熏得发红。她正用一只十二根灯芯的小煤油炉烧晚饭，切好的菜胡乱堆在一边等着下锅。六点一到，母亲还得去厂里上夜班。

米萧没觉得有什么不习惯。一个人。在父亲那边的家里，她也经常是这样。一个人。

考试一结束，米萧就被父亲带上了来南方的火车。

暑假还没正式开始呢，成绩单也没有顾得上拿。好多同学都还不知道，他们再看不到她了。

这是件商量过很久，决定得却比较突然的事。

母亲坚持南方的教育质量好，再说，米萧大了，母亲认为大了的米萧不适合再跟他住在一起。站在两节车厢连接处的父亲抽着烟，对坐在行李上的米萧说。这些话米萧听过好几遍了，既然父亲还像第一次说，米萧就还像第一次听，偶尔用困倦的眼睛看一眼他——这个习惯熬夜的人，被烟雾和浓茶折腾的面色灰黄，满是皱纹，完全不是米萧翻到过的，扎着格子围巾，在旧像册里对着镜头微笑的人了。

米萧个子高，座位排在了最后，正对着一棵挂满果子的高大的楝树。漫长的夏天里总有人闹点新鲜的笑话出来供人说笑，米萧正听着，同桌，据说留过两次级的又高又瘦的男生推了她一把。米萧缩了缩肩膀，坐正了。

第一节数学课老师安排考试。差不多有半节课米萧在玩桌子上的橡皮，不过交上卷子前，她把空白的地方认真地填满了。后来，数学老师专门找米萧，米萧的母亲谈了话。考卷摊在桌上，米萧觉得批在上面的分数很像一对耳朵，通红的耳朵，慢慢被她的卷头发遮住了。

第二节音乐课，复习上学期教过的歌。米萧不会。米萧觉得这很羞耻。整整四十五分钟，米萧不敢抬头，只有嘴巴跟着开开合合。米萧觉得自己是一条鱼了，发不出声音的鱼了。

过了几个月，几个学期，直到离开这所学校，她说的话也不比一条鱼更多。

她的数学成绩始终没跟上去，给她补习的老师说，很可能她天生对数字不敏感。说完又转过头去问旁边的老师，哦？对吧？她其实很聪明，就是不肯用心。

课间，米萧穿着镶着布花边的衣服站在教室外的红砖柱子下，用一种很倨傲的表情看着操场。几步之外，同桌又在剥胳膊上的血痂。他总是等它刚刚结好就毫不可惜揭下来。米萧最初只在那儿留下一道又细又弯的指甲痕，慢慢的变成米粒大，慢慢的变成黄豆大，不知道最后要变到怎样大。这可是你留给我的疤！同桌的话让米萧觉得自己像食堂那块放久的肉，长满白的红的绿的霉花。围上来的人一开始对米萧原先住的地方有很大的好奇心，但对她说的野地里的向日葵，尘土飞扬的大路，大路上奔跑的马和骡子又不以为然。

下雨天米萧把书包顶在头上，飞快地跑着。跑过三个路口，最后一个同学也跳跃出她的视线，没人跟她同路了，米萧想自己是一条真正的鱼了，但有快活的声音。附近有个化工厂，门口长着一棵很大的槐树，米萧还没见过它开出雪白的花。透过槐树圆滚滚的枝叶，是一长排的水泥圆桶，用来灌装化工厂生产的各种合成剂，机器剧烈的轰响从这些圆桶背面源源不断传出来，每个圆桶下面都有阴影，连成一排巨大的拱门。

米萧很喜欢这里气味的浓烈。她有专属于她自己的古怪的爱好，喜欢汽油味，煤油味，火车车厢的铁皮味，芦苇荡的草腥味，雨后的尘土味，甚至受了潮的木头味。有时米萧攀住围墙豁开的口子，胡思乱想爬进去的方法。但只要一个人过来了，或者一条狗，她就立刻若无其事跳回到路上。

每天的同一时刻，少女米萧渐渐接近自己家的院子。

院子没有围墙，分住着七户人家。米萧已经熟悉了铺在屋顶上灰黑的瓦片和从不使用的烟囱。米萧不知道母亲怎么找到这个院子的。米萧生下之前，父亲已经去外地了，谁也不知道他为什么去那么远的地方上班。米萧三岁大，母亲把她送到了父亲那儿。现在父亲又把她交还给母亲了。米萧对外婆家依稀有点印象，是个又宽敞又热闹的地方，不像这儿，只有一条石板路，一家跟一家隔开很远，只有起油锅的味道从各家隐蔽的厨房飘散出来混在一起。米萧喜欢走着，分辨着笼统香味下细微的不同之处，直到那些气味统统消失，扑鼻的煤油味涌上来包围住她。

今天很奇怪哦，一向寂静的院里院外密密匝匝站满了人。这些人交头接耳时的声响并不大，汇集到一起就很惊人。黄昏的阳光投下来，到处覆盖着金红，米萧不知道发生了什么事，难道失了火？又奇怪不见浓烟和火苗。

少女米萧挤进去，脸涨得通红。

母亲已经在了，直接从厂里跑回来的，穿着做工的白围裙。她刚刚查清最大一笔损失。在场的人听明白那是一笔汇款，米萧父亲寄来的，一个月的生活费。

同情的目光投向米萧的母亲，米萧看见了做记录的警察。这个警察米萧知道，每天来学校接班里的一个同学。路过水潭或是泥泞的建筑工地，就把同学架到脖子上。有一次，米萧警察身后，突然很希望这个警察是她父亲，也把她当小孩，架到脖子上。当然，这太荒谬了。她不敢想下去。同学说警察有枪，现在少女米萧注意地看了看，没在他腰间发现可疑的东西。你再想想，还有什么被偷走的？警察启发她母亲，一幅准备走的样子。

母亲茫然地把脸转向抽屉，头发乱蓬蓬的，说话有点颠三倒四。抽屉每一只都拉开了，里面的衣物大部分拖拉出来，像是破了肚的肠子，拖长了，七零八落挂到外面。米萧用的那只也是。米萧被她母亲的眼光带过去，伸出一只手，她翻了一下就停住了，轻轻说了句，我的宝石不见了。

米萧的话让警察眼睛一亮。

宝石。

听到的人眼睛全都一亮。

米萧很兴奋。

梨形，透明，有点发蓝，镶在一条项链上。米萧向警察详细讲述她的宝石时，米萧的母亲一脸诧异，问米萧哪里来的什么宝石，宝石怎么会是她们这种人家有的。后来她好像记起什么，突然笑了，她笑得这样欢快，让人不敢相信几分钟前她还在愤怒地骂那几个小偷。

小孩玩的东西啊，假的。她的头转来转去，想找一个看着她的人。但是已经没人再听她说，也没人理会她的笑。人们都瞪着眼，看在笔录纸上刷刷记录的警察。她又去拉离她最近的一个人，粘在围裙和袖子上的灰尘飞起来，像一堆金色的汗毛。被拉的人后退一步躲开她的手，讪笑说，原来你家倒是藏着宝石的。

警察撤离以后，看的人也慢慢散了。

那么多人，突然就散光了。

房间一下空出许多，那些走了的人似乎把亮光也带走了。米萧开了灯，然而灯也只不过是黄乎乎的不甚明亮的圆球，照着母亲瘪下去的嘴角，眼下她看上去极度疲倦，垂头丧气。

十二根灯芯总算都点着了，母亲开始煮面。米萧在边上帮忙拿油盐酱醋，偶尔想一想被偷走的宝石。面终于盛进碗里，撒上碧绿的葱花，两个人的眼睛都熏得红红的，简直有点泪流满面的样子。

这东西哪来的？听见母亲问，米萧停下筷子，直到她母亲声音明显不耐烦了，才说是经常来后院散步的女人送的。米萧说谎的时候很不自然，但是话已经说出口了。

母亲怀疑地看着她，但没有追究下去。你干吗说什么宝石？根本是块塑料嘛。母亲一直在抱怨，没吃几口就上班去了。

门外十几米的地方，孤单地立着一堵墙，像一块黑漆漆的天色。沿着墙根绕过去，是很大一块平地，连着被称作山的不到二十米高的土丘，散步的女人听说是从土丘那边过来的。平地上草很茂盛，白天稀稀拉拉的树，因为昏暗的暮色有了几分树林子的模样。

米萧往四处看了看，想找到散步的女人，她自己也知道这时候不可能看见。

犹豫之间，米萧又往前走了十几步，发现她有时会坐一坐的野栗子树下多了根麻绳。麻绳不怎么粗，猛然之间还是有点吓人。等眼睛稍稍习惯黑暗，米萧就看见麻绳下端还系着一块木板。木板很新，难怪空气里一股木头清香。这应该是个秋千。院子住得大多是老人，只有王井家有孩子，秋千看来是王井做给儿子玩的。

王井在白铁社里打白铁，他家的厨房斜对着后院，小窗子开得高高的，橙黄的灯光一直斜照到野栗子树上，把几根树杈照得金黄透亮。如果说，吃饭才带上假牙的朱老头家厨房的香气，因为浓厚的肉味像一床温暖的大棉被，王井家厨房的香气就像一块不着形迹的丝巾了，轻飘飘的，迎着风向甩来甩去。

米萧始终弄不懂院子里的人为什么背后说王井女人生的孩子不是王井的。王井女人很漂亮，人也温顺，对谁都很和气。米萧什么时候看到她，都是笑微微的。

小窗子漏出来的不只是米萧喜欢的香味，还有王井女人柔软的嗓音，亲热地把米萧招引到她家墙下。

这对平日里很受争议的夫妻正在说话。

你赶快把钱要回来，就说我们有事急用，这女人还是提防一点，谁知道她家的宝石怎么回事！是王井的声音。

米萧的脸立刻就红了，她想走开了，但是王井女人响亮的喝下一口汤，接下去说，我看那个米萧也是一天到晚怪里怪气的。

米萧想到忘记拿笛子，便坐在秋千上荡着，她只用很小的力，秋千几乎没怎么动。即使这样，头上的枝条还是发出难受的响声，好像快断裂了。邻居出来倒垃圾，朝秋千的方向转过来时米萧紧张了一下，这个邻居也是看客，米萧很怕她过来问些什么，但她根本没看见米萧，好像米萧不存在似的，拍拍垃圾桶就走了。又过一会，天黑了，后院冷冷清清的，各家的灯光把树枝重叠成古怪的影子。

最后出来倒垃圾的是王井的女人。她倒是一眼看到了米萧。你怎么了？宝石是你爸给你妈的还是给你的啊？她问，很亲热的捋了捋米萧的头发。

米萧跳下秋千，照母亲说的用两把椅子倒扣着顶住门，只有到第二天才找得到修门锁的人。

宝石是父亲买的。

为了打发在中转站等火车的无聊，父亲带米萧进了火车站附近的百货大楼。父亲还带她去了理发店。

来母亲这儿之前父亲把她的辫子剪掉了。他坚持说她头上长了虱子，责怪她老是不听他的话，就喜欢跟那些不讲卫生的同学凑在一起，用的是家里那把什么都剪的剪刀。

理发师捋着米萧稀稀拉拉的头发研究了好一会，给她烫了个卷发，形状和外面橱窗挂的那张大照片一模一样。所以，好像是跟米萧毫无关系的一个人出了理发店。等在外面的父亲丢掉手里的烟头，回过身来看。米萧从他的手势里看出他很满意，又根据他的走向，判断接下来要去的是最高的那幢百货大楼。

米萧跟着父亲逛了两圈，以为要走了，又转回到他们去过的一只柜台。柜台上摆着几个白色的石膏块，做成脖子的样子，戴着项链。第一次经过这里米萧看到过一串金色的，有点像连接起来的英文字母S，中间挂着一块亮晶晶的宝石，灯下一闪一闪非常漂亮。

米萧看父亲付的钱，先是一张一元的，接着是几个分币，撞在玻璃柜台上的声音很悦耳。售货员找给父亲两张一角的纸币，米萧看得很清楚。

摸着父亲帮她戴好的项链，少女米萧开心地笑了，说，真好看，好得可以戴一辈子了。

父亲立刻说，啊，米萧，没有那么久的，你喜欢就好。

米萧不理会父亲话里的惘然，只顾歪头端详镜子里的自己。

但是下火车后米萧把项链摘掉了，她知道项链和宝石是假的，虽然它漂亮得可以乱真。风把刚烫的卷发吹得膨胀了好几倍，印在玻璃窗上。米萧想起父亲的一个女同事，被叫做癞蛤蟆的长相丑陋的女人，也是烫这种头。父亲抽完一支烟，问米萧冷不冷，米萧只是摇头。他没有注意她那小小的心思。她那小小的虚荣的心思。

有一天，她在母亲的一堆碎布条中找到一块红锦缎，缝了一只小布袋。底下尖尖的，挂上流苏，像个小香袋。

只有自己的时候，米萧经常把项链从小口袋里倒出来，摊在手心，放在不同的地方，翻来覆去，耐心地看它晃来晃去的光。也只是看着。她那骨架奇大的身体只在这时显得异常瘦小，仿佛不属于这个墙皮剥落的房间，而是另有神秘的出处，藏着她跟邻居们甚至是跟母亲没有办法说清的东西。只有在那儿，她才是快乐，自在，无拘无束的。

失去宝石的米萧对夜晚有些索然无味。屋子母亲打扫过了，床单也换过了，可是她总觉得空气中有一股让她陌生的东西。她好几次离开书桌去看门是不是关着，她的黑郁郁的笛子，就放在书架上，她的手伸过去，碰了碰笛子冷冰冰的表面，像是一个潦草的招呼。米萧洗漱好，早早爬到床上，把自己包进被子，邻居的咳嗽在很远的地方响着。

月光穿过窗口投到床沿，照着米萧的一只脚趾，几乎透明了，蓝荧荧的，毫无血色。她一点点挪动自己，直到整个身体都到了月光底下。她想起她的宝石，月光下寒光凛凛，而且无比清澈，不知到了谁的手里。米萧跳下来给父亲写信。爸爸，我的宝石被偷走了。她写了这句，眼泪呼呼的流下，很快把纸团成一团，塞进抽屉。

米萧和母亲一起去土丘的另一边，是个星期天。

母亲坚持要去找散步的女人问个清楚。

她也是这么跟邻居说的。问个清楚，碰到一个邻居就重复一遍。

米萧很后悔，母亲问她知不知道那女人住在哪里时，自己不该回答说知道。

宝石丢失之后，散步的女人没有再来过后院。也可能米萧碰巧没有见到，她现在更愿意呆在家里。

但是说过的话是没有办法再改回来的。

米萧觉得这很像一次出游，草叶间挂着最后几朵黄的白的小花朵，母亲踩着山路走得很快，米萧却慢，一开始就落在后面。她注意到母亲脱掉那件很少离身的围裙，背影很漂亮。米萧看了一会突然想到她是应该走在前面的，紧跑几步，抢到母亲前面。

对米萧的慌不择路，母亲显然怀疑了。路已经越来越窄，她们不得不钻进一片密密的野栗子树林。树枝把她们的头发刮得乱糟糟的。堆积的叶子说明这是个羊都不来的地方。这时米萧才想到对就在家门后的这块山地，她其实一无所知，母亲也一样。有时两个人同时高兴的大叫，为了从林子潮湿的地方生出来的大大小小的蘑菇，和盘结在树枝上鲜红的灵芝。但是在密林里又转了两圈，米萧跟母亲都有点害怕了。

她们最后在一个割兔子草的男孩的带领下，找到比较平坦的下山的小路。男孩说他来树林找灵芝，他摘到过。那是个黑瘦的男孩。米萧透过树杈的缝隙望出去，已经是闪着光的小池塘，笼罩着稀薄青烟的村庄。

到了吗？母亲看着远处那片房屋，若有所思。

就是那里。米萧伸手坚定地指了指。出过汗的身体被冷风一吹，瑟索起来。

米萧，回去吧。母亲平静的说，我们回去吧。

回来的路上，米萧和母亲很轻松，顺手拨了一大把野花。

就在这年年底，这么快，米萧没有想到，她又看到了项链。派出所通知母亲去一趟，母亲回到家扔给米萧一个白纸包。里面包着的正是她的项链，原先镶宝石的地方只剩下一个底座，空荡荡的。

纸包里还有一只旧的银手镯，看上去不止一个婴儿戴过。母亲说警察给的，没人认领，送给她玩。项链检测过了，不含金的成份。

米萧放下那只脏兮兮的镯子，失望地叫道，宝石没有了啊！

反正这也不是真的，谁送你真的！母亲抢白。

假的也是我的！米萧辨白。项链又被她装进小口袋，收紧袋口，小心塞进抽屉底层。

过了旧历年，米萧就是十二岁了。

年二十七还是年二十八的晚上，由一个熟人带着，米萧和母亲悄悄溜进化工厂的浴室。

工人们还在上班，浴室一个人也没有。浴池像一个个黑黑的坑洞。

借着水汽遮掩，米萧脱干净自己。她洗了很久，直到皮肤血红血红，擦不出一丝污垢。母亲在外面抹干身体，穿好衣服，她才慢吞吞地离开水池。

站起来的米萧在毛巾上发现了一点红色。她弯下腰，找了找，有些惊慌，但终于找到出血的地方，并不是最初以为的很大的伤口。浅红的血，拖得长长的，很新鲜的样子，还在继续从深不可见的地方流出来。

少女米萧惊慌地把母亲叫起来，母亲怔住了，好一会才说，米萧，你长大了，是大人了。

在母亲的自言自语里，米萧听懂了她成年的早。

那是一九八一年的春天。在那个人们更习惯于十七八岁才成熟的年代里，米萧过早的长大了。

立秋之日

太阳晒着干硬的黄土地，扬起的灰一阵阵吹进车窗。车内的人像被这风封住了口，只有一个被母亲抱着的孩子，朝着窗外啵啵地吐口水。孩子的脸蛋脏兮兮的，带着狡黠的神气，吐到了人，更是高兴，把个身体扭得麻花一样。

李生是非常不喜欢那孩子，仿佛只看这几口口水就能见到那孩子将来的品性，但只要睁着眼睛，那孩子就总在视线里，索性闭起眼睛打盹。

今天立秋，他要去东郊的桐君山给父亲做忌日。

父亲葬在桐君山上。是他带领母亲和妹妹们上的山，并没有什么份量的骨灰也是他安放的。时间一晃，过去了十七年。那一年李生刚过三十，上面想派他去驻京的办事处，他想了两天，认为需要服从的条条框框太多，说声算了，便放弃了。时间一年年过去，他像棵树似的，再也没有挪动过。自从科室连人带车间卖给私人老板，名义上上着班，等于闲下来等退休了，心境也随之大变，从前不敬鬼神，如今一年两次上山给父亲的坟茔培土除草，再放上一瓶酒，一个粽子。

汽车吱地停下，鱼贯上来四个人。

走在最前面的是个瘦高个，戴眼镜，走起来慢慢的，很像厂里原来的工会主席。拿不定主意似的朝车厢里看了好几眼，才走到李生边上坐下了。他后面的是个大个子，穿着松垮垮的汗衫牛仔裤，一幅不屑与任何人为伍的神情，上来就往车厢后面走。最后那两个人大概马上就要下，朝车里略微一瞟，在车门口站定了。

每个人看过一遍，李生有几分惊奇。是不是一家人，看眼睛，这四个人中的两个明明是两兄弟，却做出不认识的样子，李生就有些犹疑。这犹疑不过是直觉，年轻时在煤矿上班常要下井，不知名的危险靠近，心就跳得不舒服起来。

车子又朝前开了。

这只是个小站，连站牌也没有，一间盖着灰瓦的小小的杂货店孤零零立在路边。店后一棵高大的榆树，在风中翻卷着叶子。很快，这样的店也没有了。汽车依然一个劲儿在扬起的热乎乎的灰中开着。

这回孩子被母亲按在腿上，给了一块糖，答应下了车买汉堡吃，老实了。

这里的汉堡粗里粗糙根本不像汉堡——可这与他何干呢？坐第一排的一个女人耐不住寂寞，跟另一个女人大声说起来，仿佛一车人都在说，在这炎热的天气里，让李生烦躁。又有人谈起退休，谈起几天前一个铜矿老板嫁女儿的豪华婚礼。这些人之常情的事，不知何以一样让李生烦燥。

忽然瘦子朝他笑一笑，掏出一根烟，递给他。

李生接过，看这瘦子的脸，有点面熟，依然不认得，笑一笑，掏火柴点上。

瘦子自己也点了一根，吸一口，叹道，"这天可真热得邪乎。"

李生仍一笑，"三月不下一滴雨，还不邪乎？"

瘦子说，"再不下，颗粒无收了——"

这几天电视新闻尽是播些裂了口的地，蹲在地边一脸苦相的瓜农菜农。李生想起这些，却没有话。前年他被人举报有经济问题，被保卫科关了好几个月。开铜矿的老友劝他走，给他留了位置，他去了，也尽心帮这老友赚钱，只是住的离城区越发远，话也越发少了。

瘦子也没话，一根烟快抽尽，又说，"都立秋了吧？还这么热。"

李生看他是热，腋下洇出两大团汗，说，"今天就立秋呀，快了，快凉快了。"

立秋总让他不那么好受。秋天有杀气，"悲哉秋之为气也，萧瑟兮草木摇落而变衰。"梧桐能知岁，一叶落知秋，一个节气，连接的却是父亲的离去，对自己从前的放弃也多少有些后悔。真去了北京，总比现在这样子强吧。抽完手里这一根，也掏出烟，回敬瘦子。

瘦子接过，问他，"经常坐这一路车？"

李生说，"也不经常。"现在他不常出差了，过去哪个月也有二十来天跑在外面。

"我知道你以前管供应。"瘦子又说。

"今天遇着熟人了。"李生笑，"你认识我？"

"嘿。"瘦子也笑，"我还知道你是南方人。"

"是啊，南方，吴江，江苏的大县。"

被人认出是南方人，李生总是高兴的。看看瘦子，"我看你也不是这县的。"

"说对一半。"瘦子又笑，"我在这儿出生没错，父亲是东北人，五三年来的，那会这儿连西红柿都还没有，没人知道怎么吃。"说着，又递给他一支烟。

这回李生没有接，从另一个口袋摸出半包烟，说刚才瘦子给他烟，是好意，非抽不可，要说他爱抽的还是这一块八毛的老烟叶，有劲。瘦子说会抽烟的都爱老烟叶，李生说没办法，从前做技术工作经常要熬夜，又没有钱买好烟，反正他也不在乎别人瞧不起，不过凭良心做人。瘦子笑，说现在有几个人凭良心，人人只为自己罢了。

李生说人人为自己没错，小时候学校里先生说：万物各为其私，但各为私于无形中即是为公，可以说是一种自然的调和。

瘦子说，可不是，讲"人不为己，天诛地灭"是有道理的。

瘦子话里的冷嘲让李生沉默了下来。瘦子也不再说，只有汽车颠簸着他们的身体，让他们始终处于晃动的状态。但是刚才的融洽还是如烟云一样消失了。他并不怕没人说话的寂寞，大可这么坐到桐君山。他甚至闭上了眼睛，就像方才瘦子没有上来，他看着那孩子朝路人吐口水的时候。可是心里还是活动着什么东西，使他不能真正平静下来。他还想说服说服这个人，看了瘦子一眼，再次开口说你知道有些事很奇怪。

哦？瘦子看看他，表现得很有兴趣。

李生说他呆过的第一家厂里，有个高工，也是南方人。这高工很厉害，不管机器出什么故障，他一到，马上解决。这高工也没什么架子，对谁都挺好，一次来他们办公室，正散着几十块一包的好烟，一个搬动工走进来，高工二话没说也给了搬运工一支。后来高工有两根木头想运回南方老家，车站的人不给运，正没办法，搬运工忽然冒了出来，不仅把木头搬上车，还叫人到站后替高工搬下去。

不等瘦子说什么，李生又说了个搬凳子的故事。那时他刚从技术学校毕业，分在一家化工厂，大约上了半年班之后，厂长安排他和几个同事去省里一所学校再去上一年学。这天中午吃了饭，他们几个人呆在办公室里兴奋地谈着去上学的事，一个穿着破棉袄的人推门走了进来，那棉袄也真破，连扣子也没有，用一根绳子拴着。一个人问他干什么，那个人说他来找××、××、×××。×××一听，出言不逊地说你找我们？找我们什么事？我们有什么事要你找？出去出去！李生看不过，搬了个凳子，说再怎么让人家坐一坐。×××一把抢过凳子，连推带拉把那个人赶了出去。过了几天，他们去学校报到，才知道那个人竟是分管在职人员培训的副书记，他那天倒没穿破棉袄，一见他们就说，"你们这样的学生我可不敢要。"硬是不肯接收他们。单给他开了介绍信，让他去另一所学校培训了半年，算是感谢他搬凳子。

瘦子听了，大笑几声，说，"有意思有意思。你那时不过二十来岁吧？这么多年倒还记得。"

"说实话，直到这两年才又想起来，想想还是很有意思。"

"你以为忘了，其实这事一直影响着你，你说是不是？"瘦子说着，拍拍李生的肩。

李生就像被拍醒似的心里一惊，难道自己真的一直受着这两件事影响？交错着影响他到现在？只是从没往这方面想过。

他想跟瘦子再说说，瘦子站了起来。

李生朝他摆摆手，很遗憾这瘦子要下车了。看瘦子走了两步，站在车厢中部，再看车门边那两个人不知什么时候换了位置，一左一右成对角站着。李生又是一惊，这太像四面包抄了。一回头，后面穿汗衫牛仔裤的男人也站了起来，四个人齐声说着不要动，手里都亮出了刀子。

除了呼呼灌进来的风，一时车内静寂无声。

李生难以形容自己的错愕，才掉进时间的沟隙，什么都来不及想，就被拽了出来。默然看着眼前这一幕，怀疑这几个人是不是录像看多了。这不是太像警匪片了？一个人简明扼要叫他们别耍花招，老老实实把东西交出来，什么事也没有，不然别怪刀不长眼睛。

很快，第一排的女人爆发出哭声："我什么都没有！什么都没有哇！叫我拿什么给你！老天呀，你不来救我。"

那孩子又啵啵地吐口水，朝着瘦子，被他母亲按住头和屁股，只在那儿乱蹬。

有人喊司机，那汗衫牛仔裤大喝一声，不准叫！却是冲着那女人的，手一晃，刀已经搁到她颈上。

女人立刻噤了声，由着那人翻走皮夹，摘掉腕上的表。摘她手上的戒指时，她痛苦地呜咽着哀求别把这结婚戒子也拿走了，回去怎么跟丈夫交待呢？那人把她蜷紧的手拉直，说少装样子！剥下戒指连手表一块掷入旅行包。

车内的人谁也不敢动，不敢轻率地跟那几把刀作对，由着两个人一排一排洗剥下来，乖乖地把手机钱物交了出来，那孩子手上带铃的银镯也将去了。

李生眼见此景，心里一阵乱。早听人说过这条线有抢劫，先想到手上的表，这表是父亲早年入川，在军校任文书时置下的，旧是旧了，倒是只好表。这么多年他一直收着，不能给他们拿了去。

瘦子忽然在他腿上轻轻一按。李生一时不明白什么意思，眼看那两个人逼近过来，不料没看他就走了过去。后排响起一阵窸窣声，一

立秋之日

个声音说，"没有了，真没有了，全给你了。"

前排的人被声音引得回过头，李生也回头，见那人一张白净的长脸，白条纹衬衫，黑裤子，只是裤子已被剥至膝盖，露出松松的一圈白肚皮。一人翻了翻，喝令他脱下鞋子。他万般不情愿地脱下一只，告饶说，"你们看，你们看，没有嘛，真没有嘛。"一人喝道，"少罗索，快脱！"他涨红了脸脱下，一人拿起鞋子一倒，又伸手一挖，掉出一叠钱。四人互相看看笑起来，"别是瞒着老婆找小姐的啵！"

人丛里响起几声低低的笑声。这洗劫进行到最后，便是在这零落的笑声中结束了。

瘦子喊声停车，司机靠到路边停下，四人鱼贯而下，转眼消失在干热的灰尘中。

汽车抖动着重新上了路。开过一个空空的无人候车的小站，司机喊一声有人下啵？没得到应答，闷头朝前开去。

这回那孩子也呆呆地没有动，把一个脏兮兮的脸蛋对着李生。

李生看着他，心仍在未定的惊慌中，忘记方才对他的憎厌。这孩子大了，果真又是一个自私自利的人？自私自利害他的人，还见得少吗？离东郊还有一半路程，他今天不知道要以什么样的心情站到父亲坟前了。

寂静中一只拳头重重敲在他肩上，一个嘹亮的声音瞬间在耳边炸开："这个人跟他们是一伙的！"

所有的眼睛一时全盯住了他。

"这，"李生申辩，"我都不认识他们，怎么一伙……"

"别狡辩了！"那张白净的长脸此刻通红通红的悬在他头顶上，大张着嘴说，"凭什么单单放过你？还给你烟抽！你也给他抽了。我亲眼看见他们给他烟抽！你们听我的，我是税务局的，我叫许国治，这是朱向前，是工商局的。"

"算了，人都跑了。"朱向前劝许国治。他有些踌躇，但被人拿刀逼着抢掉钱的不快还是占了上风，何况他的同伴刚给人当众剥了裤子，正恼怒难当。劝李生，"你说给大家听嘛，那人干嘛给你烟抽，你也给他烟了，是不是？什么事都有个理由的，都有个因果的。"

李生只有说，"我自己也在糊涂，有人给我烟，我总要接吧？我抽了人家的烟，总要回给人家一根吧？"

"你少费话！"许国治俯视他的裤袋，"这什么？偷的啵？拿出来给我们看！"

"对！对！拿出来！拿出来！给我们看！"

前后的人都围拢过来。第一排的女人也过来了，站在一步之外恨恨看着他。

李生挡住乱伸过来的几只手，连说，"我自己拿，你们让我自己拿行不行？"

看清他手中的两样物事，一人讥笑道，"不要是你做贼时吃的干粮啵！"

目睹挤得歪斜的粽子，李生觉得很羞愧。他不想告诉他们这是给父亲带的，父亲还在东郊的桐君山上等他。这能说吗？说了，他们也会说他狡辩。是啊，凭什么单单放过他？凭什么？他真是不认识他们。

空气中充满异样的气息。一车的人都在憎恨他。第一排的妇人观望了这一会，跳上来，抓着他的脸尖叫，"还我手表戒指！还我手表戒指！不得好死的！不得好死的！"尽管李生擎住了那两只手，脸已经被她抓出血，丝丝作痛。

他并没有使出十分力，这一擎，女人差点扑倒在地，没了动弹的气力，一张嘴仍绵绵不休骂着。

李生望着她绯红的印着点点雀斑的脸，真想打一拳上去，他这么想着手却松了，妇人往后一仰，站住了，也不再骂，怔了片刻，切齿说，"捉他进去，这样的人就该蹲到派出所里去，死到派出所里去。"

司机呢？许国治想到了司机，走过去冲着司机说，"你死人啊？你这是往哪儿开？开回去！开回去！开派出所去。"

话一出来，马上有人责问现在开派出所还有什么用？刚才不开过去，把那四个贼一古脑儿送进去，这回还说什么？"司机，你管你开，不要听他。"

一时间满车的人都说起话来，乱声中也听不清谁在说什么。

人头晃动中，一个胖大的，刮得赤青的下巴闪了两下，是司机，两只铜铃大眼也不知道在瞪谁。

终于也没有谁上去把司机从驾驶座上拉下来。有人代他说，他天天要在这线上开车，哪敢跟他们结仇，换作你，你敢吗？

汽车在尘土中又往前慢慢腾腾开了一段路，到了站，开了车门，放下不愿意回去的人，调头往回。

抱孩子的母亲不相信拿走的钱会回来，也下去了，嘟嘟囔囔心疼小孩被捋去的银镯，又庆幸还有几个钱藏得好，没被拿走。银镯是祖传的，不花钱，钱却是她天天一早起来卖葱卖大蒜攒的，朝一排矮旧的房子透迤去了。那孩子依稀嚷着汉堡汉堡，头上挨了一掌，一只脏脸蛋一直朝着汽车。

李生看着他，心里宛然若失。

下去十几个人，车内顿然空出许多，阳光投在车窗上，闪动着，如淙淙流水。车内的人，复又像被封住了口，连那喋喋不休的妇人也不说话了。

到了派出所会如何，李生并不十分担心。他没有说谎。他是真不认识他们。没有说谎，他就不怕，况且表保住了，他刚才还为之高兴呢。可是回去这一路，他还是宛然若失。是因为来不及再赶去东郊了吗？他今天无论如何上不了桐君山了。桐君山上的父亲等不到他的酒和粽子了。父亲真的在乎这一瓶酒和这一只粽子吗？给父亲带去这一瓶酒一只粽子，就弥补了他去世自己都不在身边的遗憾了？他尽量眯起眼睛，迎着吹进来的热风，那一霎那涌上来的眼泪，没有流出，吹干隐去了。

汽车吱地停在派出所门口，好几个人一同喊，"下去！下去！"司机扭过赤青的下巴，"你就下去一下吧。"

李生下了车。

一切都还好

他并不陌生这里，老友带他来过，所长、副所长都认识。老友就是嫁女儿开了一百五十桌酒席的人，他的老板。再过几年，干足五年，老友答应给他一笔钱，让他走，他有了钱，爱到哪里到哪里。

中午时分，值班的一个小个子一个小胡子都不认识，录了笔录，把他带进里间，拿出一只手铐，把他的大拇指往窗栏上一铐，关上了门。

跟进来的人在外面喧嚷着散去，那女人的声音尤其尖利，他无心听她说什么，也无心恨她，他从来没恨过谁，恨就像一个癌细胞，一旦有了，自己也是幸免不了的。他只有一种奇怪之感，他是去桐君山的，怎么又陷入了牢狱。

这房间也没有椅子，空空荡荡，没一样东西。窗栏上过白漆，好几段剥落了，露出底下的铁锈。远远的地方，却有一股读书声朗朗传来。他凝神听着，想起这附近是有所小学校，是小学校里的学生在念书吧。他在这读书声里听到自己饥肠鸣动的声音。

他站了一会，恍然想到这还不是囚室。他们还不算把他关起来。挨饿，站几个小时，这对他都没有什么，只要憋得住屎尿。一旦屎尿遍身，再没有人的尊严可说。

屋内恍惚暗了一层，水泥地的颜色深了一层，那念书的声音早没有了，偶尔有一阵有歌声传进来，又过了一会，那歌声也同样没有了。屋内恍惚又暗了一层。难道都快晚上了？那小个子把他的手高高地吊在最上面一层窗栏上，只好踮起一只脚。一直这么踮着，他已经站得麻木了。就是这时，他听到外面传来一个熟悉的声音。

脚步声很快朝这边过来了。门哗拉打开，李生眼见进来的人，正是所长，还没有开口，所长先吃惊地咦了一声，"李生？怎么是你！"

李生苦笑，"还不是你的手下铐的。"

所长叫小个子过来，这是李生李工程师啊！

李生上了厕所，所长泡好茶，招呼他坐，递了一根烟给他。

小个子送上笔录，队长扫了一眼，放到一边，说，"没办法，一地有一地的难，你多担待啊。"

李生执着烟，深吸一口，仍一笑，"你再不回来，我就真惨了。"把经过说了说，吁叹几句，摁掉烟头，站起来。所长说，"这么急干嘛，吃了饭走吧？"李生说不用了，出了这一身臭汗，他要回去洗澡换衣服，打电话叫一个会开车的朋友来接他。

等车的时候，所长又跟他扯了会闲话，问他老板最近在不在家。李生说不在，他刚嫁了女儿，和老婆一起陪女儿女婿去澳大利亚了。他在那边也开了公司，以后准备让女婿管去。

说着话，车到了，所长站起来说，"老板回来替我问声好。"

"一定一定。"李生说。

朋友把车开到他家附近停下。他下了车，看着朋友把车开走，恍然不认识东南西北。

天还没有黑透，还是青蓝色的。一颗星星已经挂了上去。直到此时，他才有一点后怕，看刚才在车上的情形，他们揪住他痛打一顿也说不定，不知怎么他们就放过了他。

几个女人在一个小广场上正在跳舞。李生看其中一个眼熟，差点以为又碰到车上的女人，也是满头亮晶晶的发卡，也是闪闪发亮的衣服裙子。再一看就知道不是。只是相像而已。

李生立秋这一天遇到的事，就这么有惊无险地过去了。跟相熟的人说起，不过惊讶的惊讶，感慨的感慨，瘦子何以给他烟，何以放过他，却是始终想不透彻。

他虽想着再找一天去桐君山，忙忙碌碌，一拖就拖了月余。白露秋分都过了，再不去，都要寒露了。寒露菊花开，说的是隐士，李生的日子却是在俗世中一日日过去的。这一天上午，他又去了车站，等车的时候，忽而眼前晃过那四个人的身影，心里一惊，凝神再看，果真是那几个，绝不会错，都是三十来岁，天冷，都穿上了体体面面的外套。

李生看着他们登上一辆车。那戴细金边眼镜的瘦子清清晰晰也在其中，在一窗边坐下，悠然吸着烟。

李生只觉一个念头呼之欲出，盯着他看着，看着，恍然想起几个月前他在市内坐公交车，前面一个人掏钱带落一枚钥匙，用一根红线拴着。虽然"当"地响了一下，这个人并没有听见。李生拣起来还给了他。

他放过他，就因为这枚钥匙？

汽车开动了，拐过一个弯，载着瘦子和他的同伴离开了车站。

李生也上车了，找到座坐好，若有所思看着窗外。

汽车开动了，拐过那个弯，载着他离开车站。

谢　幕

司机在岔口停下车。

风里飘着淡淡的鱼腥。

这是有可能的，现在不是休渔期。

冬至刚到，乡间的山水已经萧条寒冷。病愈的他穿着厚厚的冬衣，沿着盘旋的山路，走得很慢。

病中朋友 L 过来探望说起她，"听说，两年前搬回大屿住了，做什么螺钿漆盒，跟好几个人借了钱……"

他否认这和他有关。

大屿和他的老家只有一河之隔。小时候见过老匠人把白蝶螺、黑碟螺的壳磨薄了镶到家具屏风上，现在还有人用这种老古董吗？总是另外一种做法了。

他渐渐想起曾答应过去看她一次。时间真快，和她分别已经十年。不是春末这场大病，他也想不到回乡谢祖宗护佑。墓园也看好了——起先真有点不舒服——不过，还是自己看好的好。即使这样，他也很难放心，妻子和儿子会不会到时把这块墓地卖了，换个便宜的给他。

妻子先死，他大概也会嫌这墓园太高级了。

一个孩子牵一头小牛从对面过来，嘴里衔一支口琴，呜呜吹着。山路高高低低，孩子的身影也是一时高一时低。近到身前，口琴声停了。

他友好地笑笑，只换来充满敌意的一瞥。

淡淡的眉毛，大理石雕像一样棱角分明没有表情的嘴，竟有几分像她。

说不定这放牛娃就是他们的孩子。她说过那天不是安全期他不能射进去他还是射了进去，她也说过如果不幸有了孩子就留下她来养。他追着琴声，看见孩子和牛走到另一条山道上，钻进一片矮矮的灰暗的杂木林不见了。

怎么可能呢？他觉得身上潮热，解开大衣钮扣。说过那些话不到两个月，在电话里求他帮忙找个医生的不也是她？因为子宫壁太薄还是别的什么难以启齿的原因她找的医院全都拒绝把那孩子从她身体里拿掉。听见妻子的说话声，他慌忙挂断电话，动作很快的开了静音，把她的号码加进黑名单。

只有 L 和另一个朋友 W 知道他们的事。怎么想到找她睡呢？那么多女人。她也不美，又不爱打扮。妻子喜欢的她都谈不上喜欢。

山道尽头，一丛扁豆卧在围墙上，没摘尽的扁豆被风吹成坚硬的铁粒。

门上没有门环，却有一个瓷做的人偶，细眉细眼，笑得一团和气。

手在口袋里忽然出了一层汗。

门"吱"的一声开了。

一人侧身出来，绿棉袄，紫红围巾。

刚才还挡着他让他不敢上前敲门的畏葸忽而一扫而空，笑着招呼她，"怎么？要出去啊？"自然的就像昨天刚见过。

"我，去田里。"说着，笑了笑，和以前一样。看来她果真并不为过去的事厌弃他。对他的到来，说不定还充满希望吧？愈加拿出主人的样子，"去田里做什么？"

"没什么……"被他的气势压倒了似的，依着门框，不知道关上那门，还是再开大那门，嘴里问着，"要进去坐坐吗？"

"不是去田里吗？我跟你一起去。"

"很近，就在那边。"她合上院门。一笑，一扭腰，也和以前一样，那吸引他的沉稳的气息。要讨好她很难，为了虏获她进入她，他费过那么多心思。望望霉成灰色的房子，问她，"你祖母还有房子留给你呀？"

"没有，这是我租的。"

她笑得勉强起来，头也低了下去。她以前说过，只有一个祖母，一个父母在世时就从不跟他们来往也不和祖母来往的叔叔。可是她的身世向来是她自己也不愿意提的。他看看她，没有再说下去。

走的就是刚才他上来的路。

他一边走着，一边不时地看着她笑，她也笑了，问他，"几时来的？"

"前日。冬至了，给父亲的坟培土。"想了想，终究说不出"自己的墓地也看好了。"问她，"怎么回这里了？在上海不是呆得好好的？"

"这里清净。"

"噢。"他点头，一个嘴角没忍住朝边上歪过去，"上海不清净？"

"不清净。"

"还是这里清净？"

"这里清净。"

"女儿呢？女儿也不管了？"

"女儿有他爸呢。她要读书，还要练钢琴，不像我。"

"不想她吗？"

"想的。过一两个月看她一次。"

"她不怪你？"

"为什么要怪？你不觉得现在的孩子比我们那时候还要独立？"

真是的，他十五岁出门，想都没想过父母。现在也很少想，把他们丢在买给他们的房子里。

她也差不多。十五岁装成二十岁，在异乡像模像样混着，写诗，抽烟，也混出点头来，有人娶了她，继续写诗，抽烟，跟别的写诗的男人睡觉，睡到和丈夫、女儿分道扬镳，从此跟人疏于往来。

大屿的老乡背后说起她，都说她身上有性的气味，真要睡她，她又不肯。

说她怪，还是想睡她。

只有他睡成了。

从强行用手撑开她的阴道，再到床上由他尽情的抽射，是她败了。是她爱他了。他没有爱她。

十年过去，他盘算着，十年过去，好像又变了。又是他爱她，她不爱他了。

这又是为什么？

她还不知道他差一点死，为了洗掉肺叶里可疑的细胞去了五次美国。真被宣判要死了就只想活，只想活。

现在他算是病愈了，再过两年一年，也许半年、几周，谁知道洗掉的细胞会不会复活？

"头发短了……"他看她头顶，有一圈朦朦胧胧的白光。

她还期待他抚她的头发么？衣袋里的手一霎那似也回忆起指间满把的头发，如丝，如纱，轻若无骨。他只是想，手持重地没动。远处，冬天的山上覆盖着一大块一大块的枯黄色。

"我的酒庄有两万亩地，比这一带的山加起来还大……"在那四季如春的地方是没有冬天的。冬天的黄昏也尽可以喝着酒看那辽阔的庄园群山。现在，他的面前只有平缓的坡地，路边弃置不用的小屋阴沉沉的。

失败者才会回来这里。生意场上的失败者，官场上的失败者，还有她这种艺术上的失败者。一个再也写不出诗的女人。连恋爱也不会谈了吧。

"我的马场，全是新疆来的好马。"他意犹未尽，仿佛看到最喜爱的伊犁宝马通身乌黑，正领头跑过。

"你以前就这么梦想的，有自己的森林和游艇。"她说，看着他的脸。

是的，他以前就这么梦想的，他迎着她的脸，笑着说他是成功了，可是付的代价也不小。最让他头痛的就是不得不像条狗一样，对某些官员拍足马屁。谁的话他也不相信，连妻子儿子他也不信。真的这个世界没有一个人是他能相信的。关在医院里的滋味他也是尝够了，还有马上就要死的可怕预感。为什么之前总觉得死呀病呀都是别人的事，上帝会对自己额外开恩，惟独自己有法力跳出这个人人会到来的结局？

"病得快要死的时候，你才知道原来什么都没有。真的什么都没有。"说到这里，他的声音低下去了很多。好像这句话只是说给他自己听的，是自己跟自己交心的话。

她就像没有听见，整个人恢复了刚看见她时的轻快。

她的田不到两分地，一行青菜，一行菠菜，一行大蒜。一条一手宽的小溪绕过三行蔬菜，土因此湿润油亮。

溪的另一边堆着发黑的豆荚，看上去秋后收过豆子，这块地就一直荒着。

大屿出海的渔船这几年越来越少，不管种蔬菜还是瓜果都带着几分咸味的地更几乎没有人愿意种了。

空旷中只有三座坟排成品字形朝着他们。坟后一棵大树，几乎把光线遮没了。

天又阴暗了一层，阴影落在她明快的脸上。和他来之前想得差不多，她是不会追问从前的事的。

不是 L 说起，他真不敢相信她也跟人借钱了。可是仔细想就是 L 说到她跟人借钱他才下决心来这里一趟的。一个需要钱的人总比一个不需要钱的人容易亲近。

左边的衣袋里就装着买墓地剩下的钱。这么多年生意做下来，他还是喜欢现金。只有感觉到它们鼓鼓囊囊的塞在口袋里，他才踏实。

等一会她一定要提到她的困难吧，他就给她一点。这对他来说只不过是小事一桩。

更阴暗的云层笼罩下来。

是要下雨了吧？

不约而同都抬头看了一眼，看到的还是那三座静静的潮湿的坟。

"一个人在这里不怕？"

"开始有一点，后来不怕了。这里有五个人。左边这个坟里有三个人……"

"哦。"他应着，差点又想说自己的墓地已经定好了。

"听说三个都是孤老，被人合葬在一起。"她又说。

"你可以写首诗吧？"他说，没得到她的反应，自嘲地踢了踢脚边的一棵青菜，"这块田现在是你的？"

"房东说这田无主，随我种什么。"她蹲下去，看准了一颗，"喀嚓"剪下。

他俯视着，又想到大屿的熟人议论她的话，她身上的性的气味。她自己好像并不知道。

手指又有被软肉包裹的奇妙的感觉。她就是在他的手先得手后软下来的。无论是她的身体还是内心——她们写诗的叫那东西精神吧——好像都从他的手上得到了快乐。在他的车上，外面下着大雨，雨丝拉得长长的，他们本来想沿着湖边走一走的，结果困在车里哪里也去不了。车厢里全是她的气味，她的性味。

现在，她就蹲在他脚边。左边的半个脸，好像被什么东西压得凹下去了一块。

听说有一段时间她经常哭，脸抵在家具的一个角上。

他继续俯视她，专心的，想用上全部的心思，试探着说，"刚才路上见到一个放牛的孩子。"

"你说后脑拖根辫子那个吧？山那边老王的孙子，爸爸送货被车压死了，妈妈另外嫁了人。家里就爷孙两个，老王当作命根子的。"

他记不起那孩子头上有辫子。她这么说，就不是他的了。他始终不太相信她会怀上孩子，把这当成她独特的示爱，一个不会说我要钻石我要衣服鞋子我要汽车房子我要结婚的女人的示爱。他们最后在一起那一次，才见了面她就那么紧地抱他，让他怀疑自己有什么地方值得她如此。算起来他一共射过她四次，那差不多是他对一个女人的喜欢所能保持的最长的时间了。

　　她直起身，"我还要摘点东西……"

　　很快，她已经走出半里远，绿棉袄和围巾的紫红色隐在树枝之间。

　　他望着地上的篮子，几片伸到篮子外面的菜叶，忽而迷茫起来，这时要走，也可以走了。

　　他并没有很明确的目的。

　　既然她根本不恨他。

　　把钱放到篮子里什么也不说走掉也许更好。

　　给她钱的场面，想起来总有几分尴尬。

　　他的脚尖在地上转了几圈，"好了。"她轻快地转出来，手里捧的一把野草夹着一枝白色的小野花。

　　他摇头笑，"头一次去你宿舍，桌上也是花。你说是蒿菜花，插在刷牙的塑料杯里。"

　　"你还记得？"她笑。

　　"记得。"

　　"还记得什么？"

　　"你那时都不理我。看到我就像没看到。"

　　"也奇怪，住在大屿这么多年，一句话都没说过吧？"

　　"一直到离开大屿的船上，我问你，你才说了。"

　　"真的。"她的脸上又流露出离开大屿那天在船上遇到的惊奇的表情。

　　又是很多年以后，他去 L 那儿，正好那天她也在，她来找 L。

　　在 L 家里，他要了她的电话，再接下去他约她出来吃饭，她一个人来了……

"你还记得那时我们一起吃饭？我们总是要一碗面一份饭，我吃你的饭，你喝我的面汤。"

"记得。"他说，其实，他是想不起来了，他们真这样一起吃过饭。

不过他的心是真的。他现在想说的也都是真的。他有多少年没有真心对人说过一句话了？

十五岁坐船从大屿离开，对同一天坐同一条船的她还是真心的。在L家里问她要电话也是真心的。

可那时的她，一心想着她的诗歌，对他这种只想着赚钱的人根本瞧不上。

所以，撑开她的那一霎那，随之而来的胜利感才会那么巨大。至少有一秒钟他恍然站在最高的地方，手一举就能触到天。

屋檐下的走廊很宽，铺着木板，被没加工过的贝壳占去了半边，另外半边是一张小方桌，一只从前用来烤尿布的高脚木凳。

一件洗旧的白睡袍斜荡在绳子上，他不禁想起在她房间里三下两下扯去她的外衣，那一身雪白滑腻的皮肤。

"进来坐吧。"她踏在台阶上招呼他。

西边厢房门开着，里面有一张案台，一只牛皮纸台灯孤零零地站在案台和墙壁间的过道里，地上落着灰白色的粉尘，窗前的木架上挂着一摞挂件，地上一只红木箱面上嵌的贝壳掉了几块，露出难看的窟窿。

"你还做这个？"

"我说了不一定行，他们还是要留下，试着修修看咯。"

"卖得好吗？"他用目光拨弄着离他最近的一个鱼形挂件。

她说，"一般吧。"转来转去烧水，找茶叶，洗茶杯。

她看上去并不反感自己，一个睡过她的人，再见面总还有点余情。最多算是余情，不可能再有爱了吧。

自己这一边也是绝没有爱的，只是以他生意人的精明直率的问，"只靠做这些，不借钱撑不下去吧？"

她回答他现在做什么都不好做，海里都捕不到鱼，休渔一休三年。

"L说你有段时间很困难。"

"这段时间已经过了，现在好多了。"她站起来，把窗往外推开一点，看了一会回过头问他，"你是怎么知道我在这里的？"

"当然有人看见你。"

"L吗？我住过来一次都没有碰见过他。"

"你没碰到别人，别人会碰到你呀，不叫你，是怕你不理人吧。你这么清高，大家都有点怕你的。"

"怕我？"她的一个嘴角像他那样往一边歪了一点过去，"总是当年一起去上海那几个，不是L，就是H、W他们，对不对？"

"你跟他们都有联系吧？"

"没有，我找过L，住过来之前的时候。"

"眼光不错，L是我们这群人做得最好的，服装做到巴黎去，以后你买衣服叫他打折。"

房间里只回荡着他一个人的笑声。

她无声地看着自己的手。歪过去的嘴角收了回来。她还是看着自己的手。从前有一阵大家一致说她的手比脸漂亮。

"你真不错，你看，一点没变。"

"怎么没变？声音变了。那一阵老喝滚烫的东西，喉咙也喝坏了……做了手术也没恢复。"

那一阵？哪一阵？

"人也变了。"

"你不老，我才老了……"又想到已经看好的墓园。

"不一样了。"她交替地抚着自己的手，"真的，好多想法不一样了。以前真不明白为什么会这么讨厌这里，一心想往远的地方跑，这里和那里，难道不是一样的吗？此是这样，彼也这样，怎么可能此不这样却要彼这样？"

他调侃她"诗人的话就是深奥。"也知道她是调侃不起的，有些时候她认真得滑稽，她说的"我们不在一个平面上。"也实在让他听不下去，反问她，"我们现在不就在一个平面上？"

"我们只在同一个空间里，就算我们近得叠在一起也还是不在一个平面上。"

依然认真得滑稽。也没有再给他添茶，仿佛不准备再跟他说什么。

十年前她是怎么勾掉他的魂魄的？他心里一个荡漾，一股莫名的勇气生上来，"想不想重温一次旧梦？"

她的茶碗一晃，差点泼出茶来，问他，"还能重温吗？"

"当然能。"

她啜茶，"你后来一点消息也没有……"

他想起那个中午，她说在马路上，他听见电话里汽车开过的嘈杂声，不明白要对她和那个突然冒出来的孩子做点什么。他刚起来刷好牙洗过脸，慢条斯理喝着茶盅里新沏的茶。客厅里那两个才是他的孩子，一个儿子，一个女儿，他们在嬉闹。他看着他们生下来，尤其喜欢女儿，喜欢她放肆地坐在他膝上揪他的头发胡子，因为他背着他们打电话突然好奇地扭过脸来看了看他。常年泡在生意场里，他有超常的警觉，一旦感觉到危险，便避开这危险远远的。

"谁？"妻子问。她打扮好了，像一支淡绿色的荷花飘着香气，准备跟他出门陪美商逛市场。

"一个客户，真让人讨厌。"他说，放下手机，不动声色端起杯子，啜了口滚烫的茶。

起初几年他时常还是想起她，像晴天突然飘至的乌云，一霎那身心皆疲。久了，成了压箱底的照片。

"那几天是真的忙。我说过的，在我心里，有一个抽屉永远留给你的。你呢？你早忘了我吧？"

"不，这几年才忘的，开始还是想的，还是想的。我总是做梦，梦见自己在海里游着，四周一片黑暗，开始什么都没有，慢慢浮起一个岛……"

"在你的梦中我就是海里的一个岛吗？"他觉得难以置信。

"是的，一个岛，又有点像舞台。"她出神地看着地板，似乎跟他一样难以置信。

"舞台？你想到舞台上演什么？"

"演完了，音乐也停了，有个人站在那里。"

"演完了？那是出来谢幕吗？"

她真的是不美，却仍有着吸引他的东西，这不应该是L他们所谓的性味。十年前，他刚走到她房间里，坐到她床上，她便上来抱住他，由着他扯掉衣服，推倒，压下去，翻过身去……他竟不知哪点让她死心塌地如此，恣意压她。此时无论如何喊不出那一个"来"字。

天越来越阴暗。

"你走吧，要下雨了。"她说。

"噢。"他站起来，想起衣袋里的钱。

"我送你到门口。"她说，先走到了院子里。

他从衣袋里抽出一叠钱估摸着够去医院做三次流产正要放到桌上，刹那的犹豫之后又放了回去。

在门口，他对她说，"以后有困难跟我说，看看能不能帮到你。"

她笑着摇摇头。

"我是说遇到困难的时候。"

"好，遇到困难的时候。"她不笑了。

院子里，一只鸟掠过屋檐，往他们刚才去过的菜地那儿飞去。

"这只鸟很怪，天天这个时候飞来飞去，雨下得很大它也不停。"

他看了那鸟一眼，只有她才会注意这种东西吧，"那我走了。"他说，看着她，就要迈步的雯那，她走上前一步，好像在说等一等。

"嗯？"他不解地等她走上来。起先只是把胳膊松松的搭在他肩膀上，随后却收紧了她的那两支胳膊，好像想把她的热量全都留在她的胳膊能攀得到的地方，好像这样他就能逃过一死，很久很久地活下去。她一定是知道的。L会告诉她，他差一点病死。她真不必这么对待一个抛弃她的人。"我以为你要上来打我耳光。"他笑着说，笑得很急促，他真的有点喘不过气来。"是吗？"她也在笑，跟他一样呼吸不到足够的氧气似的笑得很急促，"我倒是想打你耳光的。不过那是在很久以前了。现在没什么了。真的没什么了。"

她松开了胳膊。在那很短的时间里，他听到身体里哗啦作响的声音，那是一卷一卷像布一样长长的缠着自己的东西被打散的声音。他不愿意去看布一样的东西的最里面，不想和最里面最鲜明的自己面对，只要离开她，稍微走远一点，那布一样的东西又会重新包裹住他，让他变得尖酸、吝啬、自以为是、不近人情、永远正确。

刚走出院子，雨就下下来了。

他撑开司机给他的伞。经过那片巴掌大的田，他又看见那只鸟，它还在飞，拉直被雨打湿的头和翅膀。它大约不会去想这么飞着有什么意义？它是只有飞下去飞下去的。这么说，他和这鸟还真像，他也是只有把钱再更多更多的赚下去的。

他回了好几下头，像遇到狐仙女鬼的书生，唯恐一走之后只见荒坟野地，可那房子始终在他看得见的地方，随着他往山下走一点一点的高起来。

只是雨越下越大，终于像块幕布，把他身后的天和地远远的隔开了。

支 架

百灵的印象里，那只牛奶瓶子高高地搁在灶台上。既如婴孩般肥白，单纯，又如女人一样复杂，有女人的形体，有女人的色，有女人的香，雪白滋润，饱满，像对面深玫瑰红窗帘后面偶尔一显的那个女人。

傍晚某个时刻，它倾空了，重新放到门口的牛奶箱里。公共厨房里弥漫着牛奶淡淡的腥气。牛奶，与喝牛奶的生活，对于百灵来说一样遥远。

百灵其时只是一个居于小县城的小姑娘，五六岁看上去有七八岁高，雪白的腿夏天布满蚊虫叮咬的痕迹，如剥掉粽箬的赤豆粽子。百灵最害怕在公共厨房烧饭的女人拉住她，看她的腿，叹她"作孽，生得不是地方"，谆谆教导"将来读书读到上海来，结婚结到上海来。"

百灵不置可否，急着从这浓得不适宜的热心中逃出去。

这间公共厨房据说夜里闹鬼，都说是一楼死掉的老太婆作祟，天天深夜里跑回来切菜。终于有个胆子大的受不了夜半单调诡异的"哚哚"声，翻身下床一口气跑下楼，推开门，大喝一声"啥人！不要吵了！"切菜声消失了，月光匀净地铺洒在灶台上，照耀着摞在一起的锅碗，空无一物的砧板。寂静中，一只砂锅忽地滚落到地，碎成几瓣，惊走跟上来看热闹的人。父亲不无快意地告诉百灵，"谁叫他们从前打她，吐她口水，骂她资本家老婆，往她粥碗里撒煤球灰。"

百灵回到县城，说给母亲听，母亲说，"她活着时总说你爸爸人最好，从来不欺负她。"

这个门牌号里喜欢恶作剧的人里也有百灵的两个姑母。

父亲人最好，为什么去了安徽，再也回不到上海？从来没有人回答她这个话题。

百灵永远记住了那只尊贵的，沉默不语，傲视睥睨的牛奶瓶子，同时始终害怕着那间气味复杂的黑漆漆的厨房，以及那个并没有吓过她的鬼魂。

小妹最小。

绍兴路东端，某弄十八号三楼带贝壳形阳台的阳光充沛的房间里，小妹坐在床上，细心地绣着枕头套。桃花、荷花、牡丹花，连枝条带叶子开在枕头上。小妹绣花，一粒花芯子也不含糊的，一粒是一粒，在布上饱满地凸着。

小妹的大哥，二哥，阿姐，相继去了安徽、黑龙江、云南，小妹独享留在父母身边的日子。有无穷多的时间，在食品店烘奶油蛋糕的香甜里，准备自己的嫁妆。

其时，小妹的大哥在安徽一只煤矿的矿井里爬上爬下修理设备，拍了蓬头野鬼一样的照片回来，再无从前读书人的斯文样子；小妹的二哥在大兴安岭用肉罐头打发无聊的时间，碰到生产队杀猪杀牛，伺机上前去做屠夫，以期有一盘红烧猪下水、白炖牛杂碎佐酒；小妹的姐姐从云南带回一筐筐发青的香蕉，回家的短暂时间爱上隔壁毛家最小的儿子。

小妹究竟绣了多少枕头套，谁也不知道。

小妹的男朋友德庆，昔日火柴厂老板的小公子，出落得圆头大耳，身材壮硕，因抄家时趁人不备藏了一根金条在弄堂里声名大噪。德庆对此并不讳莫如深，他有啰嗦的习惯，尤其饮酒之后。这条不知藏于何处的金条给德庆笼罩了一层令人遐想的金灿灿的光芒。

小妹不承认她结婚前的某个晚上，见识了这根传说中的金条。

"啥个金条？不要瞎三话四了！"小妹断然道。她额头高阔，尤如马来人，两只眼睛因为分得略开，看人时总像有些摸不着头脑，其实思路清楚，对自己的东西天生有着死死护卫的本能。

小妹的新家在淮海路上，食品公司后面。百灵跟着小妹——百灵叫她小孃孃——先上了一道黑而陡的木头扶梯，再是一个过道，便是小妹和德庆的新房。

房里塞满乌黑沉重的家生，张着帐幔的巨大的床，三开门的衣柜，吃饭的桌子，凳子，把房间挤得只剩一条一人宽的过道。百灵被安排坐在门槛上，吃着奶糖，好奇地望着帐幔未披紧处露出的淡粉红色的床褥。

此后不久，小妹的儿子出世了。

夏天，父亲送百灵到十八号。百灵因为父亲走了站在没有人的厕所里哭。

旁边咫尺，就是浴缸，洗脸盆，散发出浓重的污垢的味道。地砖的花纹早已磨去，只残存若有若无暗红的釉质。百灵站在暗红的地上，望着对过天井里的棕榈树，披着棕毛爬向三层楼，期待自己长大，期待读书、结婚。

夏天的上海，天气好得不能再好，风雨极其稀罕，要发作也在夜间，只在次日清早突然弄出一地湿淋淋的叶子。百灵在房间和晒台之间跑上跑下，躲进储米储杂物的储藏室，闷在里面不出来，被迫吃拌了花生酱的凉面，蘸了醋的锅贴。她因为花生酱厌恶凉面，因为醋厌恶锅贴，下午四点被面色疲累动辄发怒的祖母赶进浴缸洗澡，入了夜，坐到晒台上喝一角钱一壶泡来的冰水，在些微的凉爽中朦胧睡着。

彼时的百灵为两个问题深深困扰着。

"爹爹，死是什么？"

一道乘凉的祖父斟酌着回答孙女，"死呀，就像睡着了，不再醒过来了。"

沉思半晌，百灵又开始问了，"爹爹，那天的边在哪里？"

"天没有边的。"

"天没有边，那天从哪里开始？到哪里没有？"

"百灵，天是圆的，每个地方都可以算作开始呀。"

百灵深以为身形瘦小的祖父知识有限，固执地怀疑天有一个祖父不知道的起始、中间和末端。天太高太远，死却近，每年都有亲戚死，不敢挤到床边看那遗容，却能感觉到白布单下的寂静。她等待着，什么时候困着不醒了，她就死了。可她不断地睡着，又不断醒过来。

母亲做的对襟小马甲掩着百灵突着勒巴骨的前胸。被祖母和姑母呵斥不准再跑，百灵的屁股老实地钉在椅子上，两只手背上搔搔腿上搔搔。再被呵斥，就挖着指甲消磨时光。

被生活损坏的东西这样多，隔一会就有一个声音由远处唱过来：阿有坏的阳伞，坏的钢盅锅子……唱得最多的是——阿有坏的棕棚修伐？阿有坏的藤棚修伐？百灵不知藤棚何物，每听到便奔向窗台，啃着指甲寻那人间穿街走巷的人，目送其身背棕毛器具走远。喊住他的主妇微乎其微。

百灵的眼睛里淌出眼泪，自以为与这个终至不见的灰淡的背影实为一人，不知要到哪里落定。因为不肯随便扎向一块土地，长到三十多岁仍是一粒种子，破不了皮，生不了根。

在十八号，百灵的父亲被人叫做安徽大儿子，百灵则是安徽大儿子女儿。

还没长到进学校读书的百灵在十八号寄居的夏天极其漫长。

小妹手执大号调羹，填北京鸭似的用食物填着儿子的肚子。

因为总是来不及吞咽，小妹的儿子渐渐有了一双微爆的圆眼，看人睹物单纯明净。

做了父亲的德庆，愈发圆头大耳，身材壮硕了。百灵在小妹家逗留的次日早上，德庆为吃生煎还是小笼问了百灵半天。在小妹的呵斥中，德庆拿着双耳钢筋锅，去弄堂口买回一锅小笼。

同百灵讲，"小笼么要蘸醋的。小笼不蘸醋有啥味道？不好吃的。哎。"

"百灵，醋不要蘸介多。哎，侬吃过小笼伐？哎，侬读几年级了？噢，还没有啊！哎，侬会数数字了？数数一笼小笼有几只？吃掉两只还剩几只？"

德庆的罗索摧毁着小妹的耐心。

"侬不要讲了！"

"谢谢侬不要讲了！"

德庆动动厚厚的嘴唇皮，又嘀咕了几声，看看小妹，终于不敢了，不响了。

富起来的人那么多，没人再要听德庆讲他的金条，没人再拿德庆的金条当一回事。因为罗索，德庆被小妹的娘家讨厌着，过年被支到厨房里煎春卷，弄了一地的油回来，刚一开口，小妹火起，"还要讲，还要讲，不讲侬会死掉？！"

某一年起，小妹娘家的饭桌上再也看不见德庆了。小妹一个人来，带着儿子。

德庆买卖股票的意识不知是否出自开火柴厂的父亲，他的投机也出自遗传？很早知道要从股市里赚钞票的德庆斜背着包，包里塞着茶杯毛巾，天天去证券公司，成了老股民。德庆很快有了钱，这些钱里的一大部分虽又还给了证券公司，德庆的钱还是多了。德庆有钱吃了，天天吃，糖水罐头，奶油曲奇，条头糕，叉烧包，什么甜吃什么。德庆吃粽子一口气可吃五只，吃宁波汤团，一吃就是两碗，廿只汤团呼噜呼噜几分钟吞落肚皮。德庆的年纪在股市的上涨跌落中一岁岁大下去，不知不觉，他的背已经微微地伛了。他的头颈，因为胖，越来越显得粗短。他的眼镜，因为长时间在暗淡的光线里研究股市信息，镜片越换越厚。可那段日子，还是德庆这一生最意气风发的时候。

"买股票呀，就像到狼的嘴巴里掏肉。"

"嗖。"德庆臂膊一伸，"掏一把。"

"嗖。"德庆臂膊一缩，"好！掏着了！快点逃！"

狼嘴里掏着肉的德庆去了很多地方，穿着西装，头发笔挺，拍了很多照片。

某弄十八号三楼的储藏室拆去，房间豁地亮了，百灵幼时的秘密在飞舞的灰尘里散去。百灵的小孃孃——小妹从前绣花的床也随之拆了。叔叔从大兴安岭回来，独自抽烟，独自看书，无事把她关在凳子底下，乐得大笑，笑到大咳。

已经读一年级的百灵缩在凳子的四只脚里等别的人过来，把她从凳底放出来。那种窘迫冲淡了下午得到点心的快乐。壁炉搁架上总有一只哈氏食品厂的白纸盒，装着点心。祖父买给她的，每天一只。百灵喜欢长长大大的鞋底饼，饼上撒着白糖。百灵吃着，太阳光照进来，照在白糖上，宝石一样闪闪发光。淮海中路上的这家店如今依旧人气极旺，不花点力气挤不进去。百灵手指飞落点着凯克、杏仁条排、椒盐桃仁酥——怕慢了就买不着一样，只是鞋底饼这一类东西不大看得见了。

某一年，百灵猛地发觉房间里多了一套崭新的家生。许多年以后，百灵读到叔叔的一封邮件，才知这些家生的一部分板材来自大兴安岭的两只木头箱子，已过三十的叔叔用箱子的木头做了家具，结了婚。

叔叔的女儿出世前一天，祖父死了。

令百灵惊异的轮回。一个人走了，一个人来了。一个人的第一个脚印，叠着一个人的最后一个脚印。怕着祖父僵硬的躯体，怕着他戴了大半生的帽子下苍白消瘦的面孔，百灵哭祖父睡着了，不再醒过来了，壁炉顶上再也没有白的纸盒子了，百灵从此再没有鞋底饼吃了。

已经读完小学，早早长足的百灵从灶台旁边走过，看了一眼搁在上面的牛奶，一瓶婶婶的，一瓶叔叔的女儿的，没有她的份。没有份的东西她不多看，她走过去了。偶尔用父亲给的钱去弄堂口的小店买纸托蛋糕。撕下纸托，边走边飞快地吞着蛋糕。父亲来，买了双酿团站在马路上吃。店门口站了许多人都在吃团子，双酿团里的黑芝麻粉飞出来，黑憧憧的，空气里飘着香。这是一个有香气的地方，她惘然地吃着，不时用手拂去嘴角上粘的黑芝麻粉。她大了，没有人再拉着她，说她好看了。脱去胎里来的丽质，她成了再普通不过的一个女孩。

小妹——小孃孃绣花的位置上多了张床，一张折叠小钢丝床。叔叔的女儿睡在这张小钢丝床上。

大兴安岭的木头做成的家什隔一两年摆过一次，以获得新鲜的感觉，离婚的结局还是不可避免。睡梦里惊醒过来的百灵隔着白纱窗帘看着叔叔婶婶互相指着鼻子相骂。世象在深夜里毫发毕现，晶莹剔透。百灵好几年没来，避着这尴尬的相打，等她再来，婶婶已带着女儿搬出去了，叔叔随后也搬了出去。

某弄十八号三楼的房间寂静了。以木箱子为主要板材的家生，毕竟不如小妹新房里那套家生乌黑沉重，迅速退了色，显露出匆促打造的粗糙，先天的单薄。

百灵曾看着祖母用两壶开水烫死烫跑无数蟑螂，除了夜里偶尔有胆大的老鼠旁若无人跑过，并无白蚁虫蛀等有损此房的灾害事件发生。历经八十几年的柚木地板依旧完好，蜡一打，高跟鞋，平跟鞋，软底绣花拖鞋，运动鞋，所有的鞋印一概去除，不留下一丝踪影。厕所暗红的釉质完全消融在灰黑的水门汀里，浴缸黑一块，白一块，暴露暗藏的铁质，租房的人苟且在这儿沐浴，留下一道道污垢，醒龊得惊心。

小钢丝床一直没有拆。

百灵读书没有读到上海来。结婚也没有结到上海来。她在小县城上班了，偶尔趁放假来到这里，像小妹——小孃孃从前绣花一样盘着腿，坐在小钢丝床上。

小妹绣的枕头套，直到今天仍有数对安置在五斗橱里。百灵来了，祖母拖出一只来，放在小钢丝床上。

她只是一个"不来事"的人。不成功名，无从得利，温和无争，无缘人生的争执算计。

电视机还开着，走了一天路的百灵枕着软软的枕头睡着了。

连续几年，德庆饕餮之徒一般狂吃着证券公司免费提供的早餐、午餐，他一顿喝得掉四五罐甜腻的饮料，一度极满意自己的身体，犹如一台消化甜食肉食的精良的机器。

淮海路的房子要拆迁了，德庆终于把他的金条取出来，去银行换成钱。当年胆子大一点，多藏几条，那将是如何好的光景？那真是无法计算。时代偷换着个人的钱财，以堂而皇之的理由公然把它从某人的口袋换置到另一人的口袋。这根金条是德庆不幸中的幸。靠着这根金条，德庆安然度过拆迁换房欠缺资金之荒。

从繁华路段搬到上海郊区的德庆仍勤勉地出入着证券公司。他既从狼嘴巴里掏得出肉，也会被狼咬掉手指甚至一段臂膊。小妹风一样刮过来的咒骂，德庆不敢接一句嘴，豁达地看待着股市长期的低迷——儿子长大了，会赚钱了，且赚的钱上海滩上算多了，他可以失败了。

前年德庆昏迷送往医院，医生在心电图检测仪上发现大量心梗记录。难道心梗也像汽车？只要开过断无隐灭踪迹的可能？德庆对此毫无感觉，他只有诧异，不知自己深夜昏睡中曾逃脱过死神多次。而同时，他的血压已升到可怕的高度，一个小小的侧倒便会让他半身不遂在床上躺着度过余生了。最让他毛骨悚然的是，他全身的血管已经被甜食中的糖分严重腐蚀，糜烂，粘连，脆弱，血流在这样的血管中运行，随时会冲破血管导致他死亡。

德庆迅速消瘦了。

他无法接受这样的事实，如果他还想活下去，就必须——花费巨大的医药费，在大腿内侧开孔，置入支架，十五年后，由医生取出，换置过一幅新的支架。他的身体里终身都将存在着一具肉身不同材质的支架了。

狂吃的日子这样短暂，还没有享受够，就永远结束了。

德庆有了只属于他用的一把躺椅，他长久地坐着不动。原来乌黑沉重的家生，在房间扩大两倍后，和新买的家生混在一起放着，依旧乌黑沉重。

没有人的时候，瘦如一具空衣裳架子的德庆，凝望着照片上的自己，穿着西装，头发笔挺，对世界微笑。

他简直不能相信，这个人是自己，这个人曾经是自己。

小妹服侍他吃完饭，在躺椅上坐下，走到另一个房间终于啜泣了起来。她因为抑着自己不放出声来，抑得肩膀上下耸动。她无声地放着悲声，恐惧着失去他——一旦德庆死去，她再无可骂的人，再无可推卸自己失败的理由，仿佛她一直以来的失败、不如愿全都因为他，全都是他带给她的。她只从未想到过，咒骂的话经过一千遍一万遍，会成了真。更未想到过，这失败倒过来恰是成就，正是德庆成就了她的强悍，成就了她的从无悲声。

百灵沿着绍兴路北侧的人行道慢慢地走着，这条马路上著名的房子因为梧桐的掩映，并不显露出著名的样子。浓阴笼罩中，昆剧院的大门总是关着，新闻出版总局只向路过的人展示一小块淡黄的墙，很难想象这幢宅子里曾自设教堂，有自己的唱诗班和乐队。汉源书吧昏黄的灯光，隔马路望过去，又是一种情味。咖啡的味道从关紧的门窗里飘散出来，一爿小皮货店深陷在地下，借着与路面齐平的窗户投进的光，支光很大的台灯，年轻的女店主在皮面上量着尺寸，画下一些线条，坐在缝纫机跟前嗒嗒地踏着。那是百灵喜欢的人生，不依赖别人，凭着勤勉，活计的做工和品相，招揽趣味相近的买主。

走到底便是陕西南路了，百灵向右转过去，走至南昌路口小烟杂店前，一摞摞蓝塑料筐盛满牛奶——和过去一样的瓶子。

自从某一年她在这里发现了牛奶，每次来都要过来买上一瓶，如同与过去的自己会面。

白而微黄的液体永远填不满她小时候对牛奶的憧憬。只是，它现在这样稀淡，一天不如一天的稀淡，不仅没有营养，而且有毒。前年喝出消毒水的味道后，百灵再也不去南昌路了。她去书店买书，去博物馆美术馆看展览，去剧院看戏听音乐，她要自己培养自己，教育自己。

不管白天在哪里流连，晚上百灵总要回祖母这里，坐在小钢丝床上，从前小孃孃——小妹绣枕头套的地方，和祖母说着闲话。

这房子吴铁城造的，祖母说，造了九十九间，送给女儿做嫁妆。

百灵说她知道。

吴铁城做过市长。祖母说。

百灵说她知道。

吴铁城从前跟你爹爹很要好。祖母说。

百灵不说了。叔叔早几年就说祖母有痴呆症了，难道这也是痴呆症的一种？不过是臆想，还是说明祖母信任她，要告诉她在脑中徘徊半个多世纪的往事了？

从深远的过去飘过来的往事，是绮丽的，也是传奇的。从浙北殷实之家走出去的祖父，不知何以读了军官学校，做了军人。

从广东到成都，再从成都至上海，追随政府共赴国难也罢，命运所促也罢，大江大海的一九四九，如果用吴铁城（不管他是不是真与祖父有同门之情）所送的五张船票携家带口上了船，去了台湾，三岁的父亲成了年将是眷村的一员，不会去浙江寻她母亲，世上便也没有她了。

目睹满江面飘浮的无主的箱子，不知死活的人，祖父下了留下不走的决定，落户在此，生儿育女在此，给二十二年后的百灵留了出世的通道。祖父七十五命终，遗骨归乡，葬于年年秋天桂雨飘香的南高峰下，又是许多年后。已知人间世情，已知温和无争由来于祖先的百灵，上坟扫墓豁然明了她是要感激的，感激祖父，祖母，父亲，母亲。他们是她的支架，落生前便根植于她身体内的支架。才让她身为普通人，却去追求永恒不灭。

她专心听着祖母唠叨——这样的机会必是一年少似一年——偶尔瞟一眼窗外法式的红色大坡顶，祖母种在破面盆里的月季极尽渲染的浓烈地开着。

　　　　小妹啜泣完了，悄然站在房门口远远望着德庆。过去她从来没觉得德庆高大过，现在，身体里装了支架的德生却高大了。他闭眼小睡时，她沉默地，久久地望着他，简直觉得他巍然了，巍然得她不可缺少。

在遂昌的金矿里，已近青年尾声的百灵迷恋地看着橱窗里最大的一根金条。在红丝绒的匣子里，纯净，澄澈，高贵。

时至今日，百灵终于知道金子与资产阶级，与生活腐化糜烂，与堕落，与贪欲，与小时候被迫接受的关于金子的一切血腥罪恶毫无关系。

它就是金子。它就是金子本身。

不管如何深埋，金子永远是金子。是坚刚不坏之物，人之元神，净如琉璃，光如满月。

一切都还好

百灵希望自己也是金子。就算晚了一点，在恰当的时间恰当的地点终于仍能发出光来。

一年里总有几天，百灵像一只候鸟，在特定的时候，带着特定的心情悄悄来到上海。一个人在马路上走着，她有时想，她同上海是有缘份的。

一切都还好

所有过去的你，都如影随形地追随着你。

——李尔纳·杰克伯森

看到 C 得到卫生部嘉奖的消息，她正独自在西部游荡。那是她的梦——去西部，一个人。要有艳遇吗？有也好，无也可。每天工作连着工作，越来越没有自己了。十几岁的旧梦，现在她都快四十了。还好，没实现得太晚，可也没有想象当中的惊喜。

C 在电视屏幕上出现的时候，她刚洗好澡，在旅舍窗前弄干她的头发。这几年她是变了很多，没有变的可能只有她的头发了，她还是喜欢长头发，这是最能体现她固执的地方。窗外还有点亮，她没有开灯。白天她去了魔鬼城，看了雅丹地貌。在那些奇形怪状的巨石面前，她惊骇地发现寂静也是有重量的，回旅舍多时仍压迫着她。

就是为了驱除寂静她才开了电视机的。随后，她看到了 C，对着镜头，在作得奖感言。还是那么落落大方，高大，直率，就像站在血液中心会议室，面对他们这群前来进修的医生们侃侃而谈。

看到他稍稍扭了扭脖子，好像被衣领磨得不太舒服，她笑了。她知道他这个小动作，只有谈血液谈研究成果他才有讲不完的话，总的来说他不擅言辞，容易被人认为沉默寡言，孤僻，不合群。

她以为不会，心还是空了一空。

怎么可能？他们不联系快三年了。她翻出 C 的号码，想到被 C

误以为对他留有旧情，又犹豫了。况且今天他的手机一定要挤爆的，各路老师、同门师兄弟、学生、朋友打电话发短信，让他应接不遐。

她尽管犹豫，删删改改的，还是很快写了一句"在电视上看到你得奖，祝贺你！"点了发送。

暗下去的屏幕没有马上亮起来。有五六分钟，她的心神全在手机上，然后发觉窗外的天色暗了一层。入住时服务员告诉她过了路口往左拐有小吃街，这本来就是她今晚的内容，找家小店美美吃一顿，再逛逛夜市，不会因为 C 的突然出现而打乱。

路上她看了好几次手机。没有回复。没有。没收到？看了不想回？

没人知道她和 C 的那些事，和女友聊变态男聊无情男聊得最嗨的时候，她也憋得住不提 C 一个字。她读书，从书中领会别人的经验："永远要记得，男人走出房间，他就把一切都留在房间里了。而女人出门时，她就把房间里发生的一切都随身带走了。"

她自己的经验则是痛苦这种情绪跟嫉妒跟羡慕一样总会过去。

在这条人来人往的街上她东张西望，落落大方，一个落落大方的孤身游客，在找度过一个夜晚的落脚点。

居然认出几张熟悉的脸，下午去雅丹地貌，跟他们同一辆车。他们有七个人，四男三女。

他们也看见她了。

她先朝他们招的手。

有一个也朝她招手了，另一个干脆直接发出邀请，我们在聊雅丹地貌呢，你觉得有意思吗？我们这里是四比三，没意思的四票。

她加入了他们，坐到他们挪出来的空档里，问他们，你们不怕五比三？

不会，两个人笑，还在魔鬼城他们就发现了，她比他们走得都远，要甩掉所有人似的往深处走。

一个反对派说，你当然知道导游不会拉掉你，你不上来，一车的人都得等你。

另一个反对派长着两只大眼睛，狡黠地看着她问她，你在那儿发现了什么？

好吧！她说，我们今晚就来聊一聊你在那儿发现了什么？

另一个反对派说，有意思了，你看卡佛吗？

卡佛？卡佛是谁？

卡佛是个美国作家，他有个小说名字叫《当我们谈论爱情的时候，我们谈论什么》，春上村树知道吧？对，他翻译过卡佛，他也写了本书，就叫《当我谈跑步时我谈些什么》。

啊，你是作家？

男人笑，和作家何止十万八千里，我在医院。

啊，碰杯碰杯，我也在医院。她说。

夜色适时地柔和起来，和这几个人的界限在模糊，和 C 钩在一起的神经暂时切断了。

虽然她其实还是间接地想起她被选送省一院进修的时候，他们有十五个人，吃饭分两桌，也是一边七个一边八个。

那时她是唯一没有拿到博士学位的人，只是在血液学上有一点被人们认为有独到之处的论点，写过几篇论文。在她当时来说，这就是一个天上掉下来的好运气。没想到报到当天就有人要求退出进修，说这个进修另有目的，又是找省一院院长，又是找省卫生厅的人，闹到晚上才把他们送去进修点。那是旧疗养院改建的教学点，不是她原先以为的省一院。除了上血液方面的专业课——那些课对她来说太难啃了——学校也安排和厅里及院里的某些领导参加活动和聚餐。这是他们拉近关系的机会，第一次见 C，就是在饭桌上。之前，C 的名字，她是早有耳闻，乍见之下，却难以相信他这么高大，像只桀骜不驯的鹰。她在医院上班也有十年了，只是靠着不服输一路走过来，对人际关系并不通透。过了两个多月，还是一同进修的小 M 告诉她，她才知道血液专家里最红的不是 C，是 L，L 比 C 年轻，在英国曼彻斯特学习了八年，比 C 更清秀儒雅。L 也是他们的导师，每周的周一他们会像一群鸭子似的跟在 L 后面去病房作实践调查。L 很有英伦风范，跟病人握手，鞠躬，让他们这群人大开眼界。小 M 还说搞这个进修班的目的就是为了给 L 挑选手下，L 从英国回来先去了北京，是省一院硬把他挖过来的，条件给的也优厚，他们打算搞一个利用血液培植细胞攻克癌症的项目，其实这个项目搞了十来年了还不是很成熟，L 是这个项目的新带头人。至于 C 么，C 没去国外拿过学位，没有国际背景，对他的发展很致命。她着实吃惊，却也似信非信，小 M 趁兴劝她不用多啃书本，来这儿谁啃书本，都是来拉关系的，她是好意劝告，别回去了再后悔。但是她有什么关系好拉呢？听了小 M 的劝告，她倒是也把目光投向过 L 和 C，是她天生怯于此道吧，虽然也热热闹闹参加了不少饭局，手里名片拿了一大把，对留下来跟着 L 或者 C 没起一点作用。她安慰自己总算学到了不少专业知识，小 M 笑她天真，说这些东西到了单位里多半也是无处可用的，她的心又冷了半截。半年进修结束，差不多也是被小 M 说中了，留下来的三个同行跟她跟小 M 都无关。她痛心地醒悟她是两边不靠，既没有过硬的资历背景，也不会攀援而上，左右逢源。

最后一天院方宴请，给他们饯行，她又遇到 C。饭桌上气氛有点闷，失意者不想多说，幸运者也似乎深知不必张扬以免树敌。一向沉默的 C 出人意料挑起活跃气氛的责任，对她热情有加，说看过她的论文，以后学术上遇到问题可以跟他联系。她因之成为那天饭桌上引人注目的人物，被众人撺掇着起来敬了他两次酒，以为他说的不过是场面上的话，不料饭后他真的向她索要电话，尽管 C 也索要了另一个同行的电话，她心里还是有点惴惴不安。

和 C 之后的事她没有预感错。C 确实会找时间，给她的第一封信就谈到她的失落，说他很理解，因为在九十年代有过类似的经历。回到家，回到血液科病房，她还没有遇到过能理解她的人，在她看来，他们看的想的所关心的依然停留在半年前，她的感受无处可谈，不免感觉到孤独。

孤独，是她结束进修后掉进的第一片黑暗。第二片黑暗则是她带薪外出半年招惹来羡慕和嫉恨。何况她不在的时候，是科室的人替她顶的班，现在她回来了，理应由她顶回来，回来没几天，便开始整晚整晚加班。孩子刚送来，又叫婆婆带回去了。丈夫几年前就讨厌她加班讨厌到找院领导要求给她换岗位，理直气壮地说他不需要医学女强人，成为全院的笑料。他们的关系从那之后便时好时坏，坏的时候一人一个房间，进进出出互不理睬，好的时候也带着敌对的情绪。她那时是感觉到一点儿也不爱他，而他也一点儿也不爱她了。

问题是她从来没想过成为这样一个人，一个医学女强人，同时又确实有一种对已知的不满足，确实需要在已知的领域里懂得更多一点。这点，是连丈夫也不理解的。

C后来把这种看似矛盾的需要归纳为"自我丰富性"，称她是个需要自我丰富的人。这本来不含褒贬，她却认为得到了认可和鼓励。

惴惴不安什么呢？两所医院相隔一百二十公里，不远，但也不近。何况，她的预感未必准确。结束进修回来的第二周，她找出两篇半成品论文寄给C，在信里称C老师，恭恭敬敬请他指教，把自己降到跟C好像是两代人，其实从小M那儿她早就知道C并不比她大多少。

C很快回了信，她那篇论文，他认真在错处、有疑问处和需要核实处加了红蓝紫三色框发送回来。

吃惊之余她立即写信感谢，花几周时间按照C的意见用心改好，再次寄了过去。他看过之后又加上三色框寄给她，但是红蓝紫已经少了许多。

C赞扬她论证缜密，有逻辑，她轻易的就沉醉在他的赞扬里。在论文的来来往往里，信的内容也开始溢出学术的边界。他问她好不好，为什么看上去总好像不太快乐。她起先以没有啊、她很好啊、她一直这样的搪塞，又在其后的信里透露出回来不适应的苦闷，幼时就不合群的性格。

他回信说他整个少年时代也不合群，问到她的家庭，也谈他自己的家庭。他当然是结婚了的，一个儿子，马上就要读高中。太太在总工会，在那里有个副主任的头衔。他谈到他的家庭关系，说他们很好，但是，他也说，你知道，在中国，就是很好的夫妻，也存在着问题的。

再谈下去那就是一种感情上的缺失，从配偶身上得不到感情的慰藉，这就是问题的所在。你呢？难道你和丈夫没方面的问题？他毫不客气的在邮件中问。

她在再不出门上班就要迟到的急迫中读完这封不长的信，匆匆关掉电脑，想去穿鞋，又想起还没换衣服。在她整天忙进忙出的地方，她忽然变得不是自己了，她的腿她的胳膊都离她很远，她的头有点晕，那是早晨的太阳，亮得这么刺眼，带着覆盖一切的劲儿。

直到挤上车心才稍加安定。这是人最多的时候，她呼吸着混杂了食味香味和体臭的浑浊空气，用力拉住扶手，以免车大拐弯时晃到别人身上。在这个平时最容易让她大脑缺氧的地方，她清晰地看到他的用心。

他是有用心的。

不能跟他聊下去了，一定不能再聊下去了。一上午，她只要有一点时间就在思索。是的，她也有这种问题。她和丈夫闹不愉快，他们没有话说，他们同床异梦，是不是可以了？那又怎么样？那说明什么？是不是这样他们都就有理由去寻找一段新的感情？

他指出她像个封建卫道士。原来你是这样的，一切正常的情感在你那里都成了不正常。

她不肯驯服地坚持她就是这样的，好像真的成了封建卫道士，他则成了不放过任何一个婚外恋机会的不道德的家伙。可是卫道士外衣下面藏着的不过是她的虚弱，她对没有未来的害怕。

你缺少对人真正的爱，问问你自己，你真的爱过哪个人吗？你的家人当中，你的病人当中，你是不是真的爱过其中的哪一个？他看上去真的愤怒了。

她看着这些话也被激怒了，还没有人这么问过她，从来没有，可是，他也没有说错，她还真是没有爱过哪一个，在爱之前她首先想到的是自己。面对任何事情她首先想到的都是自己，想到她不能失败，不能占下风，不能受屈辱，不能失去安全失去脸面失去自尊……她太知道自己了。

透过电脑屏幕，她仿佛看到 C 一眼看得穿人的眼神，他的脖颈又开始发红变得粗短，不管跟谁，倨理力争起来他就这样。这不是一个顺服人的人。她不是在跟一个顺服人的人讲话。

她彻底放弃了让他顺服她的幻想，时间不长，又回到写第一封信，称他 C 老师，恭恭敬敬请他指教的时候。以后只讨论学术如何？她向他示弱了，又担心以后连学术他也不谈了。他有的是这样的谈话圈，陷在孤独里的是她。她一边想着不如就这么中止联系，一边却病态的隔一会就去刷新一次邮箱。一停下来就在猜想他收到信会有什么反应，同时也意识到自己在害怕，害怕失去他，失去哪怕这样纸上的交谈。C 未让她久等，很快回了她的信，抱怨这样不行，他的时间都用在写信上了，叫她数一数给她写了多少信。你以为我每天有大把时间写这样的信？

她写信说她的情况也差不多，不如以后尽量少写吧，C 马上写信来说少写怎么行呢？之后的两个多小时里他们几乎每隔几分钟就回对方一封信，她套在白大褂里冷静如常，却像饮多了酒，晕晕的，醒不过来了一样。

几个月后，去省一院进修以及那几篇论文，给她带来意想不到的转机——也可能是厄运，她当时还看不到那么远——写信告诉 C 的时候，事情已经定下，她同意调到卫生局，他们急需一个写研究性医学论文和卫生简讯的人，经过摸底，（她那时还不知道他们摸底摸到 L 和 C 那儿，他们在不知情中都表示她很不错。）最终确定调她过去。她兴致勃勃地说这样她就不用加夜班了，她也不用再面对病人。

C的反应出乎意料，打电话来说，我倒觉得不如不去，你的专业会丢失。

她诧异说这不会吧，又不免忐忑。

怎么不会？这种地方进去了你会被没完没了的材料拖垮的。

她无语。他总是比她看得更远，在任何方面。

我只是提醒你，去不去你自己决定，你要问我，我的意见是不去。

她只好老实坦白已经定了，有些沮丧。

好吧，他后来写邮件来说经过深思，认为她换一个地方也好，你丈夫不也是一直希望你如此吗？

她看了觉得没有话说。难道说她并不为丈夫，也不为孩子？那么还是为她自己？

调动手续虽然繁琐，大部分都由卫生局那边办理，并不要她自己去跑。调走的消息早就在医院里传开了，每个人的反应自然很不一样，她也不太在乎人们是羡慕还是冷嘲热讽还是漠然无关痛痒，毕竟没人再叫她顶班，把她支使得团团转。她很得清闲，却不知道怎么给C回信。C等不及先来了信，问她怎么不回信，至少很没有礼貌，她忍不住笑起来，之后他话一转，说某镇有个湖风景不错，问她是否有意同去，不过见个面，一起吃个饭，已是春末，再不出去看看，春天就要过去了。

这是C的约请，也是C发出的信号。想象见面后发生的情形（那简直是肯定的），一股热流找不到出路似的在身体里乱窜。她的身体原来这么轻率。她觉得羞耻，飞快地关闭了邮箱，把他的邀请也暂时关闭了。

还没有正式报到，卫生局已经把她的办公桌安排好，通知她去看看还需要什么，考核目标订的是不是合理，也要询问一下她的意见。

一年究竟写多少论文和简讯还不知道，奖金会少一点，可究竟不用加夜班了。卫生局和市一院同一年新建的，论规模，卫生局小许多，在编人员不多，每人都有不小的空间，门都关着，一个人跟另一个人隔得很遥远。她拿到钥匙，穿过光线昏暗的走廊像是走在梦里打开了一扇门，一反手，也把门关上了。和她共事的人只是一个预留的虚位，这里暂时是她一个人的独立世界，电脑、办公用品、盆景都是按标准配置的，这样的结局虽不能和留在省一院留在 L 的手下相比，也给她全然一新的感觉。她开了窗，俯视了一会园中的绿化，抬头看远处，发现这里竟然与市一院遥遥相望。她原来也是知道的，两个地方相距不远，仓促之间还是惊住了。这是一种奇怪的张望，是这里的她望着那里的她，她情不自禁把这种感觉写在给 C 的信里。

C 回信说，你是个奇怪的人。

她问他哪里奇怪，他没有回答，再问她去不去某镇，她知道除了到此结束之外已无退路，也就顺势答应了。

到了下一周的周三他们各自出发去某镇。

C 是那一周只有周三下午抽得出空，她无所谓，正好处于两边不管的阶段。中午从医院出来，她就像钻出了禁锢她的罅隙，可也隐隐感觉到罅隙背后有规律的生活将扭曲破坏。

得到快乐之后，一切如故只是幻想吧。她把这丝忧虑也掖到罅隙背后去了。安慰自己既然出来了，既然不准备打消这个旅程逃回去，尽量快乐点，就当服一次毒品。

从他们各自居住的地方去某镇路程差不多。她不要他接，说坐大巴过去很方便，C 笑，说这么戒备为什么？本来很快乐的事。

是这样吗？本来很快乐的事。她的顾虑是多余的，是庸人自扰，是在妄想鱼与熊掌兼得？

汽车停下差不多已是下午两点。C 比她先到，她一下车，就看见了 C。

进修结束后，这是他们第一次见到。

他穿着蓝衬衫，蓝牛仔裤，这也是她丈夫喜欢的打扮。甚至 C 的身材也和丈夫相差不大——她没有想要做比较，这只是本能的反应。但是 C 确实流露出和丈夫不一样的神采。是的，他是医学博士，血液病专家，权威，看的多想的也多，思维敏捷。

尽管为这次见面铺垫了半年，目睹 C 微笑走来，她还是生起陌生感以及对自己跑来这里跟他见面的不适感。

他走得不快，好像也在忐忑。

好了，没什么，有必要这么紧张吗？你不要坐我的车，我们走着去吧。

他说着笑，边走边说起他的父母，在邮件里他谈过他是次子，父亲医生，母亲喜欢文学和美术，他受母亲影响很多，但是最后还是走了父亲的路。他没有办法想象如果他去做文学或美术又会怎么样。医学是如此的现实；死是一定的，死期是不定的，也是如此的现实。缓解这种现实带来的痛苦就是去读书，读诗。他也确实有好多好书可以读，所以，他经常觉得自己很幸运，他很珍惜这种幸运。比如认识她，他偏过头看她，说认识她也是幸运的。

她没有接他的话，可是心里究竟欢喜了起来，漫无边际的想到哪谈到哪。陌生感在慢慢的消解，C 说两个有缘分的人始相距极远，终必遇到一起，每一个事物之外都有一个东西与他相应，说这不是他的话，是他母亲的老师讲的。他受了影响，第一次去寻访小禅寺才二十几岁。

她最爱听 C 讲这一类话，话里总像还有一个世界，无边无际的大，让她不由自主沉浸进去。

穿过一片枇杷林，湖水出现在眼前。

C 说湖水和海水的差别就在于海水总是有浪在拍，总是动着，湖水就宁静多了，你仔细体会。

停下来看了一会，C 又指着斜对岸叫她看，说山间那一小块深黄色就是小禅寺。寺庙都会选在山水极好的地方。

她问 C 今天去不去，C 说那要多花两到三个小时，会误了她晚上回去的大巴，你愿意今晚回不去吗？说着看着她笑。

她知道他的意思，不回答他，只是笑。

他也就不提了。

再往前就是镇区了。樱桃上市，有农妇带着一大篮一大篮的樱桃在路边卖。看到他们，农妇纷纷叫他们买一点买一点。C有点心不在焉，叫她看附近的农舍，这里有不少农舍做旅馆的生意，屋顶涂成橙黄色，很有点世外桃源的味道。

走到一家临水的饭庄前C说不走了，坐下来休息，吃茶，吃饭。这时还只有四点，除了他们没有别的客人。天一层层暗下来，饭庄四周挂着的红灯笼点着了，一只大黄猫出来蹲在她的脚边。C眺望着湖面，点起一支烟。

有一会都没有说话。然后，C说，这么久了，你应该知道我了。

知道你什么？

你真的不知道？

你不说我怎么知道？

你知道的。他执拗地说，又点了一支烟。

现在这样就很好。有风景，有酒，有好吃的菜，有小禅寺。她强调。

下次你再来还只有这些你就会不满足。

我不会不满足。

那好，我们下次看。

吃好饭，他们往停车的地方走过去。

路上，C问她，还是不要我送？

她摇头笑。

告别时他吻了她，短得像蜻蜓点水，她来不及有反应，他已经离开了，看着她的眼睛。无需再说什么，他想说的话全在那两束目光里。果然，还没有过去一周，C又发出约请，目的地仍是小镇。他说他还是喜欢那里，觉得她也是喜欢的。

还是周三下午，他们又出发去某镇了。

一切都还好

都如离弦之箭已经身不由已，在湖边走了走，便心照不宣去了有橙黄屋顶的做旅馆生意的农舍。

在窗前坐着说了一会，他把她拉了过去，拉到他腿上，扳住她的肩膀和脸。虽然这一次她作好事已如此的准备，真要与他同床共枕了，还是像翻过一座山一样困难。她不能真的快乐，即使她其实已经很快乐了，也还是有一半好像冷冻着的，热不起来。她知道那是横在他们尽头的东西，她不能装作看不到。

他几次小心的爱抚着她的脸，问她在想什么。

没想什么呀，她说。可是他久久地看着她，眼睛里的怜惜还是给了她些许感动，那冷冻的东西也好像退开了一点。

让她惊讶的是她那么快就踏进了肉欲的快乐，一直以来她注意的只是自己的内心，是精神，身体只是这个内心寄住的一个壳。她全然不知道性欲一旦醒过来，会有那么大的压倒一切的能量，吞没他，也吞没自己。正如他当日说的，她迅速的不满足起来，解决这不满足的唯一的办法就是和 C 见面。她维护了许多年珍爱的持守着不放的羞耻心粉碎得那么快。只有当她打电话告诉婆婆晚上她不去看孩子了，或者打电话告诉丈夫她晚上不回来，那熟悉的羞耻心才会回到她心里，不安地折磨着她。

其实，对她不回家不带孩子，他们早就习以为常，因为太习以为常而淡漠。他们早就形成他们自己的生活习惯。她来了反而像个异物，一个怎么也杂揉不进这种家庭氛围的异物。

一坐上去某镇的大巴，又及至下了车，朝橙黄屋顶的农舍走去，昔日为她看重不能一日丧失的内心、精神顿然萎缩，剩下的只有一个赤裸裸的肉体。因为 C 走不开，有几次他们在周日碰面，平日清净的某镇忽然多出许多成双结队的人，不管白天夜晚，一个个房间里总能听到或轻微或放肆的呻吟和叫喊，这声音不仅不能刺激她，反而把肉欲压倒的羞耻勾了出来。

是你不正常，只要是一个人就会有欲望。C 说，催促她，你叫喊呀，叫呀，叫呀！

她于是闭紧眼睛，尝试着让自己更为放纵。

在他们身体交融得最好的时候，有一天，C 讲起少年时他想读书父亲却要他干活，他恨透了父亲，决心出走，在晚上关了门的漆黑的候车室里躲了一晚。她则讲起"烈日下的暴打"。

那时她还不到八岁，刚刚上了学，还是很贪玩。反正家里也没有人管她，母亲下放在郊县农村，两三个月回家里一次。父亲在化工厂看锅炉，每天很晚回家。父亲学的是英语专业，却在锅炉房里耗着，那种说不出来的痛苦，她是一点儿也不懂的。碰到父亲发脾气，更是不知所措，能躲出去就躲出去，躲不出去只有挨打。父亲打她从来都是劈头盖脸往头上打，母亲叫父亲别打她的头，会把她打笨的，可是也劝不住父亲，父亲怒起来连母亲也一块打进去。她固然像老鼠怕猫一样怕着父亲，可父亲不在家里，她的胆子又大起来。天下雨，去不了外面玩，她把玩伴带到家里来，把书啊糖啊饼干啊一样样翻出来给她们，任由她们披着母亲的衣服在床上蹦跳，把铺得整整齐齐的床单弄得一塌糊涂。

一天，家里什么新鲜东西也拿不出来了，她爬到凳子上，把父亲放在床底下的小提琴拖了出来。平日里，这把琴连她也是不许碰的。一个玩伴问她，你爸知道了骂你吗？她说我爸从来不骂我的，在自尊心的驱使下把乌亮的琴从丝绒中抽出来。几只泥手争先恐后伸了上去，急得她喊，别乱动呀，可是那落难公主一样的小提琴经不起拉扯，琴弦"嘣"的一下，发出比人断气还让她们害怕的响声。大家呆住了，都说不是自己弄坏的，一下跑光了，剩下她对着琴不知怎么办好，眼看父亲就要下班，只得草草把琴塞好放了回去。

父亲忙着烧饭，吃好就去午睡了。听到父亲渐渐打起呼噜，她松了口气，下楼玩去了。不知过了多久，她看见父亲笔直朝她走来，一句话不说伸手打了她一耳光。她摸着脸，没有吭声。这是父亲第一次当众打她，她都没看见他的手怎么捆到她脸上的，她只看到太阳的白光，白光中父亲变形的脸。

那天她是在众目睽睽中被父亲拉着一条胳膊硬拖回家的。他这么愤怒，上楼梯的时候也没有松开她，等他喘着气把她拖上楼又拖过长长的走廊扔在地上，她觉得她的脸已经被打掉了，在应该是脸的地方空空荡荡。她忘了疼，也忘了哭，抱着磨去皮的膝盖一言不发。这个疤像她倔强的内心，糜烂了一个夏天。父亲从来不问她琴弦是怎么弄断的，一有空，就在那儿给新换的琴弦调音，满脸失望。她站在边上，不敢动，也不敢多说，慢慢知道这把琴的音质再也恢复不到从前了，再也拉不出父亲希望听到的音质了。她的性格也在那一年奇怪的变了。

说到这里她猛吸一口气，停下不说了。

房间里一股阴凉，还有一股陌生的气息。

这些话她还没有跟人讲过。被打掉的脸要恢复如初跟那把琴的音质要恢复如初一样非常艰难。她从此过于看重自己的那张脸，不做任何有失自己脸面的事，他说得挺对，她是从来不爱别人，她爱自己，爱自己的脸。

C坐起来，手掌在她脸上摩挲了几下。他还说了点安慰她的话，比如一个父亲这样打女儿比较少；以心理学来看一个虐待孩子的人自己也是被虐待的人，她应该原谅他。她之前始终保持着平静，说到自己确实怨恨过，因为那时实在太小连生存能力都没有一切依赖于父母还是哭了，哽咽着，说现在父亲也老了，退休前五年才从锅炉房调出来，自己现在年纪长上去，很多想法也改变了，反而觉得父亲如果因为打她没有郁积出更大的病，正常地活了下来，她宁可多被他打几次。

等到和C出去吃饭，她也就恢复了平静，风把她的头发她的整个裙子的下摆吹起来，她又有了自以为的优雅。喝酒，抽烟，轻松，恬然。送她上车时，C笑着，朝她挥着手，一直到汽车开出停车场他还站在那儿。等到大巴开出他的视线，她又是一个人了，坐在没有人的车厢底部，她还是觉得那段黑暗的经历并没有就此飘远。

她终究没有办法说清楚她的性格怎么变化的，怎么把心关闭起来，设上五六道栅栏，能走过这五六道栅栏进入她内心的人极少，他们有的被拦在第四道上、第三道上、第二道上，有的连第一道她都不让他们碰到。即使越过这么多的障碍，走入她内心的人，比如C，这样的交往又能惟持多久？只怕搅碎她内心的也是这些极少数的人，是C。

之后两三个月，她和C保持着每隔一二周见一次的频率。偶尔，C说为什么不早一点碰到呢，早一点碰到就跟她结婚了。她笑，是啊，为什么不早一点碰到呢？心里并不高兴，C更像是在说他们没有结婚的可能。介蒂就是从这句话里长出来的，随后一天，他们刚见了面，他太太打来电话说家里电闸跳掉了。他先打给他弟弟，但是他弟弟那天带着妻子出去旅行了。他又打给太太，叫她找找家里别的人，最后还是决定马上赶回去。冰箱里的东西会坏掉，他说。她默然看着他从被窝里钻出来，抓起椅子上的衣服一件件飞快地穿上身去。分别的时候他有点抱歉，吻她的脸，说过几天找时间再见面。她说没关系，看着他推开门出去了。院子里响起汽车发动声，随后某镇就彻底没有C的存在了。她在农舍的床上又躺了一会——就像一个人去外地旅行因为无聊因为走得太累再躺一会，看看窗外透进来的朦胧的绿色，看看开着的电视机，一种被抽离的感觉就在这个时候悄然袭了上来，似乎房间里走掉的并不仅仅是C，还有C的拥抱，C为了调动她的情绪说的那些带有挑动性的话，他给她的让她愉快而满足的一切，全都跟着他出了房间。连她自己也不在了，被他带了出去。留在床上的只是一架肉体，一架以为可以得到满足结果并没有得到满足的肉体。此时，这架赤身裸体的肉体是这么让她陌生。她从床上坐起来，就像听她说完"烈日下的暴打"之后他作出的反应。她坐了起来，看着房间里的东西，它们好像全都保持着服务员打扫好之后的状态，不管被多少人使用过，不管它们被使用时目睹过多少做爱的人，都不会跟使用它们的人建立起感情。而她跑来这里并不只是为了做爱呀，她要的还是爱呀。她要爱呀。

C当天没有联系她，这一周快结束时，他写了封短信，希望下周能有空过来看她。她拖延了几天，直到他又来信问她为什么不回信。她在没有温度的邮件里闻到冷酷的味道，从他心里散发出来的冷酷，回信说没有空就不要来了——她们认识后，或者说他们交往之后，她还没碰过他愤怒的底线，不知道这封信招来他那么大的反应，在电话里说她自私，冷酷，冷血，只爱她自己，只想她自己，从来没有想过爱一个人，从来不考虑他挤时间出来是多么不容易的事。

我自私？冷血？她气得发抖，摁掉通话键，急匆匆地从外面回到病房坐下，还在发抖。

晚上她在信箱里看到他刚写来的信，几乎就是白天电话里的录音，但是经受过一次指责，她变得容易面对那些指责了。

人是这样的，她想。如果他们结了婚，恋爱过一阵，他也是会不停地指责她，为一点点小得不能再小的事。然后她要么反抗要么慢慢地麻木。她看见过他存在手机里的太太的照片，那就是一张美丽的麻木的脸。

这是最初的裂隙。然而既然有了又没有及时填平它，其实也填平了，但在那新填的平地上还是又有了新的裂隙。

他被医院安排参与一个新的项目，她也去卫生局上班了。进修班结束那一天的两个倒霉蛋，都新添了几分莫名的喜气。事实就是信越来越少写，见面的时间也一推再推，他第三次推下个月再说时，她突然就爆发了，马上拨他的电话。噢，我在上班，你有什么事吗？他客气的说。我没有什么事，她冷冷的说，如果你确实没有时间我们就不要再见面了。C沉默了一下，又说，好，那就这样吧。她本来也无所谓他说什么，但这句话一出来，她就像被刺中了什么穴位，她的温和，她的优雅，她几十年来小心维护的脸面，就像纸做的，化成一滩泥浆。不能这样，我不能这样。她想摆脱出来，她不想再这样，但是她的办法不过是在挂断电话后万念俱休了不到一分钟又克制不住拨了C的电话。你还有什么事吗？他不耐烦地说。她冷冷的说她要澄清自私冷血的不是她，难道他不比她更自私更冷血吗？C没有给她说下去的机会，我现在正忙，等会再说吧。C挂了电话，她再打过去他已经关机了。

她知道他不会出现在电话里了，他也不在电脑里、在邮件里。过去和他赖以联系的通道原来是这样的，也像纸做的一样。她又勉强坐了五分钟，跟同事打了个招呼，就打着伞出去了。到了门外她发现她并没有一个可以去的地方，不想回家，也不想去哪个女友那里，那就只能去一个"没人"的地方了，她朝着"没人"的地方走着走了很久很久，回到家里已经夜里十点了。

丈夫在客厅里看电视。看到她，漠然地问她，回来了。

她点点头，就去洗了澡。她的鞋子浸了水，脚泡得发白，白中又有一块块黑，她吓了一跳，想了半天想到是被鞋子染的，这鞋子是在一家日式服装店买的，店主说是牛皮的，一分钱也不便宜。这个世界谁都在骗人，她疲倦地想。这一夜她几乎没有睡着，觉得和C是走到了尽头了。

她没有想到之后又还是和C维持了几个月的联系。最后一次和C在一起，是她陪母亲去省一院检查，母亲头晕，查了好几个项目，也没检查出什么。她去心内科找熟人，路过C的办公室，犹豫了一下，给C打电话。C问她方不方便去对面咖啡馆等他。我只能出来一会，她说。C说没关系，就说一会话吧。她找到母亲，叫她在大厅等她，哪里也不要走，急匆匆去了咖啡馆。她刚坐下，C就来了，点了咖啡，问她好不好，说最近确实太忙了，稍微有一点空就会去找她的，甚至又像以前那样关心起她的工作，互相打量着对方的脸，都有点心照不宣。她很快喝完咖啡，说要走了，母亲还在等她。在门口，C问她，你真的就要走吗？要不要找个地方？她明白了他的意思，脱口说，可是我今天不方便。她今天确实不方便。这又没关系，C说。从他身上散发出来的熟悉的温情顿时让她的喉咙干渴起来，她的心惦记着在大厅里等她的母亲，可是她的身体已经可怕的同意了C的建议。她知道医院边上有的是小旅馆，只是从来没有想过有一天她会和C走进这样的地方，像医院的病房，他们也是病人，两个疯了似的只剩下肉欲的病人。她难以相信自己会那么疯狂，C 则不停地鼓励她疯狂，他们又有两三个月没见了，血在流出来，她闻到自己身上的血腥味，即使这样她也顾不上停下，她停不下来了。她停不下来。她一定要走到肉体所能达到的欢乐的最高峰。她要这样的欢乐。只有 C 能带给她这样的欢乐。

从床上爬起来，她几乎是瘫痪了一样，趔趄着走进浴室，很快冲了冲，穿好衣服先走了。

旅馆的走廊上飘散着浓郁的煤烟气，好像这里曾经是浴场，而不是旅馆。就是在这煤烟气里，她也能闻到自己身上的血腥味。这就是堕落的味道吧。她没有时间自责，也没有时间回味肉体究竟得到了什么快乐，冲到医院大厅，看到缩在角落里翘头等她的母亲，讷讷地说，让你等了太久了吧？母亲脸带惊惶，说，你刚走，就有一辆急救车送来一个出车祸的小伙子，已经死了，才二十几岁，交警一直陪在边上，一个纸棺材把他抬走了，好多人在那边哭，他妈妈晕过去了让护士推走了。实在是惨啊，惨啊。母亲不停地摇头叹气。

回去的车上，她的脑子里时不时跃出这个没见过面的死者。就是在她快乐到顶峰时，一个年轻的应该还可以活很多年享受活着的快乐的人在医院里死了。母亲看到了他被送来直到死去运走的全部过程。这都发生在她和 C 的短促的快乐里。她回味着半个小时以前，不能不承认没有一样快乐能持久，和生命本身一样。

她在路灯下迷茫了一下。有人成群结队从她面前走过，挡住那几个还在笑谈的人。她刚发现他们坐在三幢大楼围成的狭窄的空间里，像三面悬崖之下。上完厕所，她就站在这儿，要走也可以走了，那几个只见过两面的人不需要那么隆重的告别。基本上明天他们各奔东西是不会再见了。可是夜色里的笑谈吸引着她，不知不觉，她又走过去了。

我们刚才在说你会不会不再过来了？

是啊，我也这么想呢。她笑着把刚买的烟倒出来。

啊，你买烟去了？

是啊。

嗨，你真是很特别，不太像一般的医生。

啊，医生还分一般和不一般吗？她笑。

我们刚才说你像一个人！

哦？别说我像哪个明星哟？

我们说你像三毛呢。一个女孩轻快地说。

不会啊，三毛去过那么多地方，我可哪里都没去过。

你现在不就在流浪嘛！

两个女孩轮流模仿着播音员的语气说，我们都在流浪，流浪到西部，流浪到丝绸之路，流浪到雅丹地貌，流浪到街头和陌生人说话。

这里就我一个是陌生人啊，你们不是一起的吗？

我们？只有他俩是朋友，我们出来才认识的。医生指指边上的两个人。

大家大笑起来，有人嚷着碰杯碰杯！八只杯子都举了起来，撞得乒乒响。

我们讲讲自己的故事吧？她提议，她今天特别想讲一讲 C。

这群人里最年轻的男孩说，我先讲，我来讲讲我的初恋。唉，我喜欢一个女孩，可是家里给我介绍了一个女孩一定要我跟那个女孩谈。我对那女孩什么感觉也没有，可又不敢不听父母的。直到结婚那天，我还在想我根本不爱这个人。结了婚，我还是经常去找之前那女孩。她也喜欢我去找她。

你们睡吗？一个人插进来说，这很重要。

男孩支吾了一下，坦白说，每次见了面都睡。这是不是很残酷？你们说，是不是很残酷？每次我都劝她找个人结婚吧。我到底爱谁呢？我到现在也不知道，我就知道我肯定不会离婚，肯定不会离开我老婆，让我女儿没有爸爸……

谁与昨天的自己面对不感觉残酷呢？她听着，思绪散开来，等会她讲一讲 C 吧，今天确实给了她讲一讲 C 的机会。

这晚她不知道几点回旅馆的，也不知道怎么洗的脸刷的牙，换上睡衣躺下去睡的。醒过来天已经很亮了，太阳透过没拉紧的窗帘晒在她脸上。一房间都是西部的阳光。走廊上响起关门声，有人拖着箱子咕噜噜穿过走廊。

她点开手机，除了显示的时间还有一条短信。

是C。"谢谢！一切都还好！"

七个字，没有更多的了。

谢谢！一切都还好！真的，一切都还好。她坐起来，下了床，走到窗前，把窗帘全部拉开了，玻璃窗上映着碧蓝通透的天，不知哪里冒出来几缕袅袅的早晨的烟。

一切都很好！至少现在，至少今后的几年里，或者更久。